GAEA

U0071788

Gaea

乩身

The Oracle Comes 5

〔鬼見愁〕

星子——著

乩身

〔鬼見愁〕

目錄

楔子

深夜裡大廟正殿，不時響起低微的呻吟聲。

六十來歲的廟方人員顏伯撫著額頭癱伏在地，他腦袋遭到酒瓶重砸，血流滿面，意識模糊地望向不遠處那寬大神桌。

寬闊神桌後方台座，供奉著巨大關帝像，大桌底下發出細細碎碎的聲響，像是有人在裡頭翻找東西。

「阿郎……」顏伯咬牙切齒地朝那聲響方向罵：「你……你這死囝仔……」

他本來與那年紀小他一半的守夜同事阿郎喝酒聊天聊得好好的，對方卻突然抄起酒瓶砸他，然後一溜煙鑽進大神桌底下不知忙些什麼。

這關帝廟香火鼎盛，每日香油錢清點後會收入大保險箱裡，大保險箱裡至少藏著上百萬現金，過去也曾發生過廟方工作人員監守自盜香油錢的舊例——

但大保險箱並不在神桌底下，而是在二樓一間設有保全設備的庫房中。

正殿數張寬大神桌底下堆放的多半是祭祀備品、椅凳雜物，但在雜物堆深處、擺放巨大關帝像那不鏽鋼底座正下方空間中，有個古舊木櫃，櫃門上著鎖。

只有廟方資深人員才知道木櫃裡藏著什麼東西。

顏伯夠資深了，所以他知道櫃子裡那些東西，沒一樣值錢的；他猜想或許是剛剛阿郎問他那木櫃藏了什麼東西時，他一時無聊、故弄玄虛，神祕曖昧地講得不清不楚，讓阿郎誤以爲裡頭藏著黃金白銀，心生歹念。

「混蛋！櫃子裡沒有值錢的東西……」顏伯暈眩掙扎，一吋一吋往神桌方向爬，只覺得腦袋越來越疼、意識也逐漸模糊，口裡喃喃碎唸：「錢在二樓保險箱裡，有本事你去拿，別碰那櫃子……」

神桌布嘩啦一聲掀開，阿郎抱著一只纏滿符籙封條的大木盒自桌底鑽出；他兩隻眼睛黃澄澄的，瞅了地上顏伯一眼，也不理睬他，自顧自地逃遠了。

顏伯見到阿郎那奇異眼神，隱隱明白阿郎爲什麼不偷香油錢，而要鑽桌底了。

顏伯暈了過去。

□

鬧區巷弄裡一處老舊小賓館，櫃台婦人瞥見阿郎抱著大木盒快步走過櫃台、登上電梯，也沒理他，而是專心盯著手機裡的連續劇，還默默拭淚。

阿郎在電梯中碎語呢喃，兩隻泛著橙光的眼睛爬出血絲，口乾舌燥、鼻息加重，脖子胳臂筋脈浮凸，連褲檔都明顯凸起，彷彿情緒亢奮到了極點。

電梯門打開，阿郎快步來到一間房前，還沒取鑰匙開門，門便自動開了。

阿郎深深吸了一口氣，目瞪口呆地望著門後那美麗女人。

女人身披薄紗，胴體若隱若現，雙眼同樣閃動著黃橙色的奇異光芒。亢奮到極點的阿郎此時反倒像是看見神明下凡、偶像現身般顫抖起來，雙腿一軟就要向她下跪，但被女人伸手托住了胳臂。

阿郎像是觸電般猛一抖，全身都酥軟了，搖搖晃晃隨女人進房，女人抬手搧起黃風，令房門自動帶上，還喀啦上了鎖。

女人牽著阿郎走向大床。

阿郎突然哆嗦一下、哎喲一聲，紅著臉伸手遮著褲襠，連連道歉解釋：「對……對不起，女王大人，我……我不曉得爲什麼……」

女人轉頭瞥了阿郎一眼、又瞧瞧他微微濕濡的褲襠，微笑搖了搖頭。「沒關係——」她的視線轉至阿郎懷中那只大木盒，說：「把盒子放上床，把盒子上的符撕下扔馬桶沖了。」

「是、是是是！」阿郎夾著腿將木盒捧上床，撕下木盒上一道道符籙封條，捧著滿手破符奔進廁所，全扔進馬桶，沖了好幾次水，跟著對外頭喊：「女王大人，我……我清理一下褲子……」

「你順便洗個澡吧，洗乾淨點喲。」女人這麼說，揭開木盒——

木盒裡是三條彎曲乾枯的胳臂。

女人取出一條胳臂，托至鼻端嗅了嗅，閉目微微露出笑容。

阿郎在浴室努力刷洗著身體，他這輩子還沒這麼認眞洗澡過，全身皮膚都搓得發紅，這才裹著一條浴巾，踏出浴室，然後目瞪口呆地望著床上的女人。

女人此時褪去了薄紗，赤身裸體，樣子和剛剛有些不同——

此時的她，雙腿無端增長數十公分，連關節構造都不一樣了；後腰側還另伸出兩條古怪長足——共四條長腿。

同時，她上半身共有六隻手，是四隻雪白長手，和兩隻插在腰肋位置的乾枯細手——

她捧著第三隻枯臂，低頭打量腰腹、轉頭瞧瞧雙肩，像是在猶豫這第三隻手，究竟該擺在哪兒才好。

她思索半晌，將第三隻枯臂往背後繞去，讓枯臂斷處按上自己臀部尾椎。

那枯臂斷處一黏上女人尾椎，喀啦啦地動了動，且緩緩變形伸長，多了幾處關節，彷彿成了條奇異尾巴。

阿郎全身哆嗦，腦袋混亂成一片，像是有兩股情緒互相拉扯著——一半是恐懼，這很正常，大部分人見到一個六手四足的女人，捧著第七條怪手往身上裝，都會感到恐懼；另一半，則是興奮和崇拜。

他興奮到圍在腰際的浴巾再次隆起一角，崇拜到眼淚在眼眶中打轉，跪地向女人膜拜起來。「我的女王呀……」

「傻瓜，有什麼好拜的？」女人莞爾一笑，朝阿郎勾了勾手，示意他上床。

「是、是……我的女王大人呀！」阿郎激動撲上床，被女人按倒在床上，騎跨上他腰際。

如果先不顧女人此時多手多足的模樣，兩人以這姿勢對望，便像是情侶一般。

下一刻，女人美麗臉龐飛速變形，眉上、兩頰，生出一枚枚複眼；嘴巴唰地咧開，伸出一對巨大毒牙，彷如蜘蛛口器。

阿郎呆然望著女人變形樣貌，見到她臉上複眼裡的炫幻光芒，不但不再驚駭，反而更加神魂顛倒。「女王，妳現在的樣子，好美……」阿郎身子一個哆嗦，又早洩了，連連道歉。「呀！女王，對、對不起……我……」

「沒關係，這不是你的錯。」女人伸指按上阿郎的唇，低頭湊向他的臉，輕輕一吻。

早洩兩次的阿郎立時再次勃起硬挺。

女人循著阿郎的臉頰、頸子，一路親到他肩膀，又一個吻，然後咬下。

她的怪嘴毒牙鉗進阿郎肩頭，阿郎肩頭立時發黃一片，像是被注入毒液一般。

女人順勢咬下阿郎肩頭一塊肉，笑吟吟地抬身，緩緩地嚼。

「女王……」阿郎不但不覺得疼，反而興奮得胡言亂語起來。「我的女王呀……」

女人挪移身子，和阿郎交媾起來。

阿郎興奮激動、瞳孔放大，彷彿感受到前所未有的刺激和興奮，反覆不停地堅挺然後哆嗦。

彷彿身處天堂。

只不過，他的體重和他的興奮程度，稀奇地呈現著反比。

他整副軀體在女人那張怪口啃噬下漸漸減少。
女人身上三隻新接上的枯臂漸漸浮現血色。
女人的眼睛透出一陣陣奇異光芒。

壹

塗完新漆幾天的老公寓客廳一角，堆放著大大小小的收納箱和紙箱，部分拆箱整理到一半。

韓杰穿著四角褲，抓著塊三明治，盯著大紙箱上一處鳥窩外兩張籤令——

我讓你藏在關老爺廟裡三條小婊子的髒手給人搶了，快給我找回來。

抽空找間鬼王廟上炷香，鬼王有件事要你幫忙。

「啊！手被搶了？」韓杰見那籤紙內容，不禁愕然，想起一年前在玄極精舍道場大戰陰間四魔女；當時太子爺趁兩閻王自作聰明蓋上遮天布的機會，降駕斬去欲妃、悅彼、快觀三魔女胳臂；但由於那夜他私自降駕，也不想浪費媽祖婆令千里眼、順風耳替他寫的降駕申請書和動武報告，因此並未將魔女胳臂帶回天上，事後也懶得處理，只吩咐韓杰代他保管。

韓杰莫可奈何，帶著三條胳臂找上一間關帝廟。

那關帝廟供桌深處藏了個木櫃，專門用來鎮壓某些短時間內無法處理的邪物法器；韓杰向那有過數面之緣的關帝廟負責人說明來意，將三魔女胳臂封入木櫃，等太子爺哪天有心情處理再說。

但這天小文叼出的籤紙，卻說胳臂被人搶了？

韓杰一時漫無頭緒，撥了通電話上關帝廟問明情況，再撥了通電話給劉媽，問北部哪兒有「鬼王廟」——在台灣，媽祖廟、關帝廟隨處可見，中壇元帥太子爺廟略微少見，專門祭祀鬼王鍾馗的廟宇便更少了。

「直接來我這兒吧。」劉媽這麼回答。

一小時後，韓杰抵達劉媽家。

□

「新家整理得怎樣？」劉媽在客廳長桌上那小檀香爐裡添些新香，開始泡起茶。

「有得忙了。」韓杰答：「三房老公寓，預算有限，水電地板跟廚房流理台換新、廁所打掉重做，其他我們打算自己搞——油漆還是我們兩個一起塗的，累死人了。」

「哎喲——」劉媽呵呵笑著說：「年輕男女窩在新家一起漆牆，多浪漫吶！現在我跟我老公可沒體力幹這種事；你們新房都買了，什麼時候結婚吶？」

「上個月已經訂婚了，但我們想等茶樹再長得更大點……」

「明白。」劉媽一面泡茶，一面點頭：「你們不想讓她父親缺席。」

「是啊……」

閻羅殿大審一戰後，眾人集思廣益，將王智漢的魂養在許淑美鄉下新屋院子一株茶樹裡，那不是普通的茶樹，而是經異術育種的特殊茶樹，生長速度比一般茶樹快上許多。

大夥兒都希望再等上一段時間，等那茶樹長得更大時，在樹下擺幾桌小喜宴，讓王智漢也能參與兩人婚宴——

畢竟替女兒找個能夠倚靠的男人，可是王智漢過去時常掛念的小小心願。

劉媽端著泡好的茶，遞給韓杰。「喝完茶，清清嗓子，鬼王就能聽得見你說話了——鬼王雖辭去正式神職許多年，但在我這兒，還是能用老方法聯絡上他。」

韓杰吹了吹茶，慢慢將茶飲盡，來到長桌前，像是測試麥克風般輕咳幾聲，望著劉媽指的那尊黝黑胖壯的石像，合掌拜了幾拜，問：「鬼王大哥，你有事情吩咐我？」

他問了兩聲，沒有得到回應，轉頭望了劉媽一眼，劉媽拟著手，搖搖頭說：「禮貌點、誠心點……你以爲你頂頭上司是中壇元帥，自己也跟著大牌起來啦？」

「我哪有大牌……」韓杰莫可奈何，閉起眼睛，合掌低聲祝禱：「鬼王大哥，您有什麼事要吩咐小弟我……」

他喃唸半晌，突然鼻端聞到一陣花香，同時感到周圍一陣沁涼，睜開眼睛，只見到身邊圍繞團團粉紅雲霧。

雲霧裡撲飛著一隻隻彩蝶。

彩蝶和雲霧充滿了劉媽家客廳，但劉媽和橘貓將軍卻像是對諸位神明顯聖時各種奇景異象司空見慣般，劉媽自顧自地喝茶看報，將軍伸懶腰搔癢，一點也不當一回事兒。

幾隻彩蝶飛過將軍眼前，甚至停上將軍腦袋，將軍動也不動，只隨意搖了搖尾巴，別說揮爪，連望一眼都懶。

「鬼王大哥，這是……」韓杰有些訝異鬼王排場似乎與他想像中不一樣，便見到一隻隻彩蝶飛聚到長桌神像群上方，泛起五色光芒，凝聚成一個老人半身模樣。

老人梳著油頭、穿著碎花襯衫、戴著淺色墨鏡，腕上戴著一支智慧錶，扮相倒挺時尚。

「又見面啦，小子。」老人咧嘴一笑，說：「鬼王和老朋友喝了一整夜，現在宿醉還沒醒，沒空招呼你，讓我來跟你說吧。」

「呃？」韓杰見那老人模樣陌生，卻稱「又見面」，不禁有些困惑，只當他是鬼王手下，便問：「我能幫上什麼忙？」

「保護兩個小娃。」老人這麼說。

「兩個小娃？」韓杰呆了呆。「是小孩子？多大？」

「兩個都十七，高中二年級。」

「十七？」韓杰啊了一聲：「這還叫小娃？」

「是呀。」老人說：「一個是鬼王乩身，上任不到半年；另個是我弟子，入門近一年。」

「你弟子？」韓杰呆了呆，問：「您……是天上哪位？」

「問得好。」老人哈哈一笑。「在下月下老人。」

「月下老人！您是月老？」韓杰一時摸不著頭緒。「月老在陽世也有使者？任務是什麼？」

「啊呀！」月老皺眉搖頭。「愛情這玩意兒，對人心影響可大了。你想想人世間幾千年來，多少人爲情所困，心病了傷了，小則傷人自殘，大可毀家亡國——這東西呀，是我的研究專項，當然也得收些弟子，在陽世做我眼線，蒐集資料供我在天上研究呀；同時我的弟子也負責醫治某些情傷成病的可憐人，如果沒有我派在陽世這些弟子——你打開電視，見到的社會案件恐怕要增加好幾倍呀！」

「您說的是。」韓杰不置可否。「您要我……去保護月下老人，就是您某位弟子和鬼王鍾馗新收的乩身？」

「是呀。」月老點頭。「我那弟子天資不錯，將來能成大器，我特別託鬼王找了個乩身，保護我弟子平時行動，但他那乩身經驗不足，所以我又向中壇元帥說情，想請你幫忙看照一下兩個孩子。」

「等等……」韓杰啞然失笑說：「你派你弟子出任務，鬼王派乩身保護你弟子，再找我保護他們兩人？」

「正是這樣，一點兒也沒錯！」月老彈了記手指，見韓杰一臉憋笑，便說：「你別笑，其實這事也和你有關。」

「和我有關？」韓杰問。

「是呀。」月老說：「雖然上次太子爺鬧下陰間，大顯威風，但不表示你和他過去那些違規案子全部一筆勾銷；天上神仙各有各的意見，眞要討論出結論，恐怕幾百年都不夠用；所以神仙們初步的共識，是在陽世尋找更多使者，分擔你的工作，以後你不用事事一肩扛、也不用動不動砸火龍燒閻王——其實主要是部分神仙認爲將過大的武力集中在少數人身上，終究是有風險。」月老說到這裡，見韓杰一臉不服，便補充說：「過去忠誠神使，受了邪魔蠱惑，反叛作亂的例子，可不是沒有。」

「我舉雙手贊成，我也懶得一天到晚跟底下魔王起衝突結梁子……」韓杰儘管有些不服，卻也懶得辯解，只說：「不過……月老你那新弟子，究竟接了什麼任務，需要鬼王乩身和太子爺乩身聯手保護？」

「也沒什麼……」月老說：「大都是些醫治桃花情傷的小事，平時由我弟子自行觀察處理，但我其中一支眼線，盯上某個用藥騙情的壞傢伙，那傢伙似乎懂點邪術，不是一般人，所以需要武力支援；至於找你幫忙，除了保護之外，也希望你傳授點經驗給他們，教導他們怎麼當個稱職的神明使者——尤其是那鬼王乩身，瘦巴巴的連架也沒打過幾次，由你這老大哥帶他，最適合不過了。」

「啊？」韓杰愣了愣：「我還要教鬼王乩身打架？」

「當然啦。」月老答：「鬼王乩身專職捉鬼，不懂戰鬥打架怎麼行呢？」

「哼哼。」韓杰冷笑兩聲。「你剛剛說那小子十七歲？我剛當乩身時也……」韓杰本來想說自己當年擔任太子爺乩身時，也差不多那年紀。當時可沒哪個老大哥教他帶他保護他，而是自己一路跌跌撞撞、歷經千辛萬苦，被那尪仔標副作用整得死去活來。但他話說一半，突然改口問：「那小子幹過什麼壞事？」

「沒有。」月老彷彿明白韓杰爲什麼這麼問。「那孩子活潑好動、感情豐富，和我新收弟子住同一條巷子，至今沒惹過什麼是非，是個好孩子——還是我主動推薦他給鬼王的。」

「的確跟我不一樣。」韓杰點頭笑笑——當年他擔任乩身，受盡苦難，那是因他當時可是負罪之身，和月老口中的好孩子，待遇當然不同。

「兩個小鬼，叫什麼名字？」

「董芊芊、許保強。」

貳

高級餐廳角落一桌，氣氛有些詭譎。

溫文鈞滿臉狐疑，仍不放棄遊說女伴。

女人神情茫然，不論溫文鈞說什麼，只一味搖頭。

「怎麼了？」溫文鈞問：「我……三天旅館都訂好了，有很棒的溫泉，妳不是說喜歡泡溫泉？」

「我們……不能這樣下去了……」女人低著頭，眼淚滴答落進湯裡。「我們這樣不對……」

「可是……」溫文鈞笑容僵硬。「妳明明說喜歡這樣。」

「我很後悔……」女人抹去眼淚，站起身，順手取了帳單。「我們到此為止吧……」

「等等、等等……」溫文鈞想起身攔阻女人，但見鄰桌客人都望著他，有些心虛，縮回座位，大口喝水掩飾不安。

他放下水杯，望著女人那碗沒喝一口的湯，不禁皺起眉頭，摸摸口袋——

連下藥的機會都沒有。

那不是普通的藥，而是讓他這半年來春風得意、彷如置身天堂、搖身變成人生勝利組的奇藥。

是一種能夠偷心竊情的藥。

灰褐色的藥粉，是幾種草藥和怪蟲磨成的粉末，加上由幾種靈符燒成的灰，再加上他自己的鮮血和精液調合而成；只需少量，便能讓服了藥的女人，死心塌地愛上他，甘願爲他做任何事——獻身予他只是基本，就連掏錢請客、送錶送車、甚至爲他掏空公款、謀財害命、挺刀赴死都行。

半年來，溫文鈞用這厲害情藥，玩遍上百女人，對象五花八門，有年幼學生，也有已婚婦人；有他在路上撞見覺得不錯的女人、也有他過去覬覦妄想過的同事、同學、朋友，甚至是街頭巷尾的鄰居；自然，也有特地挑選的名媛貴婦或是事業有成的有錢女人。

在今天以前，凡是他盯上的目標，沒有一個能逃過他的手掌心。

剛剛她是第一個。

當然，情藥的效力有期限，藥效過後，她們會漸漸恢復正常心智，恢復心智的她們，回頭如何看待她們與溫文鈞的這一段情，會否心傷後悔，溫文鈞並不在意。

他只記得非常清楚，她最後一次服藥，是兩天前的傍晚——就在這間餐廳、就在同一個座位上，她笑吟吟地撥電話給老公，稱要加班，會晚點回去。

那時她剛掛上電話，便喝下藥了，藥效應該至少能持續七至八天。

那晚，溫文鈞和她享用了一頓美好的晚餐，再上旅館享用了好幾頓美好的男歡女愛——

溫文鈞除了那情藥之外，也有些能讓自己下半身狂強勇健、夜戰七回的壯陽祕藥。

至於她，是溫文鈞老同學，當年在學校裡是人見人愛的校花，溫文鈞只是無數暗戀她的同學裡最微不足道的一個；她老公則是學校風雲人物，當年她和老公，在學校裡可是人人欣羨的一對兒。

她是溫文鈞某天心血來潮，隨意翻找畢業紀念冊時盯上的對象。

他覺得自己征服了她，就像打贏了當年那在學校意氣風發的學長。

每當溫文鈞在床上喝令她做些什麼、擺弄什麼姿勢、施展什麼花招時，都覺得自己像是同時使用著奇異而嶄新的格鬥絕招，將學長擊倒在地、狠狠踐踏。

他極其享受這種樂趣。

溫文鈞外貌平凡——平凡到即使他對人講了老半天話、還拿出刀捅那人一刀，但那人上警局報案時，也很難向警察形容他的長相，唯一能夠形容他的詞彙，就是「平凡」。

他不但外貌平凡，就連身家、工作、經濟狀況也相當平凡。

他在市區租了間小套房，有輛平凡的代步機車、有份餓不死也存不了錢的平凡工作，他的生活每天都像是重播錄影般千篇一律。

且沒有伴侶。

直到半年前，他認識了一個叫作黃虎龍的男人，他那平凡的生活，開始有了天翻地覆的改變。

黃虎龍提供他神祕藥材、教他調製那無往不利的情藥。

溫文鈞靠著那奇異情藥，從平凡的上班族，變成女人眼中的男神。

現在他有幾個固定的愛寵——有繼承家產的富家千金、有創業有成的單身貴婦、有跨國公司的高級主管；每個都寵他寵上了天，要車給車、要錶給錶，現金更是不缺。

於是他辭去工作，從原本月租數千元的窩身小套房，轉進月租數萬的高級大樓，將過去的舊衣舊鞋全數汰換成名牌精品。

至於他回報黃虎龍那情藥的酬勞，就是從那些女人身上獲利的五成。

他每隔兩週，就帶著酬金拜訪黃虎龍，還主動提供存摺甚至收受禮物、金飾的存證照片讓黃虎龍過目，讓黃虎龍相信他奉上的「酬金」，不僅沒有短報，甚至超過五成。

黃虎龍總是笑笑地隨手翻翻那存摺和照片，說不用這麼麻煩，稱他相信溫文鈞這小徒弟絕對不會騙他。

「藥……出了問題？」溫文鈞從口袋掏出那裝盛情藥的小鐵盒，默默回想這批藥的調配過程，從向黃虎龍取得藥材，帶回家後搗碎熬煮、摻精加血、烘乾磨粉，沒有一個環節出錯。

他近幾次拜訪黃虎龍時，像是刻意討好師父般地將酬金從五成提高到了六、七成，他盼望黃虎龍能早日將藥材裡某些完全看不出是什麼的神祕原料告訴他，這樣一來，他不必依賴黃虎龍提供藥材，也能夠自行調配情藥了。

難道是這幾次刻意討好，反而讓師父看穿他的意圖，擔心他自立門戶，所以在藥材原料裡動了手腳？

他一想至此，不禁害怕起來，要是被黃虎龍逐出師門，他便再也無法過著現在這樣神仙般的生活，雖然他半年下來拐得的金錢，能夠讓他不愁吃穿很長一段時間，但對一個男人而言，不愁吃穿和想玩哪個女人都能手到擒來，可天差地遠極了。

他食慾頓失，要服務生別上菜了，匆匆走出餐廳，在街上閒晃。

他像隻尋找獵物的鷹般左顧右盼，想再找個人試試情藥究竟還有沒有效。

他盯上前方公車站牌附近一個面貌清秀、年紀約莫是高中生的女孩。

他摸了摸頸上細鍊，從領口拉出一枚火柴盒大小的黃銅墜飾，他捏著黃銅墜飾湊近嘴邊低語。

那黃銅墜飾裡先伸出一隻小手、跟著探出顆小人頭、然後是小小的身子。

那怪異小人自黃銅墜飾爬出，循著溫文鈞胳臂攀上他肩頭時，身形長大一號，看上去像是個二十來公分高的古怪嬰孩——那嬰孩赤身裸體、身形枯瘦、膚色呈淡褐色，乍看之下甚至像隻被拔了毛的猴子幼崽。

小怪嬰在溫文鈞耳際咕噥細語，像是在和他確認些什麼，跟著，溫文鈞自口袋掏出一只金屬小盒，伸指撥開盒蓋，小盒裡頭是些暗褐色粉末——情藥。

怪嬰伸手沾了沾小盒裡的粉末，倏地翻身下地，動作比猴兒更加俐落，沒兩秒便翻上前頭那女孩肩頭，將沾了情藥的細指往女孩口唇上抹了抹。

女孩和她身邊同學都看不見這小怪嬰，自然也沒察覺小怪嬰對女孩做出的一切舉動。

女孩只突然覺得口乾舌燥，抿了抿唇，取出水壺喝了幾口水。

情藥生效之後，受術者將會對施術者百依百順，別說令她吃藥，就算要她吃屎，她也會含淚痛苦硬吞。但最初的第一步，讓一個非親非故的陌生人服下那古怪藥粉，多少有些難度——即便想在對方飲料食物裡下藥，也有被監視器拍下、被好事者發現的風險。

但黃虎龍不但給溫文鈞藥材原料，還給他一條黃銅項鍊，項鍊墜飾裡的小鬼，便專門替溫文鈞進行這情藥獵豔裡最困難的「第一步」——直接替他對女孩下藥。

女孩收妥水壺，眼神變得迷濛、雙頰微微發紅，露出些許不知所措的神情。

「同學……」溫文鈞來到她身後，伸手輕輕點了點她肩頭。「請問一下，你們等的這班公車，有沒有到——」他隨口說了間大學校名。

那小怪嬰也趁著溫文鈞伸手過來之際，循著溫文鈞胳臂攀上他胸膛，鑽進他衣領，躲回黃銅墜飾裡。

「啊！」女孩望著溫文鈞，神情從最初那瞬間的驚訝，轉變成欣喜和感動——彷彿像是見到夢中白馬王子親臨眼前般，讓她感動得淚水都在眼眶中打轉，可比言情小說裡慣見的「一見鍾情」還要強烈百倍。

「妳幹嘛呀？」她同學似乎被她的神態嚇著，忍不住輕輕推了推她。

溫文鈞望著女孩神情，知道情藥效力依舊。

那麼剛剛老同學爲什麼拒絕他呢？施藥過程出了問題？還是……

「同學。」溫文鈞望著女孩，想要進一步測試藥效。「我知道附近有家不錯的咖啡廳，如果妳不趕時間的話，要不要……」

「借過借過——」一個皮膚黝黑的短髮少年硬擠過溫文鈞和女孩之間，還有意無意地以肩頭頂了溫文鈞胸口一下。

溫文鈞呆了呆，退開數步，一時無法應變——這情藥令女人對他毫無反抗之力，但對男人卻不管用，黃虎龍並未傳授他對付男人的法術或奇藥，黃銅項鍊裡的小怪嬰，除了替他施藥之外，也不會替他做其他事。

這使得溫文鈞面對稍微強悍的男人時，過去溫和低調得近乎怯弱的個性，也自然而然地表露無遺。

因此他此時只是望著那男孩大搖大擺走遠的背影，並未抱怨些什麼。

而當他注意力轉回女孩臉上時，陡然驚覺女孩望著他的神情，和剛剛大不相同——那仰望偶像的目光、面見白馬王子的感動，通通消失無蹤，而是和身旁同學嘰嘰喳喳起來。「妳說什麼？我哪有快哭？」「妳明明就有，我還以為他是妳認識的人耶……」「沒有，我不認識他……」

「同學……」溫文鈞想拉回女孩的注意力，拉高分貝說：「要不要喝杯咖啡？」

「啊？抱歉……我不認識你耶……」女孩大聲回應，跟著轉頭望向車道遠方，不再理會溫文鈞，直到公車來到。

溫文鈞長長倒吸了口氣——情藥真的失效了。

他顫抖地緩緩往後退了幾步，望著女孩上車的背影，女孩上車前，還回頭望了他一眼，像是困惑自己剛剛為什麼會在極短的瞬間裡，將這形跡詭異的傢伙，當成超級偶像或是九世情人一樣。

「我可能讀書讀到頭昏了。」女孩在車門關上前，對同學吐了吐舌頭。「眼睛也花了。」

溫文鈞慌亂地取出手機，撥給黃虎龍。「師父！藥有點問題，突然沒效了……我不知道，藥沒調錯，同樣一批藥，前幾次都有效，這兩天沒效了……你最近見不見客？我……我把藥帶去讓你看看……是……好、好、好……」

溫文鈞和黃虎龍約了明天會面時間，掛上電話，呆立原地半晌，茫然在街上晃了晃，又開始左顧右盼起來——黃虎龍要他別慌，今晚再多試幾次，明天一併向他回報情況。

他很快選定了目標，是個下班準備返家的女上班族。

他再次取出黃銅墜飾、再次喚出怪嬰交頭接耳一陣、再次取出藥盒揭開。

小怪嬰再一次地沾了滿手情藥，竄去將藥抹上女上班族嘴巴，然後轉頭一溜煙遁回黃銅項鍊墜飾裡。

女上班族和先前那女孩一樣，起初心中盪開一圈圈漣漪，然後見到朝她走來的溫文鈞，漣漪轉眼掀成海嘯，轉眼就要淹沒理智——

「小姐……」溫文鈞來到女上班族面前，剛開口，女上班族已忍不住主動問：「先生，我……我們是不是見過面？」

「可能吧……」溫文鈞心中竊喜藥生效了。

女上班族十分健談，就在街邊與溫文鈞開心暢聊起來，甚至挽挽他胳臂、搥搥他胸口，親密得像是情侶般。

「我晚上本來有約，但是……突然不太想去，我覺得跟他吃飯沒什麼意思。」

女上班族曖昧地望著溫文鈞。

「那跟我吧。」溫文鈞似乎撿回過往自信。「妳想吃什麼？」

「我想吃……」女上班族望著溫文鈞，雙頰潮紅，似乎同時思索起晚餐選項，和用餐過後的行程。

然而不論是溫文鈞，還是黃銅墜飾裡的小怪嬰，甚至是女上班族本人，都未察覺盤旋在女方頭頂上方的幾隻紅蝶。

紅蝶飛舞盤旋，彷如轟炸機投彈般地落下點點光芒——

幾十秒後，女上班族那動情眼神漸漸消散、語氣也冰冷許多，取出手機讀起長長一串訊息，一一回覆，與溫文鈞的閒聊也漸漸冷淡，有一搭沒一搭地應著，最後對他擺出個稍具歉意的苦笑。

「不好意思，我想了想，還是不該爽約。」

女上班族這麼說，順手招了輛計程車，匆匆離去，神情複雜，像是不明白剛剛那短暫的意亂情迷究竟是怎麼一回事。

溫文鈞望著遠去的計程車，低頭看著手中的藥盒，一時手足無措，不知是否應該繼續尋找新的對象——黃虎龍剛剛要求他多試幾次，記下過程，明日回報。

他左顧右盼，再一次盯上新的女孩。

女孩年紀約莫十六、七歲，髮長及肩，穿著素色T恤搭配長裙，站在速食店外梁柱旁。

溫文鈞再一次拎起黃銅墜飾，喚出怪嬰，卻隱隱感到那女孩有些不對勁——

她舉止有些古怪，右手捏著一支自來水筆，裡頭裝著紅色墨液，直接在左手掌心上寫寫畫畫，不知是什麼意思。

更古怪的是，不論當他盯上女孩、再到女孩開始寫畫掌心，自始至終，女孩一直望著他。

彷彿看穿他一切意圖。

溫文鈞揭開藥盒，令小怪嬰捏了藥粉往女孩進攻。

女孩似乎看得見怪嬰來襲，立時端起左掌，她的掌心上，畫著一隻虎頭蜂；在端掌同時，她也鼓嘴朝掌心一吹。

下一刻，飛至女孩面前的小怪嬰突然掩起鼻子，怪叫怪嚷墜地，還不停揮舞雙手，像是在驅趕什麼一般。

小怪嬰尖嚎半晌，像是成功驅走了那無形怪蟲，重新往女孩逼近，卻見女孩身前，攔了個年紀相仿、身穿短褲涼鞋的黝黑男孩。

男孩手中拿著支古怪長棒，和球棒差不多長，像是手工打造，外型像是缺少了劍鍔的竹劍。

溫文鈞遠遠認出這黝黑男孩，便是剛剛那喊著「借過」還用肩膀頂他胸口的小子。

男孩此時怒眼圓瞪、嘴角下垂，神情像是臉譜、面具般誇張而僵硬，且兩眼透著詭異光芒、嘴角若隱若現出幻影獠牙。

小怪嬰像是被男孩這副兇狠模樣嚇著，遲遲不敢往前，屢屢回頭往溫文鈞望來；溫文鈞心中著急，搖了搖黃銅墜飾，像是在催促小怪嬰盡快完成任務。

小怪嬰噫了一聲，往前撲去，卻被手持長棒的男孩揮棒擊飛老遠，撲落在地，尖嚎哭叫地往溫文鈞逃來，撲上溫文鈞身子，想要躲回黃銅墜飾裡。

溫文鈞清楚見著，小怪嬰身軀上，多了條粗寬燙痕——男孩那支棒子，不是普通的棒子。

溫文鈞這才清楚認知到，眼前這對少男少女，不但看得見小怪嬰，也打得著他；他見到男孩女孩往他追來，轉身就想逃跑。

「喂！別跑！」男孩加快腳步，大喝起來。

溫文鈞拔足急奔，突然感到緊抓藥盒那手背陡然刺痛，如遭蜂螫，手一軟，藥盒脫手落地彈動幾下，蓋子鬆開、藥撒一地。

溫文鈞本來回頭想撿，但眼見男孩舉著長棒尋仇般殺來，顧不得地上情藥，驚慌逃遠。

男孩奔到那藥盒前喘了幾口氣，蹲下細看藥盒與一地藥粉，正要伸手去沾，卻聽女孩遠遠喊他：「別碰！」

長裙女孩氣喘吁吁地追到男孩身旁，捏著水筆，沿著掌心一直至胳臂，連畫三隻小蜜蜂，還在底下寫下一串符籙。

跟著女孩閉目施術，鼓嘴一吹，她畫在手掌、胳臂上的三隻紅墨蜜蜂，一隻隻活了起來，依照女孩指示飛去藥盒邊，像是採集花粉般，讓一對後足沾滿那奇異情藥；跟著直直升空，越飛越高，直至消失無蹤。

女孩胳臂上的符籙隨著三隻蜜蜂離去也同時消失，她取出水壺，沖去藥盒與周遭殘餘藥粉，還取出面紙，小心翼翼地捏起藥盒與蓋子，像是刑案現場蒐證般地裝入夾鏈袋，仔細壓緊封條。

「妳派蜜蜂帶著藥粉上天，月老就能研究出這鬼東西的配方了嗎？」男孩這麼問。

「應該吧……」女孩點點頭。

參

男孩叫許保強，女孩叫董芊芊。

許保強晚董芊芊三個月出生，父母早逝，由經營文具店的爺爺奶奶一手拉拔長大，活潑的他還沒上小學時，就喜歡幫爺爺奶奶搶著替客人結帳、用小小的手指亂按計算機，胡亂報價錢向客人收錢。

三不五時客串文具店小店長的許保強，在鄰居孩童眼中，可非一般鄰居小孩，而是掌握著各種貼紙、鉛筆、橡皮擦、花俏鉛筆盒甚至是流行卡片和新奇玩具的「許董」。

豪氣大方的「許董」一點也不吝嗇和左鄰右舍小朋友們分享店裡庫存，同時享受著小朋友們對他的恭維——偏偏同條巷子裡有個人對他大方賞賜沒什麼反應，也從不將他視爲「大王」，那就是董芊芊。

家在巷頭的董芊芊，其實時常光顧位於巷尾的許家文具店，她最常買的東西是紙和筆。她喜歡畫圖。

她年幼時，父母一齊帶她上文具店買紙筆；剛上小學時，便只剩媽媽帶她來文具店；中高年級開始，她開始自己上門購物——她偶爾會碰上替爺爺奶奶顧店的許保強，她對許保強結帳時的隨口搭話通常面無表情，也很少應答。

許保強有時故意報錯價錢，不是報高幾元就是報低幾元，想故意逗她開口——她不是靜靜地將多找的錢退回，就是指指櫃台上的計算機，示意許保強再算一次。

許保強有些時候還以為董芊芊是啞巴，但想想不對，他其實經常聽她說話——爺爺奶奶顧店時，見董芊芊上門，都會熱情招呼，她都會回話，她便只對自己不理不睬。

奶奶說董芊芊八、九歲時，父母離異，她媽媽本來是大公司裡的高級主管，離婚後辭去了工作，搖身一變成了婚姻諮商師，偶爾兼職媒婆。

上國中後，董芊芊不再來許家文具店買紙筆，許保強為此有些困惑，有次倒垃圾時碰上她，問她幾句，也沒有得到回答。

他隱隱覺得，董芊芊望著人的眼睛，像是望著花草樹木一樣，冷冰冰地不帶情緒，自己在她眼中，更像是花草樹木中較不起眼的那種。

爺爺說董芊芊自幼怕生、不善表達情緒，父母離異之後，性情更加孤僻，課餘時間除了畫圖，不太與人互動說話。

「什麼？不跟人說話？是自閉症嗎？」那時許保強這麼問。

「什麼自閉症，你不要亂說，人家只是內向怕生，對陌生人有戒心。」奶奶斥責。「我問她什麼，她都會答我。」

「我哪是陌生人，我從小賣她東西耶！」許保強不服氣。「我是這幾條街的地下里長耶。」

「地下里長喲！」爺爺冷笑說：「這裡里民那麼多、小ㄚ頭也多，你偏偏只管董芊芊的事，你是不是喜歡人家？」

「哪是呀！」許保強瞪眼反駁，他當然沒有喜歡董芊芊——至少當時還沒有。

他只是覺得董芊芊不同於其他鄰居孩子與他互動熱絡，冷冰冰的氣質反而引起他的注意。

「你喜不喜歡人家不重要。」爺爺說：「反正她不喜歡你就是了。」

「我……我幹嘛要她喜歡呀？」許保強說：「而且你又知道她不喜歡我了？她跟你講過喔？」

「她沒跟我講過。」爺爺說：「不過我鼻子一聞就知道了。」

「一個人喜不喜歡另一個人，可以用鼻子聞出來？」

「聞得出來。」

「屁啦！」

奶奶插嘴說：「你爺爺的意思是人家連話都不想跟你講，當然不喜歡你。」

「是呀。」爺爺點頭。「一個女人要是喜歡你，黏上來你甩都甩不掉；不喜歡你，只會把你當顆石頭。」

許保強問：「那當年是奶奶黏你還是你黏奶奶？」

「是她黏我。」爺爺指著奶奶。

「放你個屁！」這下輪到奶奶抗議了。「明明是你黏我，黏得比漿糊還黏。」

「我是漿糊，那妳就是強力膠。」爺爺這麼說。

「我是強力膠！」奶奶反駁：「那你根本是水泥！」

「看到沒有——」爺爺一時想不出比水泥更黏的東西，只好轉頭對許保強說：「兩個人黏來黏去，這就是愛情。」

「噁心死了！」奶奶連連搧手。

當時國中二年級的許保強，正值人類生命中最白目的一個時期，聽爺爺說董芊芊當他是顆石頭，心中不服，總覺得董芊芊即便不認他是地下里長伯，也不能把他當成是石頭。

就算眞是石頭，他也要當顆大石頭。

每晚他倒垃圾時發現董芊芊，便故意湊上去講兩句話，他很快發現，董芊芊對關於畫圖的話題比較有反應。

「妳現在還在畫畫呀？」

「……」

「妳自己學還是跟老師學？」

「自己學。」

「自己怎麼學？」

「看別人的畫。」

「誰的畫？」

董芊芊講了幾位水彩名家。

許保強還要再問，垃圾車來了，董芊芊扔完垃圾就走了。

許保強聳聳肩，反正垃圾車每天都會來。

他已經想到明天要說什麼了。

「我覺得妳說的那幾個畫家其實還好耶。」他微笑地對董芊芊說。

「什麼意思？」

「比不上另外幾個。」許保強說。

「哪幾個？」

「保羅大麥可、普魯士威廉斯、松本三四郎……」許保強煞有其事地瞎編了些外國人名。「他們畫技比較好、顏色比較好、風格也比較好，妳該看他們的圖。」

「保羅大麥可？」董芊芊皺起眉頭。「他們畫什麼的？油畫？水彩？畫的是靜物、人像、還是風景？」

「都有，什麼都畫……」許保強說：「厲害的大師什麼都畫，用手指沾醬油也能畫。」

「……」董芊芊眼神冷淡許多，像是發現地下里長伯應該是故意鬼扯。

許保強無所謂，反正他已經和她講了不少話，就算是顆石頭，也是顆會說話的石頭。

然後便不再理他。

又過了一陣子，董芊芊對許保強的廢話似乎厭倦了，又不答話了。

許保強也開始留意到，這陣子董芊芊不但不說話，神情似乎漸漸憔悴。

有一天他倒垃圾時，見到董芊芊，一如往常地上前搭話。

董芊芊望著他，沒答話，眼眶卻湧出眼淚。

「啊？妳怎麼了？」許保強愕然問。

董芊芊也沒有回答，抹去眼淚，默默等垃圾車來，丟了垃圾轉身回家。

許保強望著垃圾車遠去、望著董芊芊遠去，不知怎地，他沒有回家，而是遠遠地跟在她身後。

連他自己也不知道自己爲什麼跟著她，他遠遠望著她進家門，望著她家門上那婚姻諮詢所的招牌發了好半晌呆。就在他要離去時，聽見董芊芊家中發出一聲尖叫，是董芊芊的聲音。

他急急將臉貼著玻璃上望，只隱約透過窗簾縫隙見到屋裡董芊芊急忙撥著電話。「我媽媽昏倒了，拜託快來救她——」

董芊芊掛了電話，立時奔來開門，赤著腳走上巷左顧右盼，等待救護車。

許保強立時上前關切。「怎麼了？發生什麼事？」

「我媽……病了……她……」董芊芊本便寡言，情急之下一句話也說不清，在巷子裡左右張望等救護車，又擔心屋子裡的母親情況，不時奔回查看。

「我替妳等救護車，妳進去陪媽媽。」許保強這麼說，奔到巷中大聲嚷嚷，還主動挪移巷弄裡可能擋著救護車行駛的機車和路障。

直到他遠遠見救護車來了，便吆喝帶著救護人員進入董芊芊家中，將她那昏厥母親抬出送醫。

附近正牌里長伯聞聲趕來時，許保強這地下里長伯已經陪著嚇傻了的董芊芊，一同登上救護車往醫院駛去。

「我是那邊的里長……」許保強在救護人員詢問身分時，硬著頭皮說：「的鄰居的孫子……」

當晚許保強爺爺奶奶等不著出門倒垃圾的孫子回家，剛從左鄰右舍口中聽說董芊芊家出事，便接到許保強的電話，錯愕地上街招了計程車趕去醫院，這才知道董芊芊母親數個月前發現生了惡性腫瘤，進出醫院數次，本來以爲控制住情況，昨晚卻突然倒下。

爺爺奶奶陪同董芊芊回家，不僅安撫驚恐啜泣的董芊芊，還教導她該準備哪些住院所需物品後，這才將一副企圖在董芊芊家中定居模樣的許保強拎回家。

一個月後，本來情況並不樂觀的董芊芊母親，開完刀後，身體奇蹟似地好轉，不但出了院，且健朗得像是什麼病都沒生過般，繼續經營起那婚姻諮詢所——

卻不再替人作媒，只單純傾聽預約客戶傾訴婚姻中遇上的各種疑難雜症，提供些許意見。

後來，許保強和董芊芊上了同一所高中，甚至還同班；董芊芊雖然依舊不多話，但已不再將許保強當成石頭，而願意和他聊天、傾吐心聲。

但她有個要求，就是希望他別將她告訴他的事情，告訴其他人。

「爺爺奶奶也不行嗎？」許保強這麼問。

「嗯……」董芊芊想了想。「你爺爺奶奶可以……但是不能再更多了，月老要我盡量低調。」

「好。」許保強點頭答應。

董芊芊說，媽媽開刀當晚，她家中供奉的那尊月老神像跑進她的夢中對她說話，說她媽媽幾年前拜進月老門下，擔任他陽世眼線多年，此時病重，需要接班人。

月老邊說，還拿著張契約要她簽字。

契約的內容十分簡單，董芊芊答應做月老弟子，替世人醫治爛桃花、度過種種情關，她媽媽便能康復，算是她預支往後任務的報償。

董芊芊醒時，只覺得自己不過就是作了場怪夢。

但當她在媽媽辦公室翻找文件，準備替媽媽進一步辦理各種入院程序和相關保險事宜時，卻從媽媽辦公室某個抽屜裡翻出一套硃砂筆、符籙，和一份合約。

合約內容上那月老印鑑和簽名，與夢中月老給她過目的那份合約上的印鑑、簽名，一模一樣。

月老那枚印鑑圖樣，設計得像是潮牌商標，簽名也十分新潮。

接下來一晚，董芊芊在夢中和月老長談之後，與月老簽下合約。

隔天，她媽媽身體情況迅速好轉，從加護病房轉入普通病房，且後續恢復速度快得連醫護人員都驚訝不已。

許保強直到那時聽了董芊芊說明，才知道她媽媽與丈夫離婚之後，陰錯陽差成爲了月老弟子，替月老在陽世擔任眼線多年，開了間婚姻諮詢所，將婚姻出了問題的客戶們，從相識到相愛再到相怨的點點滴滴，整理呈報上天，供月老研究凡世情愛種種心境變化。

「那……所以妳以後，要接手妳媽媽的婚姻諮詢所，聽人講婚姻觸礁的事情？」

「不。月老說我當眼線可惜，他希望我擔任他的『園丁』。」

「園丁？那是什麼？妳是說修剪花草的園丁？」

「對，每個人心裡都有株桃花，掌控這人的愛戀情慾，桃花一旦生了病，會影響人的精神理智，嚴重的時候，會做出傷人傷己的事情；月老給我的任務，就是當個園丁，修剪、醫治、養護那些生了病的爛桃花。」

「哇喔，聽起來眞神奇，那妳看得見我的桃花嗎？我的桃花長什麼樣子？」

「你……」

肆

董芊芊與許保強在速食店分食一份炸雞套餐，董芊芊只吃兩塊剝去酥皮的炸雞肉、幾根薯條，就搖頭表示吃不下了。

許保強則將剩餘的四塊炸雞、整盒薯條，甚至是董芊芊剝去的雞皮一掃而盡，就差沒將董芊芊面前的可樂也搶來喝——儘管如此，正值發育期的他，這兩年身高拔高不少，餐餐大吃，仍瘦得像隻猴兒一樣。

許保強打著飽嗝，百無聊賴，探身從董芊芊提包取出那封裝著情藥盒的夾鏈袋，盯著裡頭的小圓盒，隨口說：「要不是親眼看見，我眞不相信世界上有這麼厲害的藥。」

「別一直拿出來啦。」董芊芊皺眉埋怨。

「幹嘛？」許保強說：「隔著袋子又不會碰到藥，而且碰到藥也沒關係，有妳在。」

「我可以不救。」

「那也沒差。」許保強嘿嘿笑著說：「這藥是用來對付女生的。」

「我看了就不開心。」董芊芊說。

「爲什麼？」

「這是用來害人的。」

「所以才要研究呀。」許保強煞有其事地說：「研究他到底怎麼害人。」

「我派蜜蜂將藥粉送上天了，月老會自己研究。」董芊芊伸手搶過夾鏈袋，收進包包裡，喝了口可樂。「這是我的暑假作業，不是你的。」

「對對對。」許保強呵呵笑。「妳的暑假作業是那怪胎，我的暑假作業是保護妳。」

「對。」董芊芊說：「所以你要聽我指揮，我是組長，你是組員。」

「哪是啊！」許保強不服：「我們又不算同組，妳是月老門下園丁，我是特別受聘保護妳的特戰隊員，我覺得妳該聽我指揮，才可以平安完成任務，畢竟這次妳的對手，可不是一般人，他……」

「別說了。」董芊芊取出速寫本隨意塗鴉，不再理會許保強。

她那本速寫本裡，畫的大多都是蜜蜂、蝴蝶、獨角仙等昆蟲，只有少數是貓狗街景。

「妳如果不當園丁。」許保強隨口說：「應該是個畫家吧。」

「我可以當園丁。」董芊芊瞥了他一眼。「同時也當個畫家。」

「那畫我吧，我當妳的人體模特兒。」許保強擺了個帥氣動作，假裝自己是董芊芊的模特兒；但他見董芊芊不理睬他，索性站起身，擺出一個更誇張的姿勢，還把T恤拉起用嘴叼著，露出腹肌和肚臍，整張臉擠成張鬼臉——他知道董芊芊臉皮薄，不喜歡惹人注目，有時會故意用這種方法激她開口說話。

「你夠了……」董芊芊見鄰座客人紛紛朝她這兒望來，惱火許保強這幼稚行徑，收妥畫具，托起餐盤清理完畢，自顧自下樓。

「妳生氣囉。」許保強追在董芊芊背後，一同往不遠處公共自行車租賃站走去，他追至董芊芊身旁，笑呵呵地道歉。「以後我不鬧妳囉。」

「這幾個字，你也說過幾百遍了。」董芊芊瞪他。

「有幾百遍那麼多嗎？應該只有十幾遍……」許保強想講些廢話扯開話題，卻見董芊芊突然停下腳步，瞪大眼睛還舉起手來，像是接著了什麼。

他揉揉眼睛，只隱約見到董芊芊掌心上，微微閃過一絲淡淡的金綠光芒。

董芊芊望著那隻飛上她掌心的金龜子，只見金龜子振振翅，再次飛起，在空中盤旋兩圈之後，往一條巷弄飛去。

董芊芊追進那巷弄。

許保強緊追在後，急急地問：「怎麼了？月老的眼線發現那混蛋了？」

「不，是新的案子……」董芊芊能從金龜子色澤和飛空盤旋時幾種簡單動作，判斷月老發給她的案件的緊急程度和類型——負責通報溫文鈞案件的是隻金紫紅色的金龜子，剛剛那金龜則是金綠色，表示是不同案件。

他們穿過幾條巷子，奔上另一條街，遠遠見到人行道遠處的年輕男人背影。

儘管路人眾多、儘管只是背影，遠遠望去，仍然突兀得很——此時正值盛夏，但那年輕男人卻穿著件羽絨外套，且還罩著外套大帽。

「是前面那個外套男？」許保強抹著汗、拎著領口搧風。「媽呀，他不熱啊？」

兩人趕上年輕人，刻意經過他身旁，稍稍打量他幾眼，只見他臉色發白、口唇發青，滿頭大汗，不斷呢喃自語。

一般人與他擦身而過，或許只會將他當成尋常的精神病患。

但董芊芊清楚看見，年輕人背上長著一株古怪桃花。

那株桃花纏著密密麻麻的墨黑絲線，勒得莖枝扭曲、花葉變形，有些枝葉甚至腐爛多時。

董芊芊見那些黑絲不僅捆縛著年輕背上的桃花，且還捆縛住他全身。

乍看之下，年輕人此時的行動，就像是被那些墨黑絲線牽著走。

兩人放緩步伐，遠遠跟著年輕人，只見他被「牽」進了一處小小的公園。

那公園不僅小，且挺冷清，連街燈都十分黯淡，在年輕人進去之前，別說人了，連隻野貓野狗都沒有。

年輕人走到公園一棵樹下，喃喃自語起來，雙手不時有些動作，都是些情侶相處的舉動——撥撥對方頭髮、捏捏對方臉頰、還拖對方腰際。

但此時樹下便只年輕人一人，因此他行跡顯得格外怪異。

董芊芊閉目捻指、低語唸咒，睜眼再看，只見樹下年輕人對面站著個「女人」。

女人臉色慘白、口唇烏黑，微笑望著男人；且她背後也生了株桃花。那桃花連莖帶葉直至朵朵花瓣，全都漆黑一片，花蕊處還漫出一條條黑色絲線——

纏著年輕人身子和他身上桃花的黑絲，便來自這女人身上的黑桃花。

女人突然轉頭，與董芊芊四目對望，像是發現董芊芊看得見她。她伸手拍拍男人的臉後，往董芊芊和許保強這頭走來。

「呃！」董芊芊倒吸了口氣，對許保強說：「她來了！」

「啊？妳說什麼？」許保強只見到男人轉身走遠，但董芊芊不但沒跟上，還嚇得掉頭就跑，一時摸不著頭緒。

「啊？你看不見她嗎？」董芊芊轉頭瞥了身後一眼，只見女人步伐緩慢，但前進速度卻奇快，快速拉近與他們間的距離。

「後面、後面啦！」董芊芊加快腳步。

「後面？」許保強回頭，什麼也沒看見。

「你很爛耶，虧你是鬼王乩身……」董芊芊急忙拉著許保強胳臂，將他拉進旁邊一條防火巷裡。

「什麼？」許保強被董芊芊拉進防火巷深處，終於隱隱感到背後有股異樣氣息隨風拂來，令他微微發寒、寒毛豎立；他連忙緊張地結了個手印揉揉眼皮，回頭望去。

見到一團人形黑氣遠遠飄進防火巷裡。

「咦？咦……」許保強揉揉眼睛、拍了拍臉，閉眼睜眼數次，這才清楚見到那女鬼完整面貌。

「哇！是女鬼呀！」許保強嚇得呀呀大叫，手忙腳亂從球棒袋裡掏出他那支手工怪棒，朝著逼來的女鬼威嚇：「我這『伏魔棒』專門打鬼，妳別亂來喔！」

董芊芊躲在許保強身後，望著那女鬼說：「想辦法困住她……她應該也是我的作業。」

「她也是作業？」許保強問：「女鬼身上也會長桃花？」

「嗯。」董芊芊點點頭。「是一株黑色的桃花。」

「黑桃花……」許保強見女鬼臉色冰寒，隱隱透出殺氣，連忙深吸了口氣，大力搖頭晃腦，陡然露出一張兇惡鬼臉怒瞪女鬼，朝她喝叱：「何方惡鬼，報上名來——」

「！」女鬼似乎被許保強那副怒容嚇著，身子飛退老遠，消失無蹤。

兩人待在原地緊張半晌，才意識到女鬼是被嚇跑了，許保強鬆了口氣，拍拍胸口，董芊芊卻有些不悅，埋怨說：「我要你困住她，沒要你嚇跑她……」

「我……妳沒看她剛剛那麼兇飛過來，我要保護妳呀！」許保強辯解。

「你不是說你能夠哄鬼？」

「對喔……」許保強無奈說：「妳不早說清楚，那麼匆忙，我……我怎麼知道連女鬼都會長桃花呀，女鬼的桃花長什麼樣子？」

「黑桃花，扭曲畸戀……」董芊芊拉著許保強往防火巷外奔。「那男生被她纏上，可能會有危險，我們得去幫他！」

兩人奔回剛剛的公園，不見年輕人，也不見女鬼。

董芊芊來到那樹下，還隱隱感到縈繞四周的哀怨氣息，她取出水筆，在掌心上畫了隻紅蜻蜓，鼓嘴一吹，紅蜻蜓自她掌心振翅飛起，以這株樹爲中心飛繞上天，朝某個方向飛去。

董芊芊舉起手掌，瞇眼施咒，掌心上隱約浮現著一條紅線。

她揪著淡淡的紅色細線，彷彿放風箏般，帶著許保強奔入前方巷弄，在曲折複雜的巷弄間奔跑半晌，終於再次趕上那年輕男人。

年輕人神態恍惚，緩慢地取鑰匙開門走進公寓。

董芊芊抬頭望著梯間窗戶，見到紅蜻蜓跟隨男人上樓。

最後，蜻蜓自三樓一戶人家穿飛而出，在鐵窗外繞了繞，連同董芊芊掌上紅線一同消失。

董芊芊和許保強討論半晌，來到那公寓按下三樓電鈴，回應的是個年長婦人。

內向的董芊芊儘管事先擬妥說詞，但仍緊張地有些結巴：「不好意思……請……請問一下……你們家……最近有沒有人在路上撿到紅包？或……奇怪的東西？」

那婦人聽董芊芊這麼問，驚怒叱問：「原來就是你們！紅包是你們放的？你們想對我兒子做什麼？」

「不、不……太太，妳誤會了！」董芊芊立時說：「紅包不是我們放的，但是……」

許保強立時接話：「我們知道是誰放的，我們是來幫妳兒子的！」

喀嚓一聲，大門開了。

□

廳桌圍坐五人，除了許保強和董芊芊外，還有行跡詭怪的年輕男人和他父母。

年輕人父母愁容滿面，述說約莫兩週前，兒子在路邊撿了只紅包袋，裡頭有張符和三張千元大鈔。

兒子扔了紅包和符，拿著三張千元大鈔帶女友吃了頓豐盛晚餐。晚餐還沒結束，兒子莫名其妙地和女友激烈大吵一架，分手了。

那天之後，兒子像是變了個人，變得陰沉詭怪、時哭時笑、自言自語；偶爾當他神智稍稍恢復時，又哭求父母救他，拜託父母想辦法「趕走她」。

他說他不愛「她」，他愛的是他前女友。

每當他哭訴完，當天夜裡他就會連連慘叫，像是深陷恐怖惡夢之中，甚至搥頭打臉地自殘起來。

中年夫妻帶著兒子從大小宮廟到各大醫院，醫生和廟祝全都束手無策。

「這就是……」董芊芊苦笑說：「金龜子盯上你們兒子的原因。」

「金龜子？」中年夫妻不明白。「什麼金龜子？」

「神明在天上會透過某些信物，指派陽世使者執行任務。」董芊芊解釋：「剛剛是金龜子帶我找上了你們兒子，代表神明派我來幫你們解決問題。」

「你們……是神明使者？你們能趕走那個纏著我兒子的……東西？」中年夫妻眼睛閃亮亮的像是看見了希望，但又遲疑地問：「那……費用要怎麼算呢？」

「阿姨……」許保強呵呵一笑。「神明住天上，不花凡人的錢，不會向人收錢；只有人會向妳收錢，他們拿了妳的錢，買車自己開、買房自己住、買衣服自己穿、上酒店自己爽，神明沒有拿到半毛錢。」他說到這裡，頓了頓，補充說：「我家老大吩咐我對每個人這麼說，他說世間太多騙子，打著神明名義騙吃騙喝……」

年輕人的父母點點頭，問：「那……你們怎麼……趕走她？」

董芊芊望著從頭到尾不發一語的年輕人，此時只見他身上那株歪曲桃花上的黑線比剛剛稀疏許多，且四周也無那女鬼氣息。

想來是剛剛許保強那張兇狠鬼臉，眞將她嚇得不輕。

「呃……」董芊芊取出水筆，思索半晌，在掌上畫了隻蝶，鼓嘴一吹——

紅蝶飛到了年輕人頭頂，轟炸機似地撒下一堆蟲卵，蟲卵飛快長成毛蟲，啃噬起男人身上一條條黑絲，卻怎麼也啃不斷。

董芊芊又畫了批紅螞蟻助陣，紅墨螞蟻群有大有小，大兵蟻接近成人小指，大顎張張闔闔，仍咬不斷那些黑絲。

「什麼？要派大鍬形蟲出馬？」許保強不是月老弟子，看不見桃花，也看不見黑絲，但知道董芊芊指揮不同的墨蟲時，所消耗的精力也不同——鍬形蟲在紅墨蟲裡，不但體型較大，指揮起來也較費力。

大鍬形蟲受了董芊芊命令，飛到年輕人身上，一對大顎張張闔闔，捲著一條條黑絲，像是發起脾氣般糾纏亂扯，卻也扯不斷那些黑絲。

「不行……」她莫可奈何，收法撤了墨蟲們，起身東張西望，只見年輕人身上黑絲向四周蔓延，深入家中各處；他倆在男人父母帶領下，巡了整間屋子，發現黑絲從不同窗子透出，延伸至周圍街上遠處，一時也無法弄清黑絲究竟從何而來。

「我們會找出她，趕走她，但需要一點時間……」董芊芊這麼對男人父母說，接著向男人父母要了紙筆，寫了張紙條——

陰陽有別，糾纏陽世活人罪很重的。勉強的愛不是愛，妳的心病了，我能治好妳，能讓妳回到該回去的地方，來找我吧，蝴蝶會替妳帶路。

她畫了隻蝴蝶在紙條上待命，要男人父母將紙條壓在男人枕頭上。

然後道別離去。

「怎不讓我留點鹽米柳枝讓他們防身？」許保強這麼問，他本想在男人家中畫符咒、布下天羅地網迎戰女鬼。

「除非你二十四小時在這裡待命。」董芊芊說：「不然女鬼來了，你人不在，那些東西激怒女鬼，他們一家反而有危險。」她說到這裡，又補充：「下一次，你可別再搶著動手喔，想辦法安撫她，用你說的新招……」

「好啦……」許保強攤了攤手。「那我們該怎麼找出她？」

董芊芊回頭望了年輕人住的公寓，隱隱還可見到一條條向四周延伸的黑絲，有些深入鄰近窄巷、有些深入水溝、有些沿著牆磚亂爬。

她取出水筆，在掌上畫了一陣，施咒吹氣喚起一隻帶翅大蟻，那大蟻展翅飛空，在空中腹部緩緩隆大，是隻蟻后。

蟻后飛到年輕男人住家公寓上方水塔下，翅膀脫落，巨腹蠕動產出蟻卵。

一枚枚蟻卵飛快長成工蟻和兵蟻，四面散開探路，找著黑絲便攀上繼續向前。

董芊芊身子一顫，微微感到些許暈眩——她同時調度的墨蟲數量越多，精神和體力也會消耗越快。

一隻探路小蟻對她而言不算什麼，但蟻后產出大量小蟻、四面探路，便令董芊芊感到負擔有些沉重。

「妳別勉強喔。」許保強見董芊芊臉色發白，伸手要攙她，她只搖搖手，表示不需要。

兩人默默往鄰近自行車租賃站走去。

尚未成年的他們，平時出任務便是搭乘公車、捷運和租賃單車。

伍

天剛亮不久，溫文鈞帶著美酒和紅包，搭乘計程車來到這山郊別墅探訪黃虎龍。

黃虎龍年紀五十幾歲，身形微胖，穿著運動衫，模樣像是個普通的中年主管，他堆著笑臉，招呼溫文鈞進屋，寒暄幾句，立時切入正題。

溫文鈞將昨天傍晚碰上董芊芊和許保強的經過簡單描述一遍。「小鬼打不過他們，情藥也被他們搶了……」

「能打跑我的小鬼，表示有點道行……」黃虎龍拎過溫文鈞遞來的黃銅墜飾，低語幾句，再提至耳際細聽，像是在安撫裡頭捱了許保強一棒的小怪嬰；跟著，他起身帶著溫文鈞來到地下室。

溫文鈞知道黃虎龍在這別墅裡闢了個地下道場，但直至此時才真正踏入道場。這道場不似他想像中的陰森晦暗，反倒像是間生科實驗室——黃虎龍接觸這旁門左道之前，據說是家生技公司主管。

道場燈光明亮，一側擺著大大小小的水族箱、養殖箱，有魚、有蟲，甚至角落幾只大籠，還養著些老鼠兔子等哺乳類動物；另一側幾座櫥櫃裡擺滿大批瓶罐，泡著生物肢體，溫文鈞細看幾眼，才驚覺瓶罐之中竟有不少人類嬰孩，大都肢殘體缺。

「都是跟小診所買來的……」黃虎龍見溫文鈞面露驚恐，呵呵笑了笑。「不然你以爲你那跟班從哪兒來的？」

「您……給我那跟班……是嬰靈？」溫文鈞怯怯地問。

「不然咧？」黃虎龍來到一張實驗桌前，桌上擺著古怪儀器、顯微鏡，還有一些乾燥植物和蟲屍，像是研發到一半的藥材。

黃虎龍拿起一個實驗燒杯，盛著八分滿的褐黑液體，液體中隱約可見有些細碎殘骸。

「我多派幾隻跟班給你。」黃虎龍向溫文鈞要回黃銅項鍊，將墜飾泡入那燒杯，然後在燒杯裡添入幾樣藥材，燒了張符低唸咒語——直到開始燒符唸咒，黃虎龍才有些像是法師術士，而不是瘋狂科學家。

燒杯裡的褐黑液體漸漸清澄，細碎肢體逐漸化成細碎骨渣。

最後整杯燒杯裡的褐黑液體變成清水，水底殘留著淺淺一層碎骨殘渣。

黃虎龍拎起項鍊，用乾布拭了拭，遞還給溫文鈞，還將一袋藥材原料交給溫文鈞。「下次你來看我，除了錢以外，另外給我帶點人來。」

「人？」溫文鈞呆了呆。

「對。」黃虎龍說：「最好是女人，年輕點的；你可以挑些你玩膩的女人帶來我這兒，我會給你雙倍藥材。」

「這……」溫文鈞覺得困惑——說到用藥拐騙女人，黃虎龍自然也是老手，他眞要女人，又何必要自己玩膩的女人？

他猶自不解，突然聽見一陣細微的奇異呻吟聲自道場角落一扇小門響起。

唔——唔唔——

溫文鈞往那小門望去，聽出那是人類因痛苦而發出的聲音。

「別怕，我在煉藥。」黃虎龍一點也不在意地說。「人在煉成藥之前，會哭會叫，很正常。」

「人……煉成藥？」溫文鈞露出驚恐神情。

「之前我也說過，我不只你一個徒弟。」黃虎龍微笑望著溫文鈞。「有些不懂得尊師重道、背叛我的壞學生們，我會逮回來，拿他們煉藥。」

唔——唔唔——呀——

溫文鈞被一聲接近慘叫的呻吟嚇得遍體生寒，發起抖來。

黃虎龍拍了拍溫文鈞肩頭，說：「別怕，你是好學生，是我得意門徒，你乖乖替我做事，師父不會虧待你的；有人欺負你，師父一定幫你討回來。乖，照老師剛剛說的，替我帶些女人過來……」

「是……」溫文鈞連連點頭，突然問：「如果，那兩個人又出來搗蛋，怎麼辦？」

「我交代過小鬼了。」黃虎龍指指溫文鈞手上的黃銅墜飾，說：「要是那兩人再來找你麻煩，這些小鬼會掩護你去一棟大樓，我請朋友在那大樓裡動了點手腳，你引他們上樓，剩下的，小鬼會替你處理好。」

「他們進去那棟大樓之後，會發生什麼事？」溫文鈞害怕地問。

「誰知道呢？」黃虎龍呵呵一笑。

□

許保強和董芊芊坐在距離捷運出口不遠處的台階，抓著早餐，邊吃邊看出入人群。

「你有點誇張喔。」董芊芊瞥了身旁許保強一眼。

「會嗎？」許保強穿著迷彩短褲和黑色緊身運動衣，背上揹著球棒袋，腰際上還有個多功能腰包，那腰包體積不小，有數個口袋，裡頭裝著些小瓶小罐；除此之外，他還戴著滑板護膝和護肘，一副全副武裝的態勢。「妳在後面指揮墨蟲啃爛桃花，我在前面幫妳擋鬼擋怪，不裝備一下，受傷了怎麼辦？妳不會心疼嗎？」

「這也是你自己選的。」董芊芊說：「是你跟月老的約定。」

「好冷酷無情喔……」許保強嚷嚷地說：「難道『石桃花』女人都這樣嗎？」

「可能吧。」董芊芊面無表情吃著早餐，突然像是發現了什麼，放下食物袋子，從包包中取出水筆，在掌心畫了隻紅蝶，鼓嘴一吹。

紅墨線蝴蝶翩翩飛起，迅速飛到一個剛步出捷運站口的女人肩上。

落下幾枚蟲卵。

蟲卵飛快長成毛蟲，啃噬著女人肩背上那株腐爛桃花。

「哪個？是哪個？」許保強看不見蝴蝶也看不見桃花，探頭探腦半晌，弄清了董芊芊醫治對象是遠處那個衣著時尚、看來神采飛揚的女上班族，不禁好奇問：「她看起來很正常呀，她的桃花病了？」

「很慘……」董芊芊遠遠望著那女人遠去的背影，忍不住再畫了隻紅蝶吹去，產下第二批毛蟲增援，一同啃噬那桃花的枯莖爛葉。「她應該遍體鱗傷吧……」她這麼說，見許保強一臉不可置信，便補充說：「很多人外表開心正常，內心其實碎糟糟的——算了，說了你也不懂，你也是個石桃花。」

「我怎麼會不懂！」許保強大聲抗議。「我只有花苞的包皮是石頭，內裡的花瓣是完好的，這是月老說的；妳才是徹底的石桃花，連葉子都長不出來，還敢說我！」

「跟你講幾次了，不要用那兩個字來形容桃花的花苞！」董芊芊不悅地說。

「哪兩個字？」許保強反問。

「……」董芊芊撇過頭，不想接話。

月老看得見凡人身上桃花，當人愛情順遂時，身上桃枝健壯、桃花盛開，但是當心受情傷時，桃花便腐爛焦枯，甚至瀰漫邪穢氣息，使人迷心喪智，做出許多傷人害己的舉動。

董芊芊作爲「園丁」，主要的工作就是針對各種不正常的桃花症狀，以紅墨畫出蟲醫，對症治療。

蝴蝶、飛蛾產出的毛蟲能啃除腐爛花葉；螞蟻、瓢蟲能摘食害蟲、黴菌和寄生植株；鍬形蟲、獨角仙和蜂類不但能處理桃花，還能襲擊鬼魅——許多異常桃花症狀，都是由心懷不軌的術士以異法造成，例如昨日溫文鈞，便是月老派給董芊芊這份暑假作業裡的主要課題。

由於董芊芊身為園丁，層級有限，看不見正常桃花，只看得見生病的桃花，她甚至看不見許保強那株「石花苞」。

許保強的石花苞症狀還是月老親口點出的——許保強正值青春期，第二性徵快速發育、身上的桃花也同步發育，但他肩上那小小花苞內裡花瓣熱情生長，花苞表皮卻石化打不開，令他升上高中之後，接連向幾位同校女同學告白都被拒絕——

當然，一個人遭到愛慕對象拒絕的原因不會只有一種、戀情裡的阻力也不只一種。只是倘若石花苞的情況沒有改善，便會成為人生愛情路途上的一大阻力。

數個月前，許保強被高中學姊拒絕，哀怨地在回家的路上向董芊芊訴苦，拜託身為月老弟子的她幫幫忙，牽條紅線將他和學姊綁在一塊兒。董芊芊說自己只是「園丁」，負責醫桃花，不負責牽紅線，且她也沒有這樣的權限和能力。

許保強心一橫，說那不然董芊芊當他女朋友好了。

當然再次遭到拒絕。

許保強回家向爺爺奶奶哭訴，被爺爺奶奶又笑又罵地數落一番，氣得躲回房不願吃飯，卻又被爺爺喊下樓接電話。

是董芊芊媽媽打來的電話。

邀他去家裡吃飯。

他怯怯不安地赴約，以爲自己回家途中那輕浮告白冒犯了董芊芊、惹惱了她媽媽，要被叫去臭罵了。

董媽媽不但沒罵他，還煮了一桌好菜招待他，他怯怯地吃，不時偷望對面的董芊芊，她自始至終，都面無表情。

董媽媽盛了碗雞湯，端到他面前，拍了拍他的肩。

他只覺得四周朦朧起來，眼前的雞湯彷如深邃鏡面無限擴大，鏡中隱隱浮現一個時尙老者的面容，向他解釋石花苞的病徵。

老人自稱月下老人，笑著問許保強願不願意擔任鬼王乩身，在陽世儆惡懲奸；月老開出了個條件，只要他擔任鬼王乩身，保護董芊芊五年，便替他醫好這石花苞。

許保強答應了。

他迷迷糊糊吃了頓豐盛晚飯、迷迷糊糊地返家，當晚就夢見了鬼王鍾馗；鬼王鍾馗的模樣和許保強看過的故事書插圖裡的造型模樣相差不大，黝黑胖壯、一臉大落腮鬍、提著壺酒醉醺醺地教他些簡單的驅鬼法術。

但他醒來便忘了。

之後數週，鬼王每晚替他上課，但他始終學不會那些深奧的法術竅門。

夢裡鬼王對此可也萬般無奈，常抱怨自己也是被趕鴨子上架，臨時接到月老請託。許多年前，鬼王封神，從地方小仙一路登上天庭，多年降妖伏魔累積不少功勳、官職升過某道門檻之後，成大神了，反而不能隨意下凡。

他一來想念陽世陰間那些老鬼朋友，二來與天庭某些神仙始終不對盤，也適應不慣天庭種種規矩，索性棄了天職，回歸凡塵，過著自在悠遊、閒雲野鶴的生活，偶爾接些天庭任務——例如這次與月老的合作案件。

月老是鬼王少數保持聯絡的天庭老友，偶爾會送鬼王些禮物。

鬼王回歸凡世後，心中最掛念的不是他過去官階、也不是雲上華宮豪宅，而是那陰間陽世都喝不到的天庭美酒；他偶爾受天庭請託，接手些外包案件，報酬就是那些美酒。

他過去接下的一些外包案件裡，多半是驅鬼殺魔，這當然不成問題，他揮拳能打飛惡鬼、張口能咬裂邪魔。

但要他收徒教學，可真難倒他了，他不知該怎麼教導一個凡人用拳打鬼、用嘴咬魔。

他只好教許保強「扮鬼臉」。

一張張鬼臉彷如許保強與鬼王的橋樑，讓許保強能透過鬼臉向鬼王借力使用。

不同的鬼臉，能借得不同法力——許保強昨晚那張怒容鬼臉，作用是即時借來鬼王神威，震懾惡鬼，震懾力則會依許保強當下道行，和敵手惡鬼的力量差異而有所不同。

接下來幾個月，許保強每晚在夢裡和鬼王面對面擠眉弄眼賽鬼臉，總也學會了幾種鬼臉和幾種簡單的驅鬼道具製作方法，例如混合一定比例的糯米、精鹽和符灰調和成的驅鬼鹽米，和以柳枝泡製出的驅鬼水以及他那支藏在球棒袋裡的伏魔棒——今日他可全帶齊了，將腰包裝得鼓脹脹的。

目標是昨日那騷擾青年多時的冥婚女鬼。

在古早重男輕女時期發展出的習俗裡，未出嫁的女子不入家族牌位受香火供奉，有些心疼早逝女兒的父母，拜求術士研發出冥婚儀式，將亡者頭髮指甲或是異法符籙裝進紅包、扔在路上。

一旦路過客撿拾起紅包，袋中女鬼等於找到了「歸宿」，以求往後能受夫家香火祭祀。

在每週三堂夢境學習課程裡，董芊芊知道月老對愛情的態度十分開放，陽世活人與鬼魂戀愛甚至結親都行，但大前提當然必須是「兩情相悅」。

從古至今每個施展冥婚術的法師道行和品性不同，施下的法術類別也不同，使得每只紅包袋裡的女鬼狀況大不相同。

有些紅包裡的女鬼容顏如昔，性情溫和善解人意，撿拾者若不情願，夢裡講一聲即可；有些紅包裡的女鬼願意讓陽世夫家另娶陽世妻子，也無需特別供養儀式，只需在家中安塊牌位，受香火供奉至輪迴證發下即可。

這些算是較好的結局。

然而冥婚可不只有好結局，也有壞結局。

例如昨日那冥婚女鬼，受了某種凶毒邪法影響，長出黑桃花，一身濃烈怨念、戾氣大盛，纏上青年逼他娶親；女鬼黑桃花生出的條條黑絲，不但捆壞青年身上的桃花，連帶搞壞了青年心神。

久而久之，那青年不但心神受損，連性命也有危險。

這是所有冥婚壞結局裡，最壞的一種——

把新郎變成鬼。

昨日董芊芊留下了與女鬼溝通的字條和紅蝶，也派出紅墨蟻后生出大批小紅蟻，循著條條黑絲尋找女鬼，一旦某隻小紅蟻發現女鬼藏身處，蟻后便會產出帶翅雄蟻飛來通知董芊芊。

董芊芊返家洗澡之後，換上新的外出服裝在房中待命一夜，也沒得到消息，只能祈求她那些小紅蟻們盡快找著女鬼，好讓她解決這件案子。

許保強更是興致勃勃，備齊全套裝備，一副要與鬼打架的樣子。

陸

董芊芊在掌上畫了一隻蝴蝶，吹活。

紅蝶在空中飄搖飛舞，飛到一個身材嬌小、穿著粉青色裙子的女人頭上，產下蟲卵、化為毛蟲。

幾隻毛蟲大口啃噬起青裙女身上一條條黏爛莖枝。

那些爛枝並非花裙女本身的桃花植株，而是來自跟在她身後不遠處一個長髮紮成馬尾，戴著細框眼鏡的古怪男人。

馬尾男頭頂長著一株扭曲詭怪、像是受到輻射污染的畸形桃花樹。

那畸形桃花彷彿外星怪物，怪異的花瓣不停蠕動，甩出一條條黏爛觸手，捲上青裙女，捲歪她身上一株原生桃枝。

使她那原生桃枝枯黃瘦弱、花葉凋零。

「又有新作業？這次是誰？喔！我好像知道喔！是不是那個女的……」許保強即便看不見桃花，也清楚感到青裙女散發出惶恐不安的氣息。

她不時回頭，像是想加快腳步遠離那馬尾男。

馬尾男面帶微笑，也加快腳步跟著她。

兩人一前一後走進捷運站。

董芊芊連忙起身跟上，也往捷運站走去。

「等等！」許保強連忙跟在後頭，問：「妳不是派出蝴蝶了嗎？蝴蝶處理不了？難道又有鬼作祟？」

「不是鬼。」董芊芊搖搖頭，拉著許保強刷卡進站。「是糾纏不休的畸戀。」

「糾纏不休的畸戀？」許保強問：「像恐怖情人那樣喔？」

「對。」

有些人的愛情觀念嚴重扭曲，漸漸分不清自己某些行爲是愛還是傷害時，身上的桃花便會變形成具有攻擊性的妖花，日夜消磨折騰對方——

這類長歪了的桃花，自然也在「園丁」處理範圍內。

董芊芊默默跟在馬尾男身後，送了隻紅蝶過去產卵，毛蟲們辛勤地啃噬起馬尾男頭頂那株怪桃花。

毛蟲啃得飛快，轉眼噬去馬尾男身上大半畸形腐花爛葉。

許保強看不見毛蟲動靜，卻聽身旁董芊芊低聲驚呼，連忙問：「怎麼了？毛毛蟲沒有用？」

「不……」董芊芊搖搖頭，不敢置信地望著站在月台候車的馬尾男。

馬尾男頭上那畸形桃花被紅墨毛蟲飛快啃食，但是同時也快速生長，毛蟲越啃，那株畸形腐爛的桃花竟長得更加茂盛、更加扭曲。

馬尾男轉頭，朝著站在鄰近位置候車的青裙女點頭微笑，還對她比了個愛心手勢。

青裙女面露困擾，移步走到相距更遠的候車處等車，再也不看馬尾男。

馬尾男微笑不語，始終深情款款地望著她。

董芊芊皺皺眉，再次在掌心畫了隻蠶蛾，射向馬尾男。

蠶蛾產下的蟲卵是紅蝶的數倍，十數條蠶寶寶在馬尾男頭上仰頭張顎，大開殺戒，協助前一批毛蟲一同啃噬馬尾男這株畸形桃花。

「芊芊，妳看起來很累……」許保強見董芊芊臉色蒼白，體力像是到達極限，卻仍不死心地三度在掌上畫蟲，關切地問：「妳昨天晚上留在那男生家的蝴蝶跟螞蟻軍團還在工作；妳現在一直畫新蟲，這樣沒問題嗎？」

董芊芊長長吸了口氣，一顆顆汗滴自額頭滲出，從掌心上捏起一隻巨物——

皇蛾——現世體型最大的蛾，雙翅展開接近一雙成人手掌那麼大。

董芊芊雙手捧著那紅墨皇蛾，像是放鳥般往前一送，皇蛾飛快撲上馬尾男頭頂那株扭曲桃花，巨翅搧了搧，身子漸漸化散，只留下一枚大卵。

大卵轉眼孵出一條皇蛾幼蟲。

這皇蛾幼蟲身長十餘公分，比條小黃瓜還粗，背上豎著一根根肉刺；與僅數公分長的毛蟲、蠶寶寶相比，彷如巨獸降臨。

這隻巨獸幼蟲啃起花葉，速度飛快，連一截截扭曲桃枝都能咬斷，一兩分鐘內，竟將馬尾男的畸形桃花整株咬垮。

董芊芊這才露出笑容，身子一軟差點摔倒，被許保強托住胳臂扶住；她低吟施咒，撤去了所有毛蟲、蠶寶寶，和那皇蛾產下的巨獸幼蟲。

但那些毛蟲隊伍撤離的下一刻，馬尾男頭頂突然再次生出小芽，小芽生長飛快，轉眼枝竄葉長、生苞開花，開出一朵更大更畸形的怪異桃花。

董芊芊望著馬尾男頭頂那扭曲桃花從毀滅到新生的過程，一時愕然無語。

捷運列車進站，馬尾男先是站定不動，望著青裙女踏入車廂，這才跟上。

董芊芊和許保強也在關門前一刻擠上列車。

列車裡人不多不少，剛好讓馬尾男能夠緩緩地走動，往青裙女所在方向找去。

董芊芊、許保強也緩緩跟在後頭——進入車廂之後才像是尋寶般走動的人其實還眞不少，因此不論是那馬尾男還是董芊芊、許保強，此時行動也不怎麼惹人注意。

董芊芊遠遠見到，青裙女一發現馬尾男正逼近她，便害怕地往深處退，像是想要離他越遠越好。

但捷運車廂並非無限，當青裙女退到最後一節車廂尾時，便無路可退了；馬尾男緩緩接近到距離她數公尺處，咧嘴朝她微笑。

董芊芊見到馬尾男頭頂那畸形桃花，轉眼又長大一號，還散發出更爲濃烈的怪異氣息，纏繞上青裙女全身。

青裙女像是放棄逃跑般，撇過頭不再理睬他，列車到了下一站，青裙女也沒下車，門開門關，列車繼續向前——如果為了躲他而離開車廂，他也會跟出站，沒完沒了。

馬尾男似乎想更進一步對青裙女說些話，但許保強在董芊芊授意下，硬生生擠過馬尾男身旁，擋在馬尾男和青裙女之間。

列車一個搖晃，許保強浮誇地踉蹌兩步，將馬尾男頂開更遠，讓董芊芊也擠進兩人之間。

這麼一來，馬尾男和青裙女之間，便隔著許保強和董芊芊兩人。

「啊啊，對不起，早上沒吃早飯，頭有點暈，站不太穩……」許保強對馬尾男擠出笑臉。

「……」馬尾男露出不悅神情，但也沒說什麼，仍不時探頭要望青裙女。

青裙女則低著頭，望著董芊芊塞給她的紙條上的字——

馬尾是不是在騷擾妳？

青裙女像是再也忍不住委屈般，顫抖地點點頭，眼淚泉湧而出。

「要不要聊聊，我們能幫妳。」董芊芊低聲問。

青裙女沒有立即回答，而是害怕地望著馬尾男。

馬尾男也望著她。

「可是……他會一直跟著。」青裙女落淚哽咽地說：「很煩、他很煩……」

「啊？」許保強聽青裙女這麼說，立時轉頭喝問馬尾男：「大哥你騷擾人家呀？」

「不、不是……誰騷擾她啊，是我媽叫我來收房租。」馬尾男連連否認。「她跟她媽媽住我家房子，欠了好幾個月的房租都沒付……」

「房租這件事——」青裙女惱火反駁：「你媽跟我媽早就談好了，我們會慢慢還，不用你來討！」

「但妳媽耍賴不給錢，我媽好說話，我心疼我媽被妳媽欺負呀！」馬尾男插著手，理直氣壯說：「做兒子的幫老媽討債都不行？」

「我們沒有耍賴不給……」青裙女嗚咽哭泣。

馬尾男見青裙女哭得一把鼻涕一把眼淚，語氣轉爲和緩，試圖擠過董芊芊和許保強，像是想安撫她。「好啦，妳別哭，我也沒逼妳現在就交租，我只是想……」他這麼說，同時還抬手往青裙女肩頭伸去。

「不要碰我！」青裙女避開馬尾男伸來的手，驚恐憤怒地瞪著他。

馬尾男臉色鐵青，解釋說：「我只是想……等妳下班請妳喝杯咖啡，聊聊房租的事，或許可以幫得上忙。」

「不用！」青裙女尖叫一聲，車廂氣氛僵凝。

捷運再次到站，車門打開，董芊芊走出車廂，回頭朝青裙女招了招手。「不如跟我聊吧。」

青裙女遲疑半秒，也抬步跟上。

馬尾男見狀也往外擠，許保強卻早先一步出去，還轉身一把將馬尾男又推回車廂。

「你……你幹什麼？」馬尾男焦躁嚷嚷，再次試圖擠出車廂。

許保強突然對他擠出張扭曲鬼臉，嚇得馬尾男身子一縮，彈回車廂中——

鬼臉效力其實只對鬼怪有效，但許保強經鬼王指點，臉部肌肉活絡程度超出一般人表情範圍，還能僵固定型，他臨時擠出的鬼臉，讓馬尾男像是見到怪物般，不敢硬闖。

許保強收去鬼臉，扠著手笑咪咪地站在車廂外，直至候車乘客全進車廂，車門關上，列車緩緩駛動，這才轉身跟上董芊芊和青裙女一同出站。

青裙女撥了通電話，向公司請了半天假，和董芊芊並肩走著，細細訴說委屈，許保強跟在後頭，默默聆聽。

青裙女母親和馬尾男母親年紀相仿，曾經任職同一間公司，馬尾男母親是主管，青裙女母親是下屬；馬尾男母親嫁了個有錢老公，自行創業，事業蒸蒸日上，生了個馬尾男寵上了天；青裙女父親本來也有自己的事業，但短命早亡，母親不善經營，欠下大筆債務，母女倆搬了幾次家，最後向馬尾男母親承租了間舊屋居住。

母女倆每月大部分的薪水都用來還債，馬尾男母親也念著多年交情，答應讓她們優先還債，房租有能力再繳。

青裙女母女從未想過佔這便宜，該繳就繳，但她倆本來就不高的收入扣掉每月債金、租金和生活費後所剩無幾，可承受不起任何突發狀況；偏偏幾個月就降臨一次的壞運氣，像是邪惡的陣雨，總是淋在艱苦人的頭頂上，前個月終於省下兩千，一場感冒就讓青裙女母親少擺幾天攤，後來她苦撐著身子硬推車上市場工作，卻讓感冒惡化到必須住院。

兩三年來，母女倆始終欠著幾個月房租。

少少幾個月欠租，其實不過是有錢人家一頓飯錢，但對母女倆而言，卻眞擠不出來。

本來馬尾男母親一點也不介意這欠租，從未催繳，母女倆對此也十分感激，但一切從馬尾男留學回來之後變了調。

馬尾男對青裙女一見鍾情，展開狂野追求——他身家條件不差，青裙女對他的第一印象也不差，偏偏他自幼受寵，性格發展得畸形古怪，第一次約會嫌餐廳女服務生態度不夠尊重，想盡辦法刁難人家，還得意洋洋地對青裙女炫耀他趁著上廁所時，對廁所馬桶水箱動了點手腳，接下來這間餐廳服務生肯定有得忙了。

青裙女當場雖勉爲其難地微笑，但對這個人的印象已經跌落谷底。

後來馬尾男幾次邀約不成，用了討論償清欠租的理由約出青裙女，兩人進行了第二次約會。

這一次馬尾男倒是沒有刁難服務生，但在餐後載她回家的路上，駕車轉入汽車旅館，硬拉著她進房間說要好好討論一下欠租問題。

一陣混亂糾纏，青裙女手腕被抓瘀、胸口釦子被扯脫兩枚，胸脯還被摸了好幾把，奮力尖叫甩了馬尾男一巴掌，哭著逃回家，和媽媽討論該不該報警。

她們沒有討論出結果，馬尾男媽媽已經帶著馬尾男上門拜訪青裙女母女。

馬尾男媽媽從頭到尾都和顏悅色地笑著說話，一會兒瞧瞧青裙女手腕被抓出的瘀青，一會兒望望馬尾男微微紅腫的臉頰。

「我兒子這輩子從來沒被人打過，妳是第一個賞他巴掌的人……」馬尾男媽媽說：「不過他也有錯，這件事就這麼算了吧……」

青裙女母親似乎早習慣委曲求全、息事寧人的日子，當下也擠出笑容附和：「小孩子打打鬧鬧，本來就沒什麼……」

馬尾男母親打蛇隨棍上，竟當場替兒子說媒提親起來，還將話題轉到青裙女母女那幾筆債務，稱要是青裙女以後成了一家人，這債務也不是問題了。

青裙女委婉拒絕了，只說自己暫時沒有想過終身大事。

馬尾男倒是信心滿滿說天下無難事只怕有心人。

馬尾男母親稱自己兒子人不壞，只是在心儀的女孩面前偶爾會有點失態。

青裙女母親打著圓場說大家都年輕，一邊別操之過急，一邊也別把話說死。

這件事便在祥和卻有些詭異的氣氛下不了了之。

倘若是正常人，差點惹出事端後或許會收斂，偏偏馬尾男不是正常人，他堅信自己魅力無窮，更堅信青裙女只是害羞不敢坦承對他的愛；他家境雖非大富大貴，但從小想要的玩具、零食從來沒有得不到的時候，凡是他看上的東西，非得弄到手不可。

弄不到手的東西，不如弄壞掉吧——

他先前之所以會出國留學，就是因爲某次開車，見到自己告白失敗的學妹，坐在某輛機車後座甜蜜摟著自己學弟，一氣之下追車尾隨、逼車撞人，害人出了車禍。

他媽媽爲此賠了大筆錢與對方和解，還送寶貝兒子出國冷靜冷靜。

總之馬尾男像是永遠學不會教訓般，人格依舊扭曲、行徑依舊怪異。他持續邀約青裙女出遊，三天兩頭在她家樓下站崗、跟蹤她上下班，畫了各式各樣的卡片塞滿人家信箱，卡片上寫著他們結婚之後幸福美滿的生活瑣事——例如打算生幾個孩子，或是用什麼姿勢來製造孩子等等妄想。

青裙女的母親天性溫吞怕事、事事逆來順受，只不停安撫女兒，說只要再省幾個月，撐到租約到期，找間新房子，就再也不用被他煩了。

九個月租約說長不長，說短也眞不短，青裙女忍了三個月的騷擾，度日如年，直到碰到董芊芊和許保強爲止，也還有半年要熬。

「半年的租約……違約金有很多嗎？」許保強問：「不能直接搬家嗎？」

「……」青裙女低頭苦笑——半年租約確實不長，押金也沒那麼多，但一來要找著比現在這房子更便宜的房子可不容易；二來她們還欠著馬尾男母親幾萬元租金；三來馬尾男知道青裙女工作地點，搬了家，也未必眞能擺脫他的糾纏。

更重要的是，青裙女的個性和母親一模一樣，事事逆來順受，光是每日正職加上兼差打工就讓她耗盡心力，對於馬尾男成日怪異騷擾舉動，除了默默忍受外，也想不出什麼反制之道。

「乾脆報警把馬尾抓起來算了。」許保強又問。

「人家欠租，她媽媽不願意跟馬尾媽媽撕破臉。」董芊芊冷眼望著許保強，像是用眼神責備他沒有認眞聽青裙女敘述處境。

「房租再怎麼欠，也才幾萬……又不是幾百萬……」許保強搔頭低喃。

「如果……加上其他的欠債，不只幾百萬……」青裙女垂頭落淚。「我們眞的沒辦法再擠出錢來了……」

柒

「所以，問題還是出在馬尾身上……」許保強說。

「嗯……」董芊芊點點頭。

他倆陪同青裙女抵達公司，向她告別，說願意盡量幫她解決馬尾男的糾纏，但可能得花點時間——

馬尾男的畸戀來自於他那畸形個性，董芊芊那幾招粗淺的紅墨蟲術，只能醫治爛桃花，沒辦法醫治爛人格。

至於青裙女母女債務、欠租等情形，就更不是董芊芊和許保強這兩個放暑假的高中生能幫得上忙的了。

「如果馬尾纏的是妳，那就簡單多了。」許保強突然這麼說。

「爲什麼？」董芊芊問：「因爲我沒欠他房租？」

「不是……」許保強嘿嘿一笑：「如果馬尾來纏妳，妳跟我說，我去揍他一頓，他就不敢了——有些人天生欠揍，只敢欺負不敢還手的人。」

「那你會被他媽咪告。」董芊芊翻了個白眼。「少講這種孩子氣的話，弟弟。」

「別叫我弟弟，我們同年級。」

「那你還這麼幼稚。」

「這哪叫幼稚，這是眞理！」許保強攤著手大發議論。「人善被人欺、馬善被人騎，要是馬尾男動手動腳時她直接報警，警察早就把他抓起來了！」

「就算當時她報警，也不一定可以解決，這些事沒有你想像的那麼簡單。」董芊芊講了幾個媽媽過去經手過的婚姻諮詢案例。「如果沒有明確的證據，以後最多只能申請保護令，而且馬尾眞要亂來，保護令也沒什麼用……」

「所以我說的沒錯吧，連警察也拿他沒輒，不揍他難道要跪他嗎？」許保強捏緊拳頭，突然像是發現了什麼，指著遠處大叫：「馬尾！」

馬尾男就躲在對街一棵行道樹後，朝這兒探頭探腦——他本便知道青裙女公司，即便在捷運上被甩脫，仍自個兒找來，見青裙女身邊跟著許保強和董芊芊，不敢上前糾纏，只遠遠偷看，他見到許保強朝他追來，嚇得轉頭就跑。

「等等！」董芊芊尖叫一聲，追上許保強，一把拉著他胳臂。

「我不是要打他，我只是想……」許保強佇在斑馬線上等紅燈，向董芊芊解釋。

「不是啦，是那個下藥的，他開始行動了！」董芊芊搖著許保強胳臂，想將他往捷運站拉——她手背上停著一隻紫紅色金龜子，負責溫文鈞那條線。

兩人立時找了個公共腳踏車租賃站，急急趕向捷運站。

「他的藥不是被我們搶了？他不只一盒藥？」

「誰知道……」

兩人一進捷運站，那紫紅色金龜子立時飛離董芊芊手背，飛近捷運路網圖，在某個站點繞起圈圈，示意溫文鈞所在位置，再隨著董芊芊一同登上捷運車廂。

兩人抵達紫紅金龜指示站點，出站繞走半晌，遠遠見到溫文鈞坐在一間咖啡廳裡，拉著一個女孩的手有說有笑，像是在替女孩看掌紋。

在董芊芊眼中，女孩肩背上那株桃花，正被奇異藤蔓寄生捆縛——這奇異藤蔓上有不少分枝狀似蜈蚣，蠕動爬上女孩身上那朵原生桃花，張著大顎啃噬起桃花，不一會兒便將那朵本來碩大美麗的桃花啃得七零八落。

同時，女孩原生桃花被藤蔓纏捆著的其他部位，則蹦出一枚枚紫黑色花苞，開出一朵朵奇形怪狀的紫色桃花——

這一朵朵紫色桃花，即是身中情藥的女孩們瘋狂愛上溫文鈞的情愫來源。

女孩似乎早已忘了那論及婚嫁的男友，含情脈脈地望著牽著她手輕撫的溫文鈞，像是在望著嚮往已久的白馬王子。

紅色的蛾與蝶穿窗飛至女孩頭頂上方，投彈般地產下一陣卵，在空中孵化成蠶寶寶和毛蟲，啃噬起古怪蜈蚣藤蔓，藤蔓上那一條條蜈蚣莖枝立刻也張著大顎反擊，啣起紅墨蠶寶寶左右甩動，然後再被趕來增援的紅墨大虎頭蜂叮得不得不放開蠶寶寶。

又一隻巨大紅墨鍬形蟲像是主力戰車般落在女孩頭頂，開始破壞寄生藤蔓主要莖藤。

「妳派去的蟲還不夠？那混蛋這次藥下這麼重？」許保強見到董芊芊連畫了幾批墨蟲，臉色發白、身子虛弱，不禁有些心急。他忍不住想直接殺進咖啡廳，直接用「物理方式」對付溫文鈞，便見到溫文鈞左顧右盼，像是發現情藥再次失效而焦急起來。

女孩臉色難看，快步離座走出咖啡廳，像是對於剛剛那有如午後暴雨般的意亂情迷驚恐而後悔——大鍬形蟲鉗斷了情藥藤蔓主莖，大虎頭蜂群螫死一條條蜈蚣藤蔓，毛毛蟲和蠶寶寶負責收尾啃落寄生在女孩原生桃花上那一朵朵紫黑色桃花。

那朵破破爛爛的原生桃花此時正緩慢復原。

女孩邊走邊看著手機，又哭又笑地盯著男友傳來的簡訊。

溫文鈞怯怯地走出咖啡廳，四下張望半晌，遠遠見到許保強和董芊芊，趕緊掉頭往另一個方向跑。

「他要逃了！」許保強吆喝奔去，董芊芊疲累地緊追在後，還派出隻蜻蜓急追溫文鈞。

溫文鈞轉進小巷東繞西拐，不時東張西望，最後在一條防火小巷末端，推開一扇小門，鑽了進去。

兩人遠遠見到溫文鈞遁入後門，氣喘吁吁地靠近，站在那半掩後門外，打量著這棟老舊商辦大樓，這防火巷末端本來通著另一條街道，但此時被違章加蓋封住了。

許保強抹了抹汗，伸手推門，董芊芊猶豫地問：「我們眞要進去？追到他之後接下來怎麼辦？」

「把藥搶過來呀！再逼他說出那藥到底是哪弄來的……」許保強推開小門進去。

「我有不好的預感……」董芊芊見小門裡空間陰暗，不由得有些怯意，遠遠見到他們進來時的巷口外，站了個男人，望著他倆扠手冷笑。

男人見董芊芊看他，抓抓頭，取出手機滑玩起來。

「小強……」董芊芊跟進這老舊大樓，循著防火梯一路往上，不時停下，透過掌心細絲，傾聽追蹤蜻蜓傳來的訊息——

溫文鈞似乎持續往樓上跑，躲在十餘樓左右某層樓裡。

兩人繼續往上追，來到十三樓，許保強正要往十四樓走，卻被董芊芊揪住衣角。

董芊芊抬手指了指十三樓的逃生門，這是蜻蜓回報給她的位置。

「他躲在這層？」許保強哦了一聲，推開門，只見整層樓陰森晦暗，樓層裡的隔間像是裝修到一半便停工閒置至今，天花板管線垂露，遠處對外窗戶都從內側貼著報紙，僅有微弱的光線從報紙縫隙滲入。

「臭臭的……有點不對勁……」許保強感到一陣陰風撲面，陰風中還帶著淡淡的死老鼠味，他警戒地從背後球棒袋裡，取出他那根用來打鬼的「伏魔棒」。

伏魔棒的棒心是一根青竹，外層裹著一條條柳枝，以泡過符術鹽水的麻線緊緊綑綁纏實，握柄處紮著布條，還垂著兩條符籙墜飾。

許保強手工打造這支「伏魔棒」所耗費的心力，比他國小、國中到高中每一堂美勞課全加起來還多。

董芊芊繃緊神經，像是也察覺到四周淡淡屍臭味裡的陰穢氣息，她捏著水筆，從掌心至胳臂畫了隊蜂群，小心翼翼地跟在許保強身後，一步步深入這陰鬱樓層中央。

「呃……這是……」兩人開始注意到，樓層中央一帶廊道、隔間牆面上遍布大量蛛絲——蜘蛛絲並不罕見，但這麼密集的蛛絲，只有在恐怖電影、電玩場景裡才見得到。

兩人開始猶豫是否該繼續深入找人了。

「芊芊……那傢伙眞的躲在這層樓？」許保強緊握柳棒，緊張得掌心都滲出汗來。

「嗯……我派出的蜻蜓是這麼回報我的……」董芊芊點點頭，閉上眼睛，細心透過掌心絲線，感應著蜻蜓最新報信。

「前面，左轉。」董芊芊指著岔路口向左廊道。

許保強緊張舉著柳枝棒，聽從董芊芊指示，轉入左側廊道，這條廊道不但更加陰暗，且更臭——同時他們很快發現，這廊道前方，被一面蛛絲結成的厚網牢牢封死。

「咦？」許保強愣了愣，見到那面蛛絲牆上，攀著一隻巴掌大的蜘蛛。

蜘蛛一隻前足像是招財貓般，規律地抖動著。

「呀！」董芊芊瞪大眼睛，驚見自己派出的蜻蜓正被那蜘蛛揪著啃食，蜘蛛一面啃食蜻蜓，還伸出一足，撥動著蜻蜓尾端拖曳著的絲線——

董芊芊這才明白，兩人此時身處位置，並非她那蜻蜓報的，而是這隻蜘蛛報的。

「這是陷阱！」董芊芊驚呼：「我們上當了！」

「什麼？」許保強看不見蜻蜓和絲線，還沒反應過來，便見到四周蛛絲裡爬出了大大小小的蜘蛛，自四面八方爬向他們。

董芊芊尖喊吹活胳臂上一隻隻大虎頭蜂，還畫了隻大獨角仙往前一拋。

虎頭蜂群在兩人身邊護衛，螫死近身蜘蛛；大獨角仙則低空盤旋，像是重戰車般鏟翻大批蜘蛛。

但單憑幾隻大虎頭蜂和獨角仙，仍擋不下所有蜘蛛，董芊芊嚇得尖叫跳腳踩踏奔至身邊的蜘蛛，顧不得身心疲憊，捏著水筆想增加援軍；許保強則是怒吼一聲，舉起柳棒弓身蹲，往地板重重砸下。

一股無形震波四面盪開，將大批蜘蛛震得翻滾退開好大一圈。

許保強緩緩抬頭，露出憤怒鬼臉。

四周透著鬼氣的蜘蛛似乎感受得到許保強那張鬼臉的威嚇力量，退開一段距離，不敢逼近，偶爾有幾隻膽子較大的蜘蛛靠得近了，立時被圍繞在兩人身邊護衛的虎頭蜂竄去螫得翻肚。

嗤——嗤嗤——

一聲怪異撕裂聲自那面擋著廊道的厚實蛛網上發出，厚蛛網裂開一道破口，擠出一顆長髮女人腦袋。

那女人頭歪扭扭地咧著嘴笑，跟著破網探出長手——一隻兩隻三隻四隻，一共四隻又長又怪、生著細刺的手，一口氣將蛛絲牆裂口左右擠開，然後接連跨出四條長足。

「哇！」許保強和董芊芊見這四手四足的怪異女人身體骨骼扭曲，半人半蛛，擠出蛛絲牆往他們尖笑爬來，嚇得轉頭就跑。

他們踩過包圍蜘蛛群，令虎頭蜂隊和大獨角仙斷後護衛，但那蜘蛛女人爬竄極快，即便被虎頭蜂螫著，也不痛不癢，還一把抓住大獨角仙塞進嘴裡嚼碎，領著蛛群尖笑追擊兩人。

許保強見董芊芊奔得累了，便放緩速度掩護她，他感到蜘蛛女人戾氣逼來，陡然轉身挺起柳棒，對著蜘蛛女人顏面刺去一記回馬槍——

但那蜘蛛女速度飛快，竟整個人斜斜攀上廊道側面壁面，不但避開了許保強這記刺擊，且攀爬側牆越過許保強，倏地一蹦，撲倒了跑在前方的董芊芊，四手飛快從腹間拉出蛛絲，將董芊芊雙手黏至身後，一把將她提起，像是捕獲獵物的獵人般歡呼起來。

許保強怪叫一聲，頂著怒容回頭要救董芊芊，磅啷啷地舉著柳棒對蜘蛛女一陣亂打，蜘蛛女舉著怪長胳臂格擋，皮膚被柳棒打出一條條焦黑、燙出一陣噁心怪味，卻仍尖聲厲笑，長手一甩，一把揪住許保強胳臂，將他也拉來身邊，也用蛛絲將他雙手反捆在背後，按著他腦袋嗅嗅他頸子，張口就要咬下。

「等等！」許保強突然變了張臉，表情變得滑稽古怪，是張詭異笑臉。「別咬我呀大姊！」

「噫？」蜘蛛女望著許保強那張笑臉，臉上厲笑收去幾分，歪頭歪腦地打量著許保強。

「自己人、是自己人啦……妳差點咬錯人了嘿嘿……」許保強咧嘴一笑，突然再換張臉，兩隻眼瞳閃爍起奇異紫光，變得深邃詭怪——這是鬼臉中的「鬼笑」跟「鬼詐」，與先前「鬼怒」那威嚇之力相比，「鬼笑」的作用是減低敵方鬼怪的怒氣同時增加對自己的好感，「鬼詐」則像是催眠術般能夠哄騙惡鬼。

自然，不論是鬼怒還是鬼笑、鬼詐，施用時的效力，便端看施術者和受術者雙方的道行高低了。

「大姊，我跟芊芊是妳朋友……」許保強一會兒鬼笑、一會兒鬼詐，這兩張臉本便設計為組合使用。「妳抓錯人了，放開我們好不好……」

「噫……」蜘蛛女似乎被許保強說動，呆愣半晌，終於將兩人轉面，伸手要撕扯兩人手腕上的蛛絲。

「呀！」一聲怪異尖叫陡然響起。

兩隻青森小鬼自空落下，一個落在蜘蛛女肩上，氣急敗壞指著許保強嚷嚷，像是在告訴蜘蛛女千萬別上當；另一個則騎跨在許保強肩上，用腳箍著他脖子，兩隻小手拍他巴掌、扯他鼻孔嘴巴、還摳他眼睛，像是想破壞他此時鬼臉。

「靠！」許保強大力甩頭，一張臉再次擠出鬼怒，暴嚇一聲，將肩上小鬼嚇得彈落下地。

蜘蛛女見許保強變臉，發現自己上當，一把揪著許保強衣領，將他拉至眼前，兇惡盯著他再次擠出的鬼笑和鬼詐。

這次她沒再上當，只冷哼幾聲，怒火更盛——鬼詐一旦被揭穿，除非兩方道行相差巨大，或是那鬼蠢笨至極，否則短時間內很難再受騙。

「弟弟……」許保強連忙將目標轉移至身旁小鬼，對他擠出笑臉說：「我……我是你哥，快救我……」

但他情急之下，擺出的鬼臉不甚標準。

啪——那小鬼重重甩了許保強一巴掌。

「糟糕！」許保強突然擠出一張之前沒有擺過的鬼臉，模樣滑稽古怪。「鬼求道——鬼王救我！」

他才喊完，只聽蜘蛛女尖嚎一聲，下半臉整個裂開，彈出一對大牙，彷如蜘蛛口器，湊近許保強脖子就要咬下。

董芊芊驚恐尖叫，陡然見到一道如雲似水的紅光飛竄過眼前，捲上蜘蛛女臉面，牢牢纏住了她那蜘蛛大嘴，還將她腦袋扯得往後仰去。

「啊！鬼求道成功了！」許保強見蜘蛛女腦袋被紅光扯歪，驚喜之餘，卻見紅色流光另一端站著一個男人，正是剛剛他們進入大樓前，站在防火巷外那抓頭男人——

韓杰。

韓杰左前臂纏著混天綾，右手捏著一枚蓮子放入口中嚼，似笑非笑地打量著兩人。「還眞是兩個小毛頭沒錯……」

「咦？」許保強有些糊塗了。「老兄，你是我用鬼求道求來助陣的兵將嗎？」

「小子，你說什麼？什麼鬼求道？什麼兵將？」韓杰一點也聽不懂許保強這句話意思。

「噫！」蜘蛛女伸手撕扯嘴上的混天綾，不但扯不斷，且連雙手都燒起紅火，怒叫一聲棄下許保強和董芊芊，轉身朝韓杰急奔殺去。

韓杰大力一抖混天綾，令混天綾抖出一個波浪，在蜘蛛女臉上鞭出一團火，同時衝上一拳擊在蜘蛛女燃火臉上。

蜘蛛女一面抹臉滅火，一面揮手朝韓杰亂扒，被韓杰甩混天綾將四隻手都給捲了，又繞到她背後纏住她的腳，將她捆成了個大粽子。

跟著韓杰從口袋捏出一搓金粉，在蜘蛛女後背上，畫下道符印。

「呀——」蜘蛛女背上炸出金光，與混天綾紅火互相爭輝，轉眼將她燒成了個金紅大火球。

那頭，許保強掙斷蛛絲，擺出鬼怒臉，撿回伏魔棒打跑兩隻小鬼，一面替董芊芊解開蛛絲，一面遠遠地望著那燒成大火球的蜘蛛女，和慢條斯理收回混天綾的韓杰。

三人離開大樓後，來到一間連鎖麵店休息兼用餐。

「原來你是月老聘來保護我們的保鏢……」許保強失望地盯著韓杰。「我的『鬼求道』沒用成功……」

「到底什麼是鬼求道？」韓杰問。

「鬼王教我的一種鬼臉。」許保強答：「在緊急時刻，擺出鬼求道，鬼王會暫時借我一些高難度法術……」

「剛剛那還不算緊急時刻？」韓杰問。

「算呀！那怪蜘蛛大牙差點咬進我脖子了……」許保強說：「但是……應該是我的鬼臉沒做標準，那張臉好難，我在夢裡練幾十次也只成功兩、三次，平常一次也沒成功過……」

「慢慢來吧。」韓杰吸起麵條，淡淡地說：「你們剛剛看見的那條火，我當初也練了很久才練熟；最早的時候，我拿它出來，它綁我不綁鬼，燒得我皮都焦了，那時候鬼是被我燒焦的醜樣子嚇跑的。」

韓杰當年第一批法寶，是太子爺測試他贖罪決心，外加震撼教育的試用版尪仔標。

那套尪仔標外表腐鏽，變出來的法寶歪七扭八，拿在手上會被鐵鏽碎片扎得鮮血淋漓。

「所以你那條『火』到底是什麼？」許保強對韓杰那些法寶倒是挺感興趣。

「那是混天綾。」韓杰答：「是太子爺七寶之一。」

「七寶？」許保強唏哩呼嚕地吸麵追問：「所以有七種法寶？另外六種是什麼？能不能拿出來讓我看看？」

「當然不行。」韓杰打斷許保強的話，說：「順序不對，應該是你們說，我聽。」

「我們先說？」許保強呆了呆：「說什麼？」

「說你們到底在幹嘛，這樣我才知道能幫上什麼忙。」韓杰說：「月老說，他出了一份『暑假作業』給你們？那是啥？」

董芊芊說：「月老給我的作業，是醫治每個人的桃花病——一個人的桃花要是生病了，會影響他的神智，進而影響到身體健康，甚至危害到身邊的人；月老派在人間的金龜子如果發現特殊案件，就會通知我前往處理……」

「了解。」韓杰點點頭，望向許保強。「你呢？月老說你是鬼王乩身，你的暑假作業又是什麼？」

「我的作業。」許保強指著董芊芊：「就是保護她寫作業。」

「嗯……」韓杰點點頭、吸著麵。「所以我的作業，就是保護你們兩個人完成暑假作業……操，我自己這輩子從沒交過暑假作業……」他嘆了口氣。「說說你們目前準備處理哪幾件案子吧。」

許保強和董芊芊你一言我一語地敘述起這幾天經手案件，包括溫文鈞、冥婚女鬼、青裙女、馬尾男，主要是溫文鈞——他是月老在夢裡親口指定要對付的傢伙。

許保強補充說明：「如果用電玩來比喻，那個姓溫的就是故事主線，馬尾跟冥婚女鬼算是支線；但是爲什麼跑主線跑一半，會殺出個大蜘蛛，還要深入調查……」

「先聊聊主線。」韓杰又問了那姓溫的傢伙一些事，大致明白那傢伙使用一種神祕藥粉誘騙女人心甘情願做其奴僕，提供金錢和身體供他享用，且身邊還有小鬼幫忙。

「他背後有人指點。」韓杰說：「他被你們搶過藥、打跑嘍囉小鬼，每次一見你們就逃，表示他道行不高；他的藥跟小鬼，還有這些蜘蛛，應該都是他背後那傢伙搞的。」

「你是說他背後還有老大？」許保強這麼問：「他們是一個集團？」

「有可能。」韓杰點點頭。「我猜月老大概也明白這姓溫的背後那傢伙，不是你們兩個能夠對付得了，所以請我幫忙。」

「那你要怎麼對付他？」許保強邊吃麵邊問。

「我連他是誰都不知道。」韓杰瞪了瞪許保強：「小子，你先說說你現在到底會些什麼吧。月老說鬼王請我教你幾招。」

「教我幾招？」許保強瞪大眼睛，驚喜問：「我想學你剛剛用的那條混天綾！可以嗎？」

「廢話，當然不可以！」韓杰不耐地說：「我是太子爺乩身，他那七寶當然是我專用；你要用鬼王教你的法術——但驅魔打鬼這件事，許多竅門和經驗是相通的，這是我可以教你們的東西。」他說到這裡，望了望兩人。「聽月老說，你們之前都是在夢裡上課。」

「是……」董芊芊和許保強點點頭，許保強補充說：「鬼王託夢給我，教我調配驅鬼鹽米、柳枝水、伏魔棒，還教我扮鬼臉……」

「伏魔棒？拿來瞧瞧。」韓杰伸手向許保強要來那柳枝棒晃了晃，隱隱感到柳枝和浸過符術鹽米水的布條確實透著淡淡驅鬼效力，但布條上符籙字樣寫得歪七扭八，效力有限。「打小鬼大概夠用了。」他將棒子還給許保強，再問：「鬼臉又是什麼？」

「不同的鬼臉有不同的功效，我現在學會四張臉。」許保強開始對韓杰介紹起他懂得的幾種鬼臉——「鬼怒」能威嚇惡鬼、「鬼笑」能降低惡鬼敵意、「鬼詐」能催眠哄騙鬼怪。他介紹了前三種，心虛地抓抓臉。「第四張鬼臉就是剛剛說的『鬼求道』……」

「你不是說鬼求道只在夢裡成功過兩、三次？這算學會嗎？」韓杰冷笑兩聲。「哄鬼、騙鬼、嚇鬼，所以你還沒有能直接打鬼的法術？只能用那根棒子？」

「直接打鬼的法術還在學，有點難……」許保強攤攤手。「比鬼求道還難……」

「呼。」韓杰扶額，似乎感到這工作一下子不知該從何開始——這兩個高中生擔任神明使者的時間實在太短暫、幾乎沒有與邪魔惡鬼搏鬥的經驗，讓他照顧，可不知要照顧到何年何月。

「你說要教我幾招……」許保強問：「到底是哪幾招？」

「嗯……」韓杰想了想，寫了張紙條給他，上頭是鐵拳館的地址。「有空過來，有些東西得從基本功練起。」

「基本功？」許保強捏著那字條，一下子還搞不清楚韓杰葫蘆裡賣什麼藥，追問幾句，韓杰也沒理他，而是轉頭問董芊芊：「至於妳，主要就是畫紅色蟲子來治療人身上的桃花？」

「我是園丁。」董芊芊拿起她的水筆。「裡頭的紅墨水是月老教我調配的，材料是紅色食用色素跟一些草藥，畫出來的蟲可以治療各種桃花症狀，一部分的蟲也可以治鬼，因爲有些桃花症狀跟邪術、鬼物有關……」

「妳能夠看見每個人的桃花？」韓杰好奇指了指自己。「包括我的？」

「不……」董芊芊搖搖頭。「我目前權限還不夠，只看得見生病、不正常的爛桃花，我平常會派毛蟲或是蠶寶寶吃那些爛桃花的花瓣跟葉子，如果桃花上被鬼或是奇怪的法術糾纏，就要派蜂、蟻或是獨角仙去處理。」

至於處於正常戀愛中的人，或尚無心儀對象，甚至是尋常失戀、單戀的人的桃花狀況，董芊芊都看不見——畢竟這關乎個人隱私，月老自然不會將這權限隨意開放給弟子使用。

董芊芊身爲園丁的職責，就是醫治那些會影響自身健康甚至旁人安危的病桃花，或是受人爲邪術、鬼物影響的腐爛桃花。

「不過月老另外開了個特殊權限給我。」董芊芊說：「讓我看得見金桃花。」

「金桃花？」韓杰好奇問：「那又是什麼？」

「當一個人願意捨身爲深愛的對象奉獻一切時，他身上的桃花會發出金光。」董芊芊說：「我會派出蜜蜂去，採集金桃花的花粉和花蜜，讓蜜蜂飛上天庭交給月老。月老會將那些金桃花的花粉和花蜜，煉成治癒人心的藥，在七夕時隨著雨水降回人間，撫慰人心。」

「唉！」許保強突然嘆息插嘴：「偏偏就算是金桃花的花粉跟花蜜，也治不好我的包莖桃花。」

「何謂包莖桃花？」韓杰皺了皺眉。

「月老說，有些人的桃花花苞外面那層皮太厚太硬，石化了，開不出花，所以交不到女朋友。」許保強說到這裡，問韓杰：「像不像包莖？」

「是有點像。」韓杰點點頭。

「我叫你不要那樣形容桃花，你聽不懂是不是？」董芊芊惱火瞪了許保強一眼，對韓杰說：「那叫『石桃花』。」

「她也是石桃花。」許保強又說：「不過她不是包莖，她整朵桃花都是石頭，不會對任何人動心，她不明白愛上一個人的感受……」

「月老說……」董芊芊解釋：「像我這樣的人，比較適合擔任園丁這份工作。」

韓杰似懂非懂說：「因爲這樣的人，心如止水，處理這些事情時會比較客觀？」

「可能吧……」董芊芊點點頭。

「好。那現在，你們下一步想做什麼？」韓杰挾著小菜吃。

「她的螞蟻軍團還在追蹤女鬼，一有消息就開工；至於主線那姓溫的，得等月老下一步指示；至於那個馬尾該怎麼解決呢，我覺得那種人就是欠揍……」許保強吃完麵，捧著碗喝乾湯，意猶未盡地望著董芊芊那許久未動的半碗麵，說：「妳吃不下了嗎？我幫妳吃……」

他邊問邊伸出手要取碗，卻見董芊芊沒有答他，而是凝神望向櫃台前一名孕婦。

韓杰也同時望著那孕婦。

孕婦面無表情，點完餐後默默等候半晌，取餐轉身離開。

董芊芊啊呀一聲，慌亂收拾東西要追上，韓杰早已起身離座，大步走出店外，跟在那孕婦背後。

許保強和董芊芊手忙腳亂將三人用餐托盤連同碗筷遞去回收台，這才急急忙忙跟出店外。

「那大肚婆也有病桃花？」許保強問。

「對，不過……」董芊芊說：「又是之前沒見過的病徵……」

「怎麼暑假一到，冒出這麼多怪桃花呀？」許保強追問：「之前妳放假處理的案子，不都很輕鬆嗎？怎麼這幾天接二連三碰到處理不了的案子？難道是鬼月快到了的關係？」

「才不是……」董芊芊搖頭說：「月老說學期間怕影響到我課業，只讓我處理初級案例；暑假期間，才特別調高我的權限，讓我可以看到更多稀奇案例……」

「還有分開學跟暑假喔！」許保強捏握自己雙拳。「那我的能力怎麼還沒升級？鬼王忘記暑假到了嗎？鬼月快到了耶！不快點讓我變強，怎麼應付接下來的鬼月？」許保強說到這裡，突然咦了一聲，望著前方十餘公尺外跟隨那孕婦的韓杰，問：「韓大哥反應比妳還快，他也看得見孕婦桃花生病了？」

「不……」董芊芊不時揉眼睛，遠望那孕婦，說：「她的桃花上帶著鬼味……跟那個被冥婚女鬼糾纏的男生一樣，韓大哥應該是感應到鬼味了……」

「鬼味？怎麼我沒聞到？」許保強大力吸嗅鼻子，見到董芊芊取出水筆，邊走邊在掌心上畫了隻紅蝶，然後鼓嘴吹氣，但這一口氣卻沒吹活紅墨蟲——紅蝶身子一挺，像是能量不足，縮退回她掌心。

董芊芊身子一晃，像是要暈。

從咖啡廳到中古大樓，她接二連三繪派墨蟲，消耗不少力量，此時在外頭還留著隻蟻后，指揮小紅蟻追查冥婚女鬼，她那微薄的法力似乎已經耗至極限。

許保強連忙伸手扶穩她：「妳今天畫了太多蟲，休息休息吧……」

董芊芊覺得手腳發麻，擔心會影響到在外追蹤冥婚女鬼的小紅蟻們的行動力，便不再勉強吹活掌上墨蟲；她見到那提著麵的孕婦來到街邊等紅綠燈，頭頂上的桃花花葉上竟緩緩滲出腐液，一滴滴落在她頭臉肩上。

孕婦微微發抖，身子漸漸往馬路方向傾去。

對面號誌仍是紅燈。

遠遠一輛車飛快駛來。

孕婦眼睛閉上，抬腳就要往前走。

「呀！」董芊芊和許保強驚呼一聲。

韓杰一把拉住了孕婦胳臂，沒讓她走上馬路。

汽車駛過孕婦面前。

「太太，還沒綠燈……」韓杰望著那孕婦。

「……」孕婦口唇發白，淚水在眼眶打轉，向韓杰點點頭。「謝謝。」

綠燈了，眾人才過馬路。

孕婦搖搖晃晃地提著麵往前，韓杰三人緩緩跟在後頭。

韓杰見董芊芊臉色不佳，低聲向她問明情況，隨口說：「菜鳥還不懂拿捏分寸，法術用過頭，身體虛脫也很正常。」

「可是……」董芊芊遠遠望著那孕婦轉入巷弄，擔心地說：「我沒見過病得那麼嚴重的桃花……如果我不幫忙，她會有危險，她……」她說到這裡，突然啊呀一聲，伸手指向遠處一處公寓四樓窗口。「那間應該是她家……」

「妳怎麼知道？」許保強正好奇想追問，便見到孕婦在那公寓大門前停下腳步，取了鑰匙開門上樓。

三人來到那公寓下，董芊芊瞇起眼睛，見到那公寓四樓一戶，隱隱透著奇異氣息。是一種和孕婦身上腐爛桃花相近的氣息。

許保強聽董芊芊敘述，擠眉弄眼用力瞧了半晌，什麼也沒見到，他轉頭想問韓杰有沒有察覺到古怪氣息，卻見韓杰從口袋掏出一張方形大符，施法燒了。

大符燒到一半，韓杰隨手一揚，大符在三人面前化為飛灰，灰燼閃動點點螢光。

「韓大哥，你燒了什麼符？」許保強問。

「地獄符。」韓杰這麼說：「功用是能從底下招鬼上來。」

「從底下……招鬼上來？」許保強呆了呆，指著四周晴朗天空，說：「可是，現在是大中午……鬼不怕太陽曬？」

「當然怕，但我招上來的這傢伙不一樣。」韓杰這麼說。

「哪裡不一樣？」許保強正要追問，便見到地獄符的灰燼餘光在空中盤旋成了個青光閃耀的小龍捲風，龍捲風中漸漸浮現出一個矮胖男人身形。

那矮胖男人身披米色風衣，領子高高立起遮住大半邊臉，頭戴紳士帽和褐色墨鏡。

「在下靈界偵探是也。」矮胖男人雙手戴著皮手套，緩緩摘下墨鏡，對許保強和董芊芊微微一笑。「請多多指教。」他吸了口氣，正要仔細地自我介紹，便被韓杰提著領子轉了半圈，讓他面向那孕婦上去的四樓。

「靈界偵探，看見四樓陰氣重的那間沒有？去看看發生什麼事。」韓杰這麼說，跟著提起靈界偵探往四樓大力一扔，將他直接扔入孕婦家中。

「哇，韓大哥你力氣這麼大！」許保強忍不住讚歎。「一隻手把那個胖子扔這麼遠。」

「他是鬼，比人輕多了。」韓杰聳聳肩說：「他叫王小明。」

「王小明？」許保強和董芊芊記下這個名字，許保強問：「所以……韓大哥你有許多鬼朋友？」

「是啊。」韓杰說：「王小明過去在陽世被我領鐵令修理過，那時候他壞透了，後來我帶他回家和其他鬼朋友當鄰居，半年前我那票鬼鄰居通通被陰差帶下陰間等投胎，不過——」

韓杰望著孕婦四樓住家，繼續說：「王小明是自殺，可能要等很久很久才拿得到輪迴證……

我怕他在底下閒得發慌，找了份工作給他。」

「就是……當靈界偵探？」

「對。」韓杰說：「工作內容，就是替我跑腿調查。」

「所以你有很多幫你跑腿的偵探？」

「看情況……」韓杰解釋：「我上頭是中壇元帥太子爺，太子爺是武將，專職戰鬥；但天上有派神仙擔心太子爺給我過多武力，哪天要是我瘋了，可能反過頭危害世人，所以開了幾次會，暫時限制我一部分法寶力量，但也給了我其他權限——例如這地獄符，讓我能向底下調借幫手上來處理事情；順便也讓我學習改變做事方法，別老是用打的。」

「你以前都用打的？」董芊芊怯怯地問。

「對啊。」韓杰故意拉高袖口，露出一截胳臂刺青，嘿嘿笑地說：「我打人很痛喔。」

「那爲什麼現在才要你改？」許保強問。

「因爲……」韓杰乾笑兩聲說：「過去是太子爺叫我打誰我就打誰呀，我也不是天生愛打人……只是天庭有武將也有文官，一堆神仙各有各的理論，誰也不服誰；總之現在天上暫時做出的結論，就是希望我盡量用愛來感化世人。」

「如果……」許保強想起那馬尾男，忍不住問：「對方完全不講道理，用愛也感化不了，那怎麼辦呢？」

「如果我碰到這種人——」韓杰聳聳肩，舉起拳頭搖了搖。「我會試看看愛大力一點。」

「韓大哥……」董芊芊好奇問：「你剛剛說，那位靈界偵探過去壞透了……他以前是壞鬼？他做過什麼壞事？」

「他變成鬼，躲在女廁近距離看女生尿尿，嚇壞很多女生。」韓杰答：「妳說是不是壞透了。」

「嗯，壞透了……」

□

「先生，我勸你不要亂來。」

四樓客廳，王小明持著一把大口徑左輪手槍，擺出猶如特務電影男主角的誇張姿勢，指著面前一個「男人」。

男人身形削瘦、臉色青蒼，全身散發濃濃的哀淒氣息。

男人和靈界偵探王小明一樣，不是人。

孕婦坐在一旁餐桌，一語不發地望著那袋麵。

「橋歸橋、路歸路，生死有命、陰陽有別……」王小明眼睛瞥過四周，只見客廳電視、櫥櫃、牆上，全是這男人和孕婦的合照，很顯然，他們是夫妻。

男人衣著是病人，電視機上其中一張照片，還有男人躺在病床上，和孕婦的合照——那時孕婦身孕尚不明顯，男人則像是正進行初期化療。

王小明猜測這男人與妻子新婚不久，在老婆懷孕之後，卻發現自己得了絕症，入院治療。

治療的結果，便在他眼前。

孕婦呆愣好半晌，終於將半冷的麵條倒入碗中，用湯匙攪了攪湯和麵，卻未入口，她面無表情，彷彿對這世間一切都失去了熱情。

「先生，你乖乖跟我下去吧，我有管道替你安排更好的處置，要是被牛頭馬面拘提，有可能會很慘——」王小明說到這裡，轉頭見孕婦那死氣沉沉的臉，說：「你眷戀人世，反而影響老婆健康，你到了底下，有罪的。」

男人一語不發，默默望著妻子，看都不看王小明一眼。

「喂，你有沒有聽我說話呀，你……」王小明見自己練習多日的帥氣台詞一點也起不了效果，有些羞惱，耍弄起他那把左輪手槍，動作自然也經演練多時。「你別逼我動用這把槍喔！我這把槍，和太子爺乩身那把火尖槍，並稱『退魔雙槍』！威力驚天地、泣鬼神喔！」

王小明耍弄半晌，一不小心讓左輪手槍脫手飛出，連忙撲去要接。

同時，男人淒厲一叫，撲向孕婦。

「喂，你別亂來呀！」王小明呀呀大叫，轉身攔腰抱住男人。

男人牢牢抓住孕婦的手，王小明使勁想將他拉離孕婦。

「不……不……」男人瞪大眼睛，咬牙切齒不肯放手——然而他剛死不久，道行不足以影響陽世凡物，抓著孕婦雙手，一點也使不上力，急得大叫。「不要啊……」

「不要什麼？你才不要，你……」王小明呀呀大喊，正猶豫要不要放手撿槍攻擊男人，突然瞥見孕婦手上捏著一個小瓶，瓶口微微傾斜，將瓶中液體倒入麵裡。

然後捏著湯匙攪拌起湯。

「不……不要、不要……」男人哭著推開王小明，激動在孕婦身邊嚷嚷大叫。「不要……不可以！」

「啊！」王小明這才明白男人是要阻止孕婦自盡。

他見孕婦伸手握著湯匙，舀了碗湯往嘴湊去，忙一個飛身翻起，撲上也抓住孕婦的手。

「太太，妳在麵裡加了什麼？」王小明和男人聯手抓著孕婦持杓右手。急忙大叫：「韓大哥、韓大哥，快來幫忙——」

孕婦呆愣愣望著自己顫抖的右手，像是不明白為何自己右手突然產生了阻力，阻止自己喝湯。

她用左手接過湯匙，卻立時感到左手也隱隱產生阻力——王小明騰出一手緊抓她手腕。

王小明比男人早死兩年，過去屢次嚇著生人，被領著籤令的韓杰逮著帶回東風市場讓四位乾奶奶看管；起初他道行極差，在四位乾奶奶嚴格訓練下，花了很多時間，才學會如何按下陽世鍵盤、滑鼠；兩年下來，他進步緩慢，從鍵盤滑鼠到一般物品，已能隨心觸碰摸拿，但對活體——尤其是活人，尚卻無法抓牢，僅能稍稍出力碰觸。

男人激動摀著孕婦嘴巴，淚流滿面，他像是剛死不久，連意識都模糊一片、話也講不清楚，只是憑著過去和孕婦多年情誼，知道無論如何也不能讓眼前的女人服藥自盡。

「對了，我還能上身！」王小明情急之下，想起自己在底下向其他鬼朋友請教過如何附上人身，此時倘若能附上孕婦身子，便能阻止她自盡，他抓著孕婦兩手，腦袋往前一撞，一連撞了數下，僅微微將孕婦撞退，卻上不了她的身。

他正想再撞，卻被身旁男人一口咬著胳臂不放——

男人以為王小明在攻擊他妻子。

「喂喂喂，你幹嘛啦！」王小明痛得大叫：「我想救你太太，你咬我幹嘛！」

磅磅磅——磅磅磅——

鐵門激烈響起，同時傳出韓杰的喊聲：「裡面有沒有人啊？」

孕婦被這陣拍門聲嚇著，手上的湯匙落在碗裡，身子一顫。

男人自後緊緊抱著孕婦，像是想將她拉離餐桌，他越抱越緊，整個身子竟融入孕婦身中，原來男人在無意中學會了鬼上身。

「啊！」王小明見男人這麼快便學會上身，這才啊呀一聲。「對喔，我都忘了，之前有個老兄教過我，從背後上身比較容易……」王小明喃喃自語，見到那孕婦被丈夫附身，反而激動起來，連忙安撫他。「喂喂喂，你別激動，你太太沒消失，是你上了她的身啦！」

原來男人剛死不久，心神混亂，沒頭沒腦附進妻子身中反而看不見妻子面容，一下子不明白發生了什麼事，驚恐大叫起來。「不！妳不可以……啊？妳在哪裡？」

男人從不知道挺著個大肚子的身體該如何活動，加上心智不清和驚懼恐慌，腳下一滑，附著孕婦身子跌了好大一跤。

「裡面怎麼了？發生什麼事？」韓杰剛剛在公寓外感到樓上陰氣有動靜，動用混天綾開鎖上樓，拍了兩下門聽裡頭激烈叫嚷，連忙又將手中混天綾往鐵門鎖孔一按，那如雲似水的混天綾鑽入門鎖孔洞，推過一枚枚鎖栓，喀啦一聲開了鎖。

韓杰二話不說闖入屋內，只見孕婦癱倒在地，一動也不動，王小明和孕婦丈夫滾在一旁扭打拉扯——原來王小明在孕婦要跌倒之際撲上去要救，抓著孕婦胳臂卻拉不動她跌勢，反倒無意之間又將那丈夫拉出孕婦身子。

「快打電話叫救護車！」韓杰朝躲在大門外探頭探腦不敢進屋的許保強大叫，躍過孕婦，一把揪起孕婦丈夫，用香灰繩子將他五花大綁。

王小明慌慌張張從地上撿回他那把左輪手槍和掉落的紳士帽和墨鏡，來到韓杰面前，嘰哩呱啦報告著剛剛經過。

□

醫院裡，孕婦沉沉睡著，孕婦娘家家人默默在旁陪同。

醫院外庭園，韓杰、許保強和董芊芊，望著孕婦丈夫淚流滿面、比手畫腳地述說這幾週以來發生的事。

王小明佇在一旁，舉著把符籙陽傘，替男人遮擋落日餘暉。

男人剛死不久，說話顛三倒四，眾人卻也聽了個七、八分明白——他們相愛多年，新婚才不到一年，妻子目前懷孕七個月，丈夫在數月前檢查出了癌症，已是末期。

妻子在陪伴他治療幾個月的期間沒落一滴眼淚，鼓舞他一定要爲了孩子堅持下去，卻在他離世後完全喪失生存動力，屢次想要帶著腹中孩子尋死見他。

男人變成了鬼，神智不清地待在家中陪伴妻子，見她頹喪至極，心中哀淒也莫可奈何，好幾次在她持刀望腕、開窗探身時死命拉著她，大吼大叫要她顧著腹中孩子，好好活著。

前幾次或許是孕婦死意未堅，又或是感受到身旁男人的意志，最後都沒有自殺，但這兩天卻又不知從哪弄來了毒藥，想要服毒自盡。

「畸戀……」董芊芊望著男人身子、胳臂沾黏著一條條腐絲，連接至醫院病房中，隱隱明白並非男人拖累孕婦，而是孕婦那株腐爛桃花拖累了自己和男人；她長嘆一聲，喃喃自語。「愛過頭、愛壞掉……影響到正常情緒、心智……人就不正常了……」

「所以……」許保強問：「問題出在那孕婦身上……」

「對。」董芊芊長長吸了口氣，再次取出水筆，在掌心上畫了隻紅蝶。

「妳還要派墨蟲？妳有力氣嗎？」許保強關切地問。

「我試試看……」董芊芊咬牙鼓嘴一吹，吹活掌心紅蝶，紅線翅膀微微震動、揚起，卻像是沒油的引擎般疲乏無力。

韓杰捻起一小搓金粉，在手掌上畫了個咒，往董芊芊頭頂拍了拍，問：「這樣有沒有好一點？」

「咦？」董芊芊啊呀一聲，感到體力似乎恢復了些，再次鼓嘴吹了口氣，終於吹活那紅蝶，她將紅蝶托至嘴邊，低聲囑咐：「是一個可憐的孕婦，去吧……」

她高高揚手，送出紅蝶，望著那紅蝶飛入孕婦病房，助她清除腐爛桃花——一隻紅蝶產下的毛蟲有限，一時半刻也清不完孕婦那腐爛桃花，但孕婦身在醫院、有家人陪伴，至少一兩天內，應該不會再有尋死念頭。

「韓大哥，你能傳內力給別人？」許保強驚問。

「不能。」韓杰搖搖頭。「這道符是我在受傷很痛時，拍在自己身上用來提神醒腦的，我只是試試看用在她身上有沒有效而已……」他說到這裡，對董芊芊說：「這金符效力沒辦法持續太久，妳要學會分配法力額度，控制妳那些……那叫什麼蟲？」

「治療生病桃花的紅墨蟲醫。」董芊芊向韓杰鞠躬道謝。

玖

黃虎龍抓著頭走進水月商業大樓。

水月大樓一到四樓小店琳琅滿目，有流行衣飾、玩偶公仔、雜誌漫畫、電子產品和手機周邊配件。

五樓幾間地下放款公司、土地開發公司、科技公司、房產管理公司的老闆都是「大鳳」，大鳳三十來歲，手下有百來名「員工」，各個刺龍畫鳳、面貌剽悍。

大鳳集團除了在水月大樓五樓幾間公司之外，也實質控制著水月大樓一些電子遊藝店、成人影音漫畫專賣店，以及六、七樓某些日租套房的女子陪睡仲介管理。

黃虎龍打著哈欠進電梯，按下八樓。

電梯裡，站著另兩個年輕混混，都是大鳳公司裡的「員工」，他們本來談論著六樓有個新來的陪睡小姐美得冒泡，一見到黃虎龍進電梯，立時垮下臉——整棟水月大樓裡上百個大鳳手下，每個都討厭黃虎龍。

到了六樓，兩個年輕混混出去，還分別瞪了黃虎龍一眼。

黃虎龍笑咪咪地按下關門鍵，繼續向上，他一點也不介意大鳳手下們的敵視目光。

到了八樓，黃虎龍步出電梯。

四周昏黃陰暗，水月大樓八樓本來是ＫＴＶ，幾年前歇業之後閒置許久，直到前幾個月，才終於有了用處。

黃虎龍穿過條條廊道，來到其中一間包廂隔間，包廂裡有一個女人和幾個男人。

削瘦男人坐在弧形沙發中央，穿著皮褲、上身赤裸，背後刺著一隻張翅揚爪的紅色鳳凰。

這男人就是水月大樓地下皇帝大鳳。

大鳳枯瘦得猶如一具乾屍，胸前肋骨形狀清晰可見，全身皮膚嘴唇都乾出了裂痕，彷如重病患者，但兩隻眼睛閃動橙光。

大鳳身旁依偎著個美麗女人，手上托著只血袋，湊在嘴邊啜飲。

另幾個男人與大鳳一樣身形削瘦，眼睛同樣炯炯有神。

女人見黃虎龍走入包廂，坐直了身子，朝大鳳等揮了揮手，大鳳立時起身，將女人身旁的位子讓給黃虎龍，神情中隱隱透出一絲忌恨。

「不用不用。」黃虎龍笑著抓抓頭。「我是來向見從大王報告的。」

「你空手來，沒逮著他們？」見從望著黃虎龍。

「是，我徒弟說那時……」黃虎龍連忙解釋。

「我很失望。」見從皺起眉頭，說：「我喝膩這些凡人血了，我需要有道行的血肉……」

「兩個小朋友背後還有人。」黃虎龍說：「那人不簡單，我派去的小鬼說他一出手就滅了見從大王您那人蛛。」

「哦？」見從兩隻眼睛亮了亮，說：「我那人蛛雖然煉成沒多久，但可沒那麼容易被法師輕易殺死……是個道行很高的老道士？你的小鬼知道那人用的是什麼法術？」

「不，不是老人。」黃虎龍說：「小鬼們說那人年紀和我徒弟差不多，三十幾歲，用一條長火。」

「長火？」

「小鬼說那傢伙抓著一條長長的火，他拿著那條火，像是拿著一條長絲巾，當成鞭子甩，將您那蛛女燒成灰燼。」

「……」見從兩眼大睜，腦海裡飛快浮現出一個身影——

一個用「長火」捲著她三個「好姐妹」，忽上忽下飛竄，追擊她和卞城王、秦廣王的男人。

那是一年前在玄極精舍廣場外，被太子爺降駕附體，大開殺戒的韓杰。

那晚欲妃、悅彼和快觀被太子爺斬下胳臂，被陰差逮回陰間受審，被判下地獄受刑——當晚逃過一劫的見從，在陰間低調躲藏了一段時間，重回陽世，查出三姊妹的胳臂藏在那間關帝廟裡，便暗暗盤算起這竊手計畫。

她與那三姊妹在陰間各自擁有幫派，且同爲第六天魔王的愛寵兼得力打手，不論地位還是道行，都平起平坐，但一年前玄極精舍夜戰之後，三姊妹淪爲地獄囚徒，她卻是自由之身，且三姊妹各失了一臂，削弱百來年道行，而她倘若能一口氣得到三條姊妹魔臂，便能增長數百年道行——接臂可不是誰都會的異法，至少另外三人誰也不會，偏偏見從便會——

見從這蜘蛛魔女，可不是蜘蛛煉成魔，而是人魂修行成蛛魔——她死在千年之前，下了陰間四處遊盪，受野鬼欺負，被一位「老師」所救。

那老師擅長使毒煉藥，在山上有間私人學堂，偶爾才下山買些藥材、送點貨物；老師似乎看出見從資質過人，收她爲徒，帶她上山，修煉數百年，將她從人魂煉成蛛魔。

見從起初不喜歡老師對她的安排，那時她覺得蜘蛛醜陋，但隨著道行一日日長進，不但能自由變化外貌，且力量大增，再也不用擔心被鬼欺負，甚至反過來欺負學堂裡某些資淺同學時，又覺得當隻蜘蛛，也挺不錯——

後來她離開了學堂，自立門戶、結幫立派、攀上第六天魔王，與另外三魔女爭風吃醋幾百年，始終難分高下；當她一打聽到三姊妹的胳臂藏在關帝廟裡，明知上關帝廟竊手風險可不小，極可能引來神明使者追捕，卻仍縝密計畫，用邪術迷惑關帝廟年輕工作人員阿郎，令阿郎從廟裡竊出手交給她。

那晚她將姊妹三臂嵌裝上身，還吃了阿郎，果真感到身體裡增加三股強悍力量，她興奮之餘，卻漸漸感到不太妙——

非常非常不妙——

三條魔臂的力量確實美味而強大，但似乎強大過頭，超出她能壓制的範圍，令她開始難以消受；她懊悔自己爲何不只接一條手臂，待完全適應了身體變化，再接第二條，或許能完美獲得三姊妹們各自的力量。

她幻想著三姊妹見到自己除了使毒，還能放電、降冰、燃火時的妒恨神情，便有種說不出的愉悅；屆時她不再與三姊妹平起平坐，她在第六天魔王心中的地位，肯定遠遠高出她們一大截，尤其是在現下第六天魔王落難躲藏，極度欠缺幫手之際——這或許是向來謹慎的她，如此輕率地一口氣接上三條魔臂的原因，她太想超越另外三人了。

見從現在面臨到最大的問題，就是該如何成功壓制乃至於掌控三條魔臂裡的異種力量——在黃虎龍提議下，她來到水月大樓，和迷惑阿郎時相同，在大鳳唇上輕咬了一口，注入細微毒液，將大鳳從一個精明剽悍的年輕黑社會老大，變成對自己死心塌地的忠僕愛寵。

黃虎龍倒是沒被見從咬過，他本便是見從長年合作對象，見從提供蛛毒給黃虎龍在陽世煉藥，黃虎龍則替見從張羅蒐集各種陽世毒物——蕈類、植物、兩棲爬蟲、節肢動物等供她在陰間進一步修煉毒術道行。

黃虎龍和大鳳本來也有幾次合作關係，黃虎龍提供情藥，讓大鳳拐騙小姐上樓接客陪睡，但後來分紅談不攏，兩人有了嫌隙，黃虎龍暗中唆使小鬼要害大鳳，偏偏大鳳佩戴著厲害護身符，小鬼難以近身。

黃虎龍本來擔心大鳳烙人堵他，一聽說見從想找批人當她「血牛」，長期供血助她壓制魔臂，立時就點名大鳳和這水月大樓，說裡頭多的是血氣方剛的猛壯青年。

見從在黃虎龍帶路下，來到水月大樓，擄獲了大鳳的心，瞬間成爲水月大樓地下皇帝心中的女王。

黃虎龍由於是見從得力助手，也跟著雞犬升天，在見從面前，與大鳳平起平坐。

接下來的日子，大鳳在見從命令下，將百來名手下分成三班，每隔兩天便每人抽一袋血供見從飲用。

不僅如此，見從還親自從大鳳手下點選出一批壯漢，除了供血之外還要捐精，從一次兩次到一天十五、六次。

見從就靠著這些壯漢精血輔以黃虎龍的藥材，來壓制魔臂反噬之力。

某天有個本來與大鳳親近的幹部，似乎不滿大鳳受到見從蠱惑，向大鳳建言，卻被大鳳當著手下面前捏斷手腳，所有手下們嚇傻了，大鳳整個人看來削瘦一大半，但力氣卻大得可怕。

那出聲建言的幹部被大鳳拖著腳拉上八樓後，再沒下來過、再沒人見過他。

大鳳集團內部便這麼開始了莫名其妙的恐怖統治。

起初有部分成員因此想脫離大鳳集團，大鳳便派出幾個每日供血奉精到外貌看起來都像是乾屍一樣的核心成員，一一找上意圖脫離的成員，「勸」他們回水月大樓繼續替大鳳集團工作、繼續供血給見從享用。

有時那些核心成員不小心「勸」得太大力了，沒辦法帶回完整的脫幫成員，只能帶回一些支離破碎的脫幫成員們的「一部分」——向其他成員展示，脫幫逃跑的下場。

幾次之後，再也沒人敢違逆大鳳的命令，或是私自逃跑。

「你說的那個人，我知道他。」見從聽黃虎龍轉述小鬼們描述的事發經過。「那是個很難纏的小子，不過——」

見從吸乾手中血袋，張嘴呵出口紅煙，眼睛閃閃發光。

「如果吞下那個人的身體，應該可以讓我完全控制三位妹妹的手了。」見從腦海裡浮現起自己道行突飛猛進，遙遙領先另外三妹的情景。

「那人到底是誰？」黃虎龍問。「他一個人的身體，比大鳳手下一百多人還補？」

「補多了。」見從說：「只不過那傢伙不好對付。」

「那人道行那麼高？」黃虎龍不敢置信。「連見從大王也覺得他不好對付……」

「單他一個人還好，眞正難對付的——」見從答：「是他頂頭上司太子爺。」

「是那個……哪吒三太子？」黃虎龍愣了愣說。「原來有神明撐腰，怪不得……」

「如果太子爺降駕，別說我三個妹子的手，就算第六天魔王親臨，也拿他沒輒。」見從這麼說。

「什麼？」黃虎龍過往與見從合作，便聽她提過第六天魔王大名，他稱見從爲大王，見從卻視第六天魔王爲大王；大王的大王親臨，都不敵太子爺降駕在個凡人肉身上，可見這肉身確實珍貴異常。

「那乩身這麼厲害……看來我們這次是討不到便宜了……」黃虎龍問：「太子爺乩身出面保護那兩個搗蛋鬼，所以我們得收手了？」

「倒也不是。」見從搖搖頭。「太子爺沒那麼容易降駕，他眼光高，只挑魔王打。」

「所以我們該怎麼做？」

「我得準備好後路，例如一扇好用的鬼門。」見從對黃虎龍說：「你想辦法先替我摸清楚他底細。」

「是……」黃虎龍點點頭，想了想，說：「我向大鳳借幾個人用用可以嗎？」

大鳳輕摟著見從的肩，聽黃虎龍這麼說，像是急於在見從面前表現，立時點了幾個名字，說：「你們跟虎龍哥走，去幫女王找出那乩身。」

「等等！」見從立時揚手阻止幾個起身漢子——這幾個漢子都和大鳳一樣，幾乎瘦成了骷髏，動作卻異常俐落，力氣也遠超過凡人肉體的極限——他們每日勤奮食血吸精讓見從修法壓制三姝魔臂，見從則回贈蛛毒和黃虎龍調配的草藥湯增長他們氣力。

這包廂裡除了黃虎龍外，包括大鳳在內的十餘名大漢，這些天來，從活人黑道，一步一步地被見從調教養煉成半人半妖的專屬衛隊。

「那乩身鼻子比狗還靈。」見從冷冷說：「這些傢伙一看就不是正常人，還沒走近他身邊就被他發現了。」

「抱歉，女王，我……」大鳳像是做錯了事的孩子，立時在見從腳邊下跪，還托起她的腳要親。十餘名衛隊大漢也跟著一同下跪。

「傻瓜。」見從嘻嘻一笑，托起大鳳下顎，在他額頭上親了一下，柔聲說：「我怎麼會怪你，你聽好，你這水月大樓的手下多少都沾了點我的氣味，都不能用，你替我找批『乾淨』的小伙子，探清楚那傢伙的底。」

「好。」大鳳點點頭，像隻溫馴忠犬般將腦袋貼在見從腿上，表示自己效忠。

拾

叮咚——

叮咚——

刺耳的門鈴聲嚇得老龜公自躺椅上坐起身來，看看時鐘，上午十點四十三分。

叮咚——叮咚——門鈴聲再次響起。

「哎喲、哎喲……」老龜公站起身，搖搖晃晃地往鐵門走去，今天鐵拳館公休，小本經營的鐵拳館由於人手欠缺，固定休週一、週四，通常休館日是韓杰接沙包工作的日子，但時間多半在下午或晚間，所以老龜公習慣在週日和週三鐵拳館打烊後的夜裡，在自己宵夜菜單上固定會出現的幾罐啤酒外，額外補上一小瓶威士忌當作「加菜」。

每週兩次的宵夜加菜，通常會讓老龜公睡到隔日午後，因此這時被電鈴吵醒的他，宿醉未解、頭昏眼花，全身透著濃濃的酒氣和起床氣，抓著肚子搖搖晃晃地去開門。

「誰呀……」老龜公拉開鐵拳館小門、升起鐵捲門，瞪著佇在門外的許保強和董芊芊，臭著臉指著門上的小告示——

本館每週一、四休館。

「臭小子，沒帶眼睛還是不識字呀？」

「啊？」許保強呆了呆，連忙揚起手上的小紙條。「是韓大哥叫我來的。」

「韓大哥？」老龜公啊了一聲。「阿杰叫你來的？他叫你來幹啥？」

「他叫我來練功……」

「練功？練什麼功？」

「練……」許保強一時還不知怎麼解釋，身後董芊芊已經遞上一瓶洋酒。

「幹嘛？」老龜公哦了一聲，接過那洋酒左右翻看，他不懂英文，只認出是瓶威士忌，同時覺得那標籤陳舊，知道是陳年老酒；他喝酒喝幾十年，卻不懂品酒，只懂得把自己灌醉之後呼嚕大睡。

「這是我從家裡找到的酒，應該是以前人家送的。」董芊芊解釋。「我家沒人喝酒，我就拿來送給——嗯，您應該就是鐵拳館老闆吧。」

「是呀……」老龜公狐疑地說：「你們是阿杰朋友？阿杰什麼時候開始收小弟小妹了？阿杰叫你們帶酒來送我？什麼意思？」

「韓大哥是我師父。」許保強說。

「啊？」老龜公哈哈一笑。「師父？阿杰他不是收小弟，是收徒弟？你拜他為師？跟他學什麼？學起乩嗎？」

「鬼王託夢要我向韓大哥學打拳。」許保強這麼說。

「鬼王？哪個鬼王啊？」老龜公困惑問，突然啊呀一聲：「你是說鬼王鍾馗？」

「是啊。」

「你們……是阿杰道友啊？也是乩身？」

許保強豎著拇指戳戳自己胸口。「我是鬼王乩身。」然後指了指董芊芊。「她是月老弟子。」

「是是是……」老龜公乾笑兩聲，招呼兩人進鐵拳館，一面抓著頭找手機，一面調侃地說：「這啥世道？世界末日啦？猛鬼入侵人間啦？怎麼滿街都是通靈人……」他翻找半晌，才在堆滿啤酒空罐的桌上一本色情雜誌底下，找出他手機。

他滑了滑手機，這才見到韓杰前一晚傳來的訊息——

明天會有兩個小朋友去鐵拳館，開門前檢查褲子有沒有穿好，別嚇著人家；他們是菜鳥神明使者，上頭交代我幫忙訓練他們。

老龜公打了個哈欠、抓抓肚子，低頭看看自己的四角褲，見褲襠開口微微敞著，還岔出幾根毛，連忙將毛推回褲襠裡，轉頭對許保強和董芊芊揚了揚手機。「我剛起床，現在幫你們聯絡阿杰，順便大便，你們自己找椅子坐一下。」

許保強在鐵拳館裡閒晃，一會兒舉舉啞鈴、一會兒扳扳練胸用的蝴蝶機，看到一旁垂著個破破爛爛的沙包，立時湊上對著沙包揮拳，哼哼地說：「練了拳，真的能打鬼嗎？」

昨日許保強接過韓杰寫給他的鐵拳館地址，只隨意放入口袋，壓根沒放在心上，回到家也只不停和董芊芊傳訊息，說要是她那隊紅墨螞蟻發現冥婚女鬼的動靜，立時通知他，他迫不及待想多加練習他那伏魔棒——

跟韓杰的混天綾相比，他那把柳枝加竹棍紮成的伏魔棒，像是學生勞作，遜色許多，但他覺得要是自己持續進步，說不定有一天，鬼王也會賞賜他幾樣威風凜凜的驅魔法寶。

他在睡前花了點心思調配了新的驅鬼鹽米，還拿出筆記本畫著設計圖——韓杰說他那套用來招喚太子爺法寶的尪仔標，使用過後副作用驚人，必須吃蓮子壓制痛楚，否則每用一張尪仔標，都得捱上不少苦頭，更重要的是，那些蓮子可不是從他當乩身第一天就有得吃，而是苦熬十多個年頭，完成太子爺第一份契約之後，換約得到的輔助品。

在那之前的十多年，韓杰除了尪仔標之外，也尋遍各地高人，學了點雜七雜八的驅魔道術，他用香灰畫出來的符，對付一般小鬼小妖已經足夠。

許保強聽韓杰說光是香灰便能畫出多種符籙，寫上紗布紮在手上，像是打鬼專用的指虎、寫在棍上就類似他那伏魔棒、寫在鍋蓋上能作盾、寫在菜刀上能斬鬼。

韓杰自然不是什麼大發明家，這些稀奇古怪的香灰與金符的用法，都是他十多年來千征百戰、流血流汗激盪出來的驅魔小技巧。

許保強像是發現新玩具般，興致盎然地思索著如何用鬼王透過夢境傳授的驅鬼鹽米，替自己設計獨一無二的驅鬼法寶，即便打起瞌睡、進入夢裡，見到鬼王來上課，依舊迫不及待向鬼王說起自己的幾樣設計。

卻被鬼王照著腦袋摑了一巴掌。

「蠢小子，你以爲這些花招誰都能用？」鬼王瞪著一雙又大又圓又兇的眼睛斥責。

「可是……韓大哥說這些東西很好用啊！」許保強在夢境裡替自己辯解。「他也鼓勵我自己設計……」

「他是他、你是你，他身經百戰，你毛都沒齊！」鬼王大聲說：「韓杰有中壇元帥親賜蓮藕身，在陽世伏魔多年，他捏著香灰一拳能將附著人身的鬼打飛，除了香灰術力，更因他筋骨強健、身手了得；換成是你，手上紮了條香灰符，見著一隻鬼往你竄，你揮拳還沒打到鬼，脖子都給掐歪了！」

「那……那我還可以扮鬼臉呀！伏魔棒、鹽米道具加上鬼臉，總行了吧！」

「行個屁！這些都是招式，光有招式沒用，你得練練基本功。」

「什麼基本功？」

「把身體練好點。」

「練身體？」

「韓杰不是給了你張地址，寫著他的拳館的地址？」

「喔對……他是有給我一張地址……」

「從明天開始，你乖乖向他學拳。」

「我學拳，你就會開始教我實戰鬼臉了嗎？」

「混蛋！我一直在教啊，是你一直學不會！你連第一個動作都做不到，我怎麼教下去！」

「鬼王，你教我的第一個動作是用舌頭舔下巴，我舌頭就不夠長啊！」

「你心智不堅，還沒受苦難煎熬，當然舔不到下巴。」

「人受了苦難煎熬舌頭就能舔到下巴？有這種事！」

「我的鬼臉就只能這樣學呀，我也只會這樣教徒弟，不然你教我怎麼教你呀！」

「我怎麼會知道怎麼教你教我啦！」

「……」

「……」

許保強這才知道，韓杰白晝與他們打完了照面，還向上頭回報進度，自己與董芊芊的暑假課業，可是天上諸神安排的結果，乖乖上鐵拳館學拳練身體，不只是韓杰的建議，更是鬼王的命令，他也只能乖乖照辦了。

「左勾拳、右勾拳，刺拳、刺拳、刺拳、刺拳，必殺正拳！啊喲——」

許保強連四記刺拳之後，緊接著一記正拳，重重打在沙包上，只覺得手腕一疼，像是扭著一般。

他摀著手怪叫幾聲，總算明白鬼王夢中教誨——即便戴著寫上符籙的拳套，但如果揮拳又慢又軟，打都打不著，拳套上的符籙又有何用。

要是碰上窮凶厲鬼，或是被鬼迷心遮眼的人、被鬼附身的人、惡毒法師、跟惡毒法師勾結的黑道打手，自個兒手腳不俐落、身體不健壯，手上捏著香灰說不定都被搶下來塞了滿嘴也打不著鬼。

「原來基本功，就是練身體啊……」許保強甩著手，東張西望像是想知道董芊芊有沒有看見他這糗樣。

好險，沒有。

董芊芊背著身，盯著老龜公昨晚喝酒的凌亂小桌，一動也不動。

許保強好奇湊了上去，循著她的視線看向桌上那本相本。

那是封皮縐巴巴的老相本，董芊芊翻著一張張陳舊泛黃的照片，多半是對年輕夫妻與幼齡孩子的合照。

「這是剛剛那個酒醉老闆？」許保強見一張照片裡的男人赤著上身，身材健壯精實，像是健美比賽的選手般，全身上下沒有一絲贅肉，腹肌塊塊分明。

男人坐在椅上，舉著雙手拱起二頭肌，讓身旁一對雙胞胎孩子抱著他的胳臂雙足騰空，像是將胳臂當成了單槓玩耍一般。

許保強見董芊芊用手指輕輕拂過相本，在眼前捻了捻，好奇地問：「妳在幹嘛？」

「有灰燼……」董芊芊將手指湊近鼻端嗅了嗅，打了個噴嚏。「有桃花的味道，這是桃花的灰燼。」

「桃花的灰燼？」許保強問：「那是什麼？也是桃花病的一種嗎？」

「應該算吧……因為我只看得見病桃花。」董芊芊說：「月老只對我簡單介紹過桃花灰燼，但還沒教我怎麼醫，我記得課表上有這堂課，不過還要過陣子才會上到這堂課。」

「而且……」董芊芊接著說：「我現在只是園丁，只能派蟲咬掉那些扭曲、不正常的桃花株葉，一般婚姻觸礁、多角戀、單戀、暗戀、你愛的人不愛你，這些愛戀過程中產生的心理痛苦，我也無能為力——已經燒成灰燼的桃花，是不是真能醫治，我也不知道……」

「愛情……」許保強吐了吐舌頭。「是件這麼可怕的事情嗎？」

「也許吧，我也不曉得。」董芊芊若有所思。「或許我的石桃花，也不是件壞事；不懂這件事，就不會因爲這件事受苦。」

「那我呢！」許保強攤手抱怨。「妳是全株石桃花，我是包莖桃花，我的桃花蠢蠢欲動，我從小到大喜歡過的女生都不喜歡我，我可憐多了……」

「就叫你不要用包莖來形容桃花！」

「爲什麼不能用包莖？花本來就是植物的生殖器官啊，生殖器官的外皮包住了生殖器官本身，這不是包莖是什麼？生物課老師不是都有教過……」

「喂喂喂！」老龜公套了件短褲從廁所步出，見到許保強和董芊芊在小桌前翻他相本，氣得嚷嚷：「你們在幹什麼？隨便亂翻別人東西！」

「對不起……」兩人見老龜公發怒，立刻退開一大步。

「你們是高中生？現在高中上課都教什麼呀？」老龜公走到桌前，將相本闔上，隨手拿了本色情雜誌蓋在相本上。瞪著許保強和董芊芊說：「兩個毛孩這麼大聲聊生殖器官，不害臊呀！」老龜公見許保強雙眼緊盯著他用來蓋住老相本的色情雜誌，便隨手翻開一頁說：「看！這麼大朵生殖器官見過沒！」

董芊芊立時撇過頭，許保強哇了一聲，主動伸手過去想翻下一頁。

「臭小子！」老龜公立時闔上書，夾住許保強的手。「你到底是來練拳還是來研究生殖器官的？」

「我是來練功的……」許保強抽回手，說：「可是師父還沒來。」

「嗯，奉神明之命來向阿杰學打拳啊……」老龜公想了想，點點頭，向兩人招招手，將他們領到櫃台。「阿杰現在也算是個有家室的男人了，平常不會這麼早開工，他不在的時候我替他教。」

「你教？」許保強啊了一聲，不解地說：「你也會打拳？」

「啊？臭小子你瞧不起我啊？」老龜公瞪大眼睛，指著櫃台旁幾張泛黃照片，大聲說：「我當國手的時候，小子你還沒出生呀！」

「這是你？」許保強和董芊芊湊近看那些照片，只見照片上的年輕人身形精瘦，戴著一雙拳套比出拳擊架勢，一雙剽悍小眼和老龜公確實有幾分神似。

許保強看過幾張精瘦時期的老龜公照片，跟著見到後幾張照片裡的老龜公，身子厚了一大圈，肌肉變得雄渾壯碩，好奇問：「怎麼後來變壯那麼多？」

「後來我肩膀受傷、又跟教練鬧翻，被那老王八蛋聯合整個圈子，把我踢出拳壇；退伍之後沒拳可以打，改練健身……」老龜公說：「我打拳時瘦，因爲那個老王八蛋把本來該我打的量級讓給他兒子打，更上頭的量級也卡著幾個學長，害我每次比賽減重都減得頭昏眼花，害我少拿好幾面金牌呀！混蛋！」

「是喔……」許保強對拳擊和體壇內幕沒有太大興趣，只望著老龜公此時的渾圓肚子說：「可是你現在……」

「我現在怎麼了？」老龜公啊呀呀地說，手指在幾面執照上敲：「人老了身材發福不是很正常嗎，我有正式拳擊執照跟健身教練執照呀！我難道沒資格當你師公？」

「師公？」

「是啊。」老龜公扠著手，挺起胸膛，收了收小腹，說：「阿杰年輕時也是我帶出來的。」

「什麼？」許保強不敢置信。「韓大哥是你帶出來的！」

「是啊！」老龜公理直氣壯說：「他以前是小混混，小混混哪裡會打拳呀，一開始連法寶都抓不穩，被鬼追著打，加上又無家可歸，是我收留了他，教他打拳，他向我學了一手好拳，把混天綾裹在手上當拳套，回頭去報仇，一般妖魔鬼怪哪裡打得贏他呀。」

「所以這樣算起來……」許保強說：「鬼王老大要我認韓大哥當師父，你又是韓大哥的師父……」

「就是師公啦。」老龜公扠著腰，得意洋洋說：「不是畫符抓鬼那個師公，是師父的師父那個師公。」

他邊說，還邊從櫃台抽屜翻出兩張鐵拳館報名表，連同兩支原子筆一同遞給許保強和董芊芊，指著上頭簽名欄，說：「在這裡簽名就行了。」

「這……」許保強和董芊芊接過報名表，都有些猶豫。「這……我們還是先等韓大哥來再說……」

「再說什麼呀！你們有所不知，自從那次陰間閻羅殿大戰之後，太子爺雖然復了職，但現在還是被天庭嚴格監管，阿杰用尪仔標也受到限制，很麻煩的，所以現在陽世需要更多幫手，其他神明也開始招募使者乩身，來分擔更多工作，你要是再猶豫，害阿杰被底下一堆鬼魔王剖開肚子、拉出腸子煮麵線，你們擔得起嗎？」

「什麼？」許保強和董芊芊聽得一頭霧水，但見鐵拳館報名表上面費用雖然不高，對兩個高中生而言負擔還是不小，一時也不知所措。

「師父說要教我打格鬥，師公你是打拳擊的，這兩個好像不太一樣耶……」許保強開始顧左右而言他，董芊芊則轉過身去用手機向韓杰傳訊息。

「哎呀小毛頭你懂什麼？」老龜公隨手抓起一雙拳套往許保強胸口一塞，說：「綜合格鬥不是一種功夫流派，是比賽方式，拳擊練好了，格鬥絕對不會差到哪裡去，你不知道綜合格鬥一堆選手都是拳擊搭角力嗎？」老龜公領著許保強往擂台走，說得口沫橫飛：「阿杰的柔術、踢法，都是後來他自己亂學的，拳擊才是他打架的基底，他閃避、走位、出拳時機，都是我教他的！」

老龜公替許保強戴上拳套，自個兒拿了個拳靶，翻身上了擂台，說：「愣著幹啥？上來試著玩玩呀，看看你現在程度。」

「試玩……」許保強本來被報名表嚇著，但戴上拳套、聽老龜公說可以「試玩」，不禁覺得興致昂然，便攀上擂台，雙拳互敲了敲。「好啊，就試玩一下。」

「試著出拳看看。」老龜公舉起拳靶，示意許保強揮拳。

磅、磅磅、磅磅磅！

許保強連續幾拳，在拳靶上擊出一陣響亮聲響。

「喂……」董芊芊剛向韓杰傳出訊息，便聽見背後那陣擊靶聲，回頭見許保強蹦蹦跳跳地對著老龜公手上的一雙拳靶揮拳，她想阻止卻又不知道用何理由。

她見到擂台上飄起了點點灰燼。

一陣陣碎灰彷如燃燒過後的紙錢餘燼。

那是舉著拳靶的老龜公，接下許保強的拳頭時，身上震起的焦灰，是他那株焦死多年的桃花。

她記得月老只簡單對她提過——

有些人愛情死掉，很多年之後，心中就沒感覺了。

有些人愛情死掉，很多年之後，心中仍堆滿遺憾。

這些焦灰是老龜公心中的遺憾。

「連這樣的大叔……也曾擁有過能讓自己多年之後，依依不捨的愛情嗎？」董芊芊喃喃自語，突然覺得自己對老龜公的評價似乎有點過分——老龜公也不是一出生就是啤酒肚大叔，他也曾年輕過、精瘦過、健壯過，且還當過國手呢。

磅磅磅磅磅——

許保強也盯著老龜公，一拳接著一拳打，像是在等待這前國手對自己的評價。

「不錯不錯。」老龜公說：「比那些頂著啤酒肚的上班族來勁，差不多就一般高中男生水準。」

「……」許保強聽老龜公的評價是「一般高中男生水準」不免有些急躁，揮拳力道加大幾分，像是將老龜公手上的靶子當成了仇人在打。

「亂了亂了。」老龜公打了個哈欠，開始挪移腳步，讓許保強沒那麼容易打中靶子，同時說：「全部的姿勢都不對，你這樣打手會受傷喔……而且……」

老龜公打了個哈欠，見許保強一步跨來揮出記大拳，陡然往前一踏，使拳靶閃過許保強那拳，還順勢將拳靶繞過許保強出拳胳臂，在他臉旁停下。

「破綻太大了。」

「哇！」許保強這才大吃一驚，知道眼前這蓬頭垢面、睡眼惺忪，全身散發隔夜酒臭的啤酒肚阿伯，身手可不差，櫃台旁那幾張老龜公國手時期的照片想來是眞的，而不是合成照。「看不出來你動作這麼快……」

「不是我動作快，是腳步、走位、時間差……」老龜公嘻嘻笑地說：「你全力朝我衝過來，我只是往前跨一步，就貼到你面前了；你眼睛只盯著靶子，什麼都忘了，才覺得我像是瞬間移動。」他用拳靶撞撞許保強的臉，說：「這招叫交叉反擊拳，眞打到你臉上，等於是我的拳頭，加上你全力衝過來的力氣，你想想看，這多大力呀——這就是專家跟外行人的分別，怎樣，小子，想不想當個專家呀。」

「是有點想……」許保強吸了口氣，心情有些興奮。「可是……」

「哎呀，還可是什麼。」老龜公拋下拳靶子，替許保強解開拳套，將他趕下擂台，帶著他來到櫃台旁，向他說明起鐵拳館各種課程和價錢差異。「要當專家呀，就只能苦練，我可不是爲了賺你錢呀，我這館子是做功德的……」

喀啦一聲，通往一樓的大門開了。

董芊芊像是等到救兵般往大門看去，卻見到踏進鐵拳館的不是韓杰，而是幾個年輕人。

這幾個年輕人都蓄著平頭，眼神有些閃爍，其中兩個頭部和胳臂還有些刺青。

拾壹

「本日公休喔不好意思！」老龜公堆著笑臉上前解釋。

「公休？」帶頭年輕人瞥了許保強和董芊芊一眼，問：「那他們呢？」

老龜公笑嘻嘻地答：「他們只是來填個會員報名表，明天營業日才提供服務。」

「會員報名表？」帶頭年輕人問：「我們也想填幾張行不行？」

「啊？行！當然行吶！」老龜公眼睛一亮，點頭如搗蒜，領著幾個年輕人來到櫃台，取出報名表分給他們填寫。

「入會費九九九，月費八九九，一期三個月。」年輕人彼此瞄了瞄，眉宇、嘴角隱隱露出笑意。

「……」老龜公見幾個傢伙似乎對報名表上大小注意事項和規約興趣缺缺，有人甚至胡亂塗鴉起來，便說：「本館也有提供單次計費的服務，每個時段一百元，不入會綁約也行……」

「塡好了，有沒有會員證啊？」其中一個年輕人將報名表拍在櫃台上。

「有啊，不過……」老龜公拿起報名表瞧了瞧，只見簽名欄上那署名寫著「北台灣第一帥」，顯然不是眞名。

另幾個年輕人也將報名表一一遞給老龜公。

「大屌王、李麥克、三重飛龍……」老龜公唸著報名表上的署名，見到其中一張連入會費和月費價格都被塗改成零元，他默然半晌，堆著笑臉對年輕人們說：「請各位提供身分證，核對完身分繳費就成爲會員，印製會員證需要兩個工作天……」

「兩個工作天？你們會員證是有鑲金邊還是鐳射浮水印呀，要這麼久？」一個年輕人擅自繞進櫃台翻找，摸出一疊印有「鐵拳館會員」的紙卡一一發給夥伴。「來來來，名字自己塡……」

「……」老龜公苦笑說：「沒核對過身分、繳會費的會員證，寫上名字也沒用呀……」

「沒用？」幾個年輕人起鬨笑罵：「我說有用就有用啦！」「來來來，大家開來玩囉！」大夥兒嚷嚷散開，有的去舉啞鈴，舉幾下隨手扔下磅地砸出好大一聲，跟著再挑其他啞鈴，再舉再扔；有的跨上健身車像是當成公路競速般大力踩得車身左右搖晃；有的對著沙包拳打腳踢，打了幾拳像是嫌沙包硬，還戴上自備的指虎再打。

「這位大哥呀……」老龜公見這群年輕人沒頭沒腦地瘋癲胡鬧，拱著手對那帶頭年輕人苦笑說：「你們到底想幹什麼？我這間館在這地方開好多年了，不記得有得罪過哪位大哥呀……有什麼事直說吧，別玩我呀！」

「你們這裡是不是有個叫韓杰的？」帶頭年輕人問。

「你們也要找阿杰？」老龜公啊呀一聲。「有什麼事啊？」

「我們老大有筆帳要跟他算。」帶頭年輕人說：「叫他現在過來。」

「好好好……我現在就打電話叫他來……」老龜公莫可奈何，一面安撫幾個年輕人，取出手機撥電話給韓杰，等了半晌，也沒見韓杰接電話，苦笑說：「他現在可能在路上吧，他騎車不接手機的，那小子現在很聽他女人的話……」

「這樣喔。」年輕人挑了挑眉，左顧右盼，指著鐵拳館內的擂台說：「那老闆你上去陪大家練練拳吧，練到他人到爲止。」

其他年輕人聽帶頭的這麼說，高聲應和，紛紛拋下手中啞鈴等健身器材，全擠上擂台，有的大力拉扯繩圈、有的模仿起摔角選手在台上奔跑，藉著繩圈彈力胡亂彈衝。

「各位老兄呀，我這間拳館小本經營，設備弄壞了可沒錢修，你們別亂來呀……」老龜公急忙翻上擂台想阻止年輕人們搞破壞。

「不想我們搞破壞，就催那個韓杰快點來啊！」「陪我們練拳，練到他來爲止。」「我們時間很貴耶！」年輕人起鬨，還順手撿起老龜公剛剛和許保強練拳的拳靶往他身上扔去。

「好好好！」老龜公見幾個年輕人拉歪了擂台角柱護墊，像猴子般揪著繩圈擺盪，生怕他們拆了這幾十年老擂台，只得拾起拳靶拍了拍，嚷嚷說：「來練拳、來練拳，別拆我擂台啦……」

磅！一個站在老龜公側面的年輕人突然一拳甩在拳靶上，拍出好響一聲。

「響是夠響了，可是……」老龜公還沒說完，那年輕人又朝著拳靶橫甩兩拳，十足外行架勢，然後連連甩手退開。

老龜公苦笑說：「姿勢不對會受傷的……」

「我來！」第二個年輕人上前一口氣照著靶子連打七、八拳，第三個年輕人擠來加入戰局，兩人一左一右四個拳頭打老龜公兩個拳靶。

「別急別急，輪流打呀，兩個人一起打我接不住……」老龜公嘴上說接不住，但一雙拳靶忽上忽下，仍擋下所有拳頭——

忽然大腿一疼。

是他背後另一個年輕人一記側踢，甩在他大腿上。

「哎喲，怎麼出腳，我這兒是打拳的……」老龜公愕然閃開，出拳的兩個年輕人持續追打，出腳的那個也追著鞭腿。

「等等！等等！」老龜公開始在擂台上繞圈，本來接拳頭的拳靶子不時下放格擋三不五時往他腿上甩來的踢擊。

第四個年輕人見老龜公踉蹌往他繞來，突然出腳一拐，將老龜公絆倒在地。

老龜公掙扎起身，還沒撿起拳靶，臉上便重重捱了一拳。

「倒地！」幾個年輕人圍著老龜公哄笑讀秒：「一、二、三、四——」

「喂！」擂台下觀戰半晌的許保強忍不住對台上喊。「你們這樣是練拳還是欺負人啊？」

「關你什麼事？」「你混哪裡的？」年輕人們對著許保強叫囂：「你也想陪我們練拳？」

「好啊，練就練啊……」許保強這麼說，卻被董芊芊拉住。

「你要跟他們打架？」董芊芊怯怯地問。

「我是練拳啊……」許保強回頭對董芊芊說：「妳再打給韓大哥……」

董芊芊點點頭，又低頭撥電話給韓杰，仍沒人接聽。

老龜公摀著鼻子起身，鼻血流了滿嘴，見許保強也翻上擂台，立時將他推到角柱，說：「小子，你上來幹嘛？你沒見擂台已經滿了嗎？下去……」

「上來練拳啊……」許保強說：「我先來的。」

「你已經練完了，現在換他們練……」老龜公撿起拳靶，轉身對幾個圍來的年輕人說：「大家別搶著打呀，擂台是一對一，不是老鷹抓小雞，你們……」

「幹，少囉嗦！」「叫韓杰快點來！」年輕人哪裡理老龜公，你一拳我一腳地練起拳頭，這次他們完全不照靶子打，而是將老龜公全身都當成靶子，看哪邊空隙大就往哪邊打。

老龜公舉著拳靶左右格擋，十拳裡能擋下七、八拳，但免不了捱著一、兩拳；捱得多了，火氣忍不住上來了，拳靶一揮，有如一記勾拳，磅地將一個搶上來要打他的年輕人砸倒在地。

「啊！」其他年輕人見老龜公還手，吆喝起來，全圍了上來。

這下子不是練拳，眞是打架了。

「你們太過分了！」許保強本來被老龜公擋在背後，但見場面混亂，趁機躍出，結結實實賞了一個年輕人臉面一拳。

老龜公也扔了拳靶，左一拳、右一拳，轉眼擊倒兩個年輕人；他見只是高中生的許保強身形削瘦，身手倒是靈敏，被兩個傢伙追打，左閃右避，也沒讓他們打著一拳，反倒踹了他們幾腳。

「徒孫，你姿勢不對！」老龜公格開眼前年輕人一拳，對許保強說：「出拳不只靠手，要用腿帶你的腰、再用腰帶你肩膀——最後才是你的拳頭。」

老龜公邊說，一記勾拳勾在眼前年輕人側腹上，將那年輕人打得跪倒在地，捧腹乾嘔起來。

其他年輕人見老龜公原來拳頭這麼重，許保強也生猛有力，己方似乎佔不到便宜，連忙退開一大圈。

原本一直在擂台下觀戰滑手機的帶頭年輕人，這時才拉著繩圈翻上擂台，示意其他人將那腹部中拳的傢伙拉下台去。

「換阿蛇哥了。」其餘年輕人見頭兒上台，紛紛下台。

「對對對……」老龜公甩了甩鼻血，重新撿起拳靶，轉頭對許保強說。「擂台就該兩個人，頂多加個裁判，你也滾下去……」

許保強見其他年輕人都下台了，便退到擂台角柱，鑽出繩圈，卻攀著角柱踩在擂台邊緣，像是等待換手的摔角手般。

董芊芊站在許保強身後台下，不安地偷瞄對角那批虎視眈眈的踢館年輕人。

「這位大哥，你想怎麼練？要不要戴拳套……」老龜公笑嘻嘻望著那叫作阿蛇的帶頭年輕人。

「隨便玩玩而已。」帶頭年輕人甩著胳臂，上上下下地蹦跳，像是在熱身。「聽說那個韓杰很能打？」

「阿杰？」老龜公點點頭，堆著笑臉舉著拳靶往前，身子還配合著阿蛇蹦跳節奏移動，像是認眞教拳一般。「他呀，何止能打，如果你們是來找他麻煩，我勸你還是算了，你們才多大呀，都那麼年輕，混江湖沒前途的，苦海無邊，回頭……」

磅——

阿蛇一記鞭腿，重重掃在老龜公左手拳靶上，將那拳靶踢得騰空飛起——老龜公拿的是拳擊用的手靶，而非用來練習踢擊的腳靶。

「哇！」老龜公摀著發疼的左手，見阿蛇又來一腳，嚇得連連閃避。「你不是打拳擊的啊？你也打ＭＭＡ？」

「哦？」阿蛇追著老龜公踢，像是想將他另一只拳靶也踢飛，聽老龜公這麼說，便問：「那個韓杰也玩ＭＭＡ？他參加過哪些比賽？」

「他沒參加比賽……」老龜公說：「他不能比賽。」

「不能比賽？爲什麼？」

「身體哪裡不一樣？」

「他跟你們不一樣，他的身體是……」

「他的拳頭比你重好幾倍。」老龜公用一只右手拳靶，擋著阿蛇一記又一記掃腿，但腿踢終究比拳頭大力太多，手靶不如腳靶厚實，老龜公只覺得右手越來越疼。「他打比賽，對其他選手不公平。」

「有這種事？」阿蛇像是聽見天方夜譚般，一記虛晃鞭腿之後，突然一步近身，一拳勾在老龜公肚子上。

老龜公立時倒地不起。

阿蛇冷冷望著老龜公。「他的拳頭比我這拳還重？」

圍觀的幾個年輕人鼓譟叫囂讀秒：「一！二！三！四！」「KO啦，他起不來啦！」

「是啊，你不信的話……」老龜公伏在擂台上，摀著側腹，望著鐵拳館大門。「自己問問他……」

阿蛇回頭，只見韓杰面無表情地下樓往這頭走來。

「韓大哥！」董芊芊和許保強像是終於等到援兵般叫嚷起來。「師父！」

圍在擂台旁的年輕人們見韓杰到來，紛紛轉頭往他走去，嚷嚷叫說：「你就是韓杰？」

「你好大膽子敢得罪雞爺——」

韓杰二話不說，一拳將第一個衝到他面前叫囂的年輕人撂倒在地，跟著一記交叉反擊拳將嚇得朝他揮拳的第二個年輕人也擊倒在地，再一腳踹在衝來的第三個年輕人肚子上，踹得那傢伙滾翻幾圈捧腹嘔吐起來。

然後他揪著第四個沒主動攻擊他的年輕人胳臂，賞了一記過肩摔。

再揪著呆立擂台旁不動的第五個、也就是剛剛被老龜公打了肚子的年輕人的頭髮，先甩他兩巴掌，再一拳也勾他肚子上，也打得他跪地捧腹吐了——

這群傢伙似乎是吃飽喝足才來鬧事，肚子捱拳便吐。

「阿杰呀，別打肚子！」老龜公摀額哎叫：「你把他們打吐一地，清理起來多麻煩呀！」

韓杰也沒答話，拉著繩圈翻身站上擂台，往那帶頭阿蛇走去。

「你就是——」阿蛇還沒問完，鼻子已經捱了韓杰一記刺拳。

阿蛇摀著臉急忙後退，鼻血從他掌下滴出。韓杰追擊速度遠超過他的想像和他過去街頭格鬥所遭遇過的所有對手。

阿蛇本能地抬臂護頭，還沒想到該如何還擊，韓杰第二拳已經勾來，直接打在他護頭的胳臂上，阿蛇只覺得韓杰這拳力道大得嚇人，打得他胳臂發出劇痛，要是直接打在他腦袋上——

阿蛇還沒想出腦袋被擊中的後果，肚子又被韓杰另一拳勾上，疼得彎下腰來。

韓杰逮著機會，用胳臂與側肋夾住阿蛇腦袋，順勢往後坐倒。

阿蛇只見到地板飛快逼近他腦袋。

磅——

阿蛇當場昏倒在擂台上。

韓杰起身走到老龜公面前，見他滿嘴鼻血，便說：「這種傢伙你收拾不了？」

「我是做生意的，以和爲貴嘛……」老龜公指著暈在擂台上的阿蛇。「你上次不是說這招不能隨便對活人用嗎？」

「我跟那傢伙不一樣，我有用自己身體幫他受身卸力啊……」韓杰哼哼地說：「不然他不只暈倒，要下陰間了。」

「那……那招是……」許保強攀著角柱目瞪口呆，突然大叫起來：「是DDT啊！原來韓大哥……師父你還會摔角？」

「是跟一個痞子學的。」韓杰瞪著鐵拳館四周倒了滿地哀號的年輕人們，在阿蛇身旁蹲下，取出手機，先拍了他照片，再滑到相本裡，滑出那張今天早上收到的籤紙翻拍照片瞧了瞧——

有批傢伙四處收買活人打手準備修理你，我不知道和那竊手偷兒有沒有關係，你自己查吧，記住，用愛感化他們呀。

「誰叫你來的？」韓杰幾巴掌拍醒阿蛇，冷笑問他。

阿蛇掙扎站起，心中不服，但他總算有些格鬥基礎，明白自己和韓杰差距太大，當下也不敢再瞎纏，只拋下一句。「你……你走著瞧……」便領著幾個年輕人，搖搖晃晃地走了。

拾貳

逼供。」

「就這麼放他們走？」老龜公不解地問。

「不然呢？」韓杰扔了包衛生紙讓老龜公擦鼻血。

「揪著他們手指，逼問是誰派他們來找你麻煩啊。」老龜公說：「你不是最喜歡用這招

「上頭要我換點新招。」韓杰這麼說：「叫我用愛感化世人，不要老是動手動腳。」

「那剛剛他們怎麼倒成一片啦？」老龜公說。

「那是愛的教育。」韓杰瞧瞧老龜公身上瘀青，拍拍他說：「你傷得不嚴重，過兩天就

沒事了。」

「最好過兩天就沒事了，你當我是你呀！疼得要死，這段時間要搬啞鈴、打掃什麼的，

好費力呀……」老龜公嘆著氣說：「剛剛他們說你惹上雞爺，那是誰呀？」

「我哪知道，聽都沒聽過……」韓杰攤攤手，無奈說：「我新收到籤令，之前三條魔女

胳臂被人偷了，還有人四處烙人找我麻煩……我不確定這兩件事有沒有關係……」

「那鐵拳館怎麼辦呀？」老龜公哭喪著臉說：「今天剛好公休，要是開館日他們也來這

樣鬧，我們這生意怎麼做呀？」

「再不你放個假，休息一段時間……」韓杰這麼說，突然又搖搖頭。「不對，我們這兒是會員制……」

「是呀，你還知道咱鐵拳館是會員制呀，那些會員繳了月費，三天兩頭吃閉門羹，不但要退費，說不定要告我詐欺啦……」老龜公揉著身上瘀青。「除非你……」

「好，我幫你借兵，在這鐵拳館裡申請間臨時土地廟。」韓杰取出電話，講了半晌，還報上鐵拳館地址和老龜公姓名。

「臨時土地廟？那是什麼？」老龜公愕然。「你打電話給誰？幹嘛報我名字？」

「劉媽。」韓杰解釋。「上次閻羅殿大戰之後，上頭修改我一些法寶規則、削弱我的武力，但額外賞了點權限，讓我可以視情況調動幫手，免得那些傢伙老是找我身邊人麻煩。」

韓杰過去還是負罪之身時，每次用尪仔標都會產生令身體痛苦不堪的副作用，後來他與太子爺續約，罪已償清，太子爺賜他一株神蓮，那神蓮產出的蓮子能抑制尪仔標副作用，但也因此令韓杰得以不受副作用限制地同時使用大量尪仔標。他在玄極精舍道場裡，一口氣砸下一百張豹皮囊，惡戰上百地獄罪魂，同時使用數條混天綾外加好幾把火尖槍，讓他面對即將成魔的欲妃和悅彼聯手夾攻，也僅小落下風——

這力量遠遠超出一般凡人術士的極限，直逼神魔之力。

天庭部分神仙擔憂此例一開，往後擁有這種力量的神明使者，哪天為邪魔收買，或是自己墮入魔道、心智失控時，禍害絕不亞於地底邪魔直接上凡亂世。

另一方面，半年前的陰間閻羅殿大戰，卻是肇因於太子爺權限在第六天魔王暗中策劃下，遭到大幅度限縮進而產生的連鎖事件。

天庭不少神仙雖不喜太子爺行事作風粗魯急躁，稱神仙終究必須用愛照耀陽世陰間，而非成天動武，但大夥兒你推我舉老半天，竟推舉不出半個願意下陰間用愛感化群魔的同僚。

總之，神仙們暫時同意，站在最前線的陽世神明使者，仍需要擁有一定武力，才能在地底邪魔有所行動時，在第一時間裡抵禦反制。

此時此刻，韓杰使用尪仔標召喚太子爺七寶的具體細節規則仍在審議，韓杰現在隨身攜帶、使用的尪仔標，是經天庭工匠加工改造、補入臨時規則的更新版尪仔標。

這一版的尪仔標，副作用採累進制，使用單片尪仔標副作用相對輕微，韓杰即便不吃蓮子，也僅稍感不適；但倘若同時使用兩片以上，副作用則會加倍疊增。

據韓杰親身實測的結果，蓮子的效力剛好能夠抑制三片尪仔標的副作用；發動第四片時，別說蓮子，即便將蓮藕都吞下肚，也難熬得很；到了第五片時，即便有蓮子加持，也會令他痛苦得接近暈入陰間的極限。

另一方面，天庭爲了避免邪魔往後三不五時找神明使者親友麻煩，也訂下新規，讓特定使者擁有調動閒置土地神及隨行山魅護衛的權限；期限、地點、對象則視情況填表申請——

劉媽接了剛剛韓杰那通電話，便開壇替他寫符填表，燒上天送審，劉媽家那陽世聚會所與她泡的茶，在天庭小有名氣，由她替韓杰申請，比韓杰親自燒符更有效率。

「你的意思是你想讓我這鐵拳館兼營土地廟？」老龜公問：「以後除了學費，還能收香油錢？」

「收你媽個頭，滿腦袋只想著錢錢錢。」韓杰不悅地說：「你隨便找個角落擺張小桌，準備點零食啤酒，擺個小米杯，早晚上炷香就行了。」

「然後呢？」

「然後如果有邪魔歪道上來找麻煩，土地神會替你趕跑他們。」

「一般活人流氓也行？」

「行。」

「其實……」老龜公支支吾吾地說：「我剛剛想說的是，如果你肯多接幾場沙包，這鐵拳館可以經營得更好……」

「……」韓杰斜了老龜公一眼。「你到底從哪兒認識這麼多變態有錢人？」

「我哪有本事認識這些人。」老龜公堆著笑臉說：「是他們一個拉一個，食好鬥相報，都說打完你之後，隔天上班精神都變好了……」

許保強和董芊芊忍不住問：「沙包？」「那是什麼？」

韓杰指著老龜公，哼哼回答：「他拉客收錢，安排我上台讓些有錢老闆把我當沙包打著玩。」

「呃？」許保強呆了呆，不敢置信。

「所以……鬼王指示小強來這……也要讓他當沙包？」董芊芊怯怯地問：「這樣好嗎？」

「當然不是。」韓杰搖搖頭。「沙包我當就好，他來這兒學點基本拳腳功夫……」他說到這裡，轉頭看許保強。「不少壞法師或是陰間惡鬼，都會跟陽世黑道勾結，如果身體不夠硬、拳頭不能打，可能混不久喔。」

「剛剛我本來要上……」許保強立時望了望老龜公一眼，說：「是師公擋著我。」

「師公？」韓杰瞪向老龜公。「你什麼時候當人師公了？你不是龜公嗎？」

「龜公是職業、師公是輩分，這又不矛盾！」老龜公大聲抗議。

「師公說他教你拳擊……是你的師父……」許保強說：「所以算是我師公。」

「我從來沒拜他為師。」韓杰瞪了老龜公一眼，對許保強說：「我現在帶著你，是上頭派給我的任務，我沒打算收徒弟……」

「你不收我收！」老龜公擠到許保強身邊，拍拍他的肩，笑著說：「你還是可以叫我師公，比龜公好聽多了。」

「可是……」許保強抓抓臉，像是有些為難。

「你可別逼人家當會員呀。」韓杰瞪著老龜公。「他們是我的案子，你別打他們主意……」

「不加會員就不加會員……」老龜公聳聳肩，一臉無所謂。

「平常我們可以幫忙打掃。」董芊芊望著凌亂陳舊的鐵拳館，許保強也點頭說：「我可以幫師公你整理啞鈴器材什麼的。」

「好呀好呀！」老龜公連連點頭。「剛好我這工讀生離職了，你就頂他的位置好了。」

「要算薪水給人家。」韓杰插嘴說。

「當然啦，你當我什麼人！」老龜公挺起肚子說。「一切符合勞基法。」

「……」韓杰見老龜公莫名其妙大方起來，還親熱地拉著許保強在鐵拳館四處晃，介紹各種設施，隱隱猜到他的意圖。「等等……你該不會……想慫恿他也來當你的搖錢樹吧……」

「我……我哪有！」老龜公像是被韓杰看穿心思般，大聲喊冤。「這種事要看個人意願的，且又不是人人都像你有神賜蓮藕身，打不死的，小強他……」老龜公說到這裡，捏捏許保強肩膀，握拳輕敲敲他後背，問：「你是鬼王鍾馗乩身吶？」

「是啊。」

「那你身體資質肯定與眾不同，鬼王鍾馗大老爺有沒有教你些……強身健體的法術呀？」

「有是有……」許保強回答。「可是我還學不會……」

「喂！」韓杰大步走來，掐著老龜公後頸，冷冷說：「人家還未成年呀，你派小孩上台當沙包讓大人打，就算鬼王原諒你，法律也不會放過你……」

「我……我根本沒說我要拿小孩當沙包啊！我有這麼惡劣嗎？」老龜公撥開韓杰的手，解釋說：「以後等他成年了、長大了，讓他自己決定！」

「那……」許保強問：「首先，我要學什麼？」

「學……」韓杰聽許保強這麼問，先是一呆，跟著和老龜公互視一眼，有默契地一笑。

「先學捱打。」

□

韓杰換了套乾淨衣服，走出浴廁，見許保強仍和十分鐘前一樣呈大字形癱躺在擂台上，催促說：「怎麼還在睡，起來洗個澡，準備開工了，你們不是還有一堆案子沒收尾？」

「是、是……」許保強搖搖晃晃撐身站起、鑽下擂台。

韓杰剛剛花了三十分鐘，讓他經歷了場震撼教育。

教他怎麼捱打。

「咬牙！」韓杰在許保強走過身邊時，突然腳步一踏，閃電一拳揮去，停在許保強臉頰旁。

許保強反射性地收起下顎、咬緊牙關。

「不錯，學得很快。」韓杰拍拍許保強的頭，催他去洗澡，對窩在遠處翻報紙的老龜公說：「他如果認眞學幾年，參加比賽眞可以拿獎。」

「太斯文了、你教得太斯文了……」老龜公搖頭嘆氣：「你從頭到尾沒出力……你不像是在教人打拳，你像是有氧教練。」

「廢話。」韓杰說：「現在又不是幾十年前教練把選手當狗打的年代，你難道要我用你以前那教練教你的方法教他嗎？」

老龜公聽韓杰提起他那老教練，往昔舊恨登時浮現腦海，哼哼地說：「以前我教練對我比對狗壞多了，我在他眼中比狗還不如！哼！我那時肩膀會傷到無法出賽，就是他……」

「你教練死很多年了，你也老了，都過去了……」韓杰見董芊芊還在角落踩健身車踩得渾身大汗，便說：「停，下課了，妳也去洗澡，準備開工了。」

「可是……」董芊芊這才下車，說：「我沒帶換洗衣服。」

韓杰從櫃子翻出兩件T恤拋給董芊芊。「這是鐵拳館會衫，你們先穿這個，下次來上課，記得帶換洗衣服。」

「以後……」董芊芊望著兩件會衫背後有個大大的「鐵」字，配色古怪滑稽，無奈地問：「我也要一起跟小強健身、練拳？」

「除非妳永遠不和妖魔鬼怪交手，那練不練也無所謂，但如果是這樣，月老又何必託鬼王請小強保護妳？」韓杰說：「如果妳跑幾段路、爬個樓梯，就喘不過氣了，小強怎麼保護妳？妳總不能要他揹著妳打鬼吧。」

「也是……」董芊芊點點頭，她自然明白這個道理，這幾個月來她已自主開始培養跑步習慣，只是一時之間還無法接受「以後可能得時常和鬼打架」這件事。

她捧著兩件怪異鐵拳館會衫往浴廁走去，突然呆了呆，望向手腕，驚呼一聲。

「怎麼了？」韓杰問。

「有消息了！」董芊芊揚起左手，她左手背上，停著一隻只有她看得見的帶翅雄蟻。

「找到冥婚女鬼了！」

拾參

「打不贏他……怎麼辦?」「我們怎麼跟雞爺報告?」

阿蛇領著幾個年輕人下了車，轉進一條小巷，你看看我，我看看你，沒人願意往巷子深處走。

「……」阿蛇低頭站在原地，咬牙苦思，見巷弄深處走出個彪形大漢，身後還跟著一群手下，便立時轉身。「我們回去。」

「回去?」阿蛇跟班們愕然問。「回去找他再打一次?」

「不然呢?難道讓黑牛看笑話?」阿蛇低聲怒叱。「這次我們準備點傢伙……」

「阿蛇!」黑牛──那彪形大漢的笑聲自阿蛇背後響起。「雞爺有事找你。」

「嘖。」阿蛇站定腳步，回過頭，盯著率領人馬朝他走來的黑牛。

黑牛朗聲大笑，對阿蛇說:「別氣餒，失敗為成功之母，這件事雞爺交給我了。雞爺會另外安排些簡單的工作給你，像是──」黑牛這麼說，瞥了瞥自己身後跟班。

幾個黑牛跟班立時附和:「像是買便當、訂披薩啦。」「或是去幼稚園沒收奶嘴當保護費!」「阿蛇一定行的，哈哈哈哈!」

黑牛大力拍了拍阿蛇肩膀，意氣風發地領著幾個跟班離去。

「……」阿蛇氣得全身發抖，領著幾個垂頭喪氣的年輕人，往小巷深處走，進入一處民宅後門。

那是一處十分普通、樸實的一樓民宅。

客廳一樓聚著幾個中老年人泡茶閒聊，門口則站著幾個年輕人，像是看門守衛一般。

雞爺坐在眾老人中，他雖然年邁，但一雙眼睛銳光閃閃，向阿蛇招了招手。「來喝杯茶。」

阿蛇領著人走到雞爺面前，也不敢坐，說：「抱歉，雞爺……這次出了點意外，你再給我一次機會，那傢伙……」

「這事沒那麼簡單。」雞爺笑呵呵地說。「那人不是普通人。」

「不是……普通人？」阿蛇呆了呆。

「那人……」雞爺轉頭問身旁一個中年人。「他叫什麼名字？」

「韓國的韓，木字底下一把火，韓杰。」這笑咪咪的中年人，正是黃虎龍。

「嗯，韓杰。」雞爺對阿蛇說：「你聽好，這個韓杰不是一般人，你打不贏他很正常，若照虎龍說的，天底下打得贏他的人也沒幾個。」

「我也是聽我主子說的。」黃虎龍笑呵呵地說。

「虎龍……哥……」阿蛇似懂非懂地說：「這個韓杰也跟你一樣，懂得一些……陰陽兩界的事。」

「他懂的可比我多多了。」黃虎龍苦笑了笑說：「我也不敢直接惹他，所以來找雞爺幫忙，其實也是我主子的意思。」

「頭兒？」阿蛇困惑問：「虎龍哥，你另外還有老大？啊！你是指你拜的那位……」

「嘿。」黃虎龍立時揚手阻止阿蛇繼續說。「我主子行事低調，不喜歡人家聊她……」

「是呀，別問了。」雞爺對阿蛇揚了揚手，說：「虎龍這些年幫我不少忙，我還個人情給虎龍也是應該的。」他對黃虎龍說：「總之這事我會替你辦妥，如果黑牛也拿那韓杰沒輒，我另外再替你找人——日後如果有需要，也請你和你主子多多關照啦。」

「雞爺，這是一定的。」黃虎龍笑了笑，起身準備離去，突然像是察覺到什麼，盯向屋中一角——

那兒站了個身穿風衣、頭戴紳士帽的矮胖男人——

王小明。

王小明察覺到黃虎龍似乎看得見他，嚇得連忙閃身隱沒入牆。

「怎麼了？」雞爺感到黃虎龍神情有異。

「沒什麼。」黃虎龍搖搖頭，微笑說：「我只是突然想到，我主子其他手下也找人想堵韓杰，我回去會跟他打聲招呼，兩邊派人時都得互相知會，要是撞上了，都不知道是自己人，打起來可糗大了。」

黃虎龍說完，向雞爺道別。

□

「韓大哥，我查出來了。」王小明持著手機向韓杰報告。「派人去鐵拳館鬧事的人是個老傢伙，那老傢伙是在幫一個叫作『虎龍』的傢伙的忙，那個虎龍好像看得見我，我現在不曉得要跟他，還是繼續待在老傢伙這裡。」

不久之前，韓杰沒直接逼問阿蛇，卻暗中派出王小明跟蹤，想查出阿蛇背後主使者。

「還有！」王小明繼續說：「雞爺剛剛還新派出一批人找你，帶頭的叫作『黑牛』。」

「虎龍、雞爺、阿蛇、黑牛……我操！我是得罪哪間動物園了是吧？」韓杰的粗口從電話那端傳出，惱火地說：「你別管雞爺，先回來鐵拳館幫忙，兩個小朋友的案子有新消息，我得跟著他們，你趕回來替我處理那隻黑牛。」

「是！我立刻過去。」王小明掛了電話，立刻往鐵拳館的方向飛奔，他神情正經、越跑越急，還不時模仿動作電影裡的超級特務，迴旋身子閃避機車或是飛躍車頂。

偶爾他穿進空屋時，也會撞見一些躲在空屋裡發呆的鬼魂，他會得意洋洋地對他們擠眉弄眼，或是向樣貌不錯的女鬼拋幾枚飛吻。

然後他覺得累了，彎著身子撐腿喘息，揭開風衣取出手機，開啓特殊ＡＰＰ，輸入專用密碼、按下確認鍵，開始倒數計時。

不多不少，剛好十秒，一輛孩童用的玩具汽車出現在他面前。

他望著那輛孩童汽車，嘴裡喃喃抱怨老闆小歸提供這種道具，未免小氣，他想要張曉武在閻羅殿大審時開的那種超級跑車——那跑車價錢他自然負擔不起，他現在的隨身道具，都是小歸發配給他的公制配備。

小歸過去在陰間廣結善緣，跟大半勢力關係不差，但半年前閻羅殿大審一戰，他傾全力支援俊毅城隍，提供軍火供俊毅大戰各路人馬，跟不少地方勢力結下梁子。

他透過內線人脈，提前得知陰司高層爲了塡補閻羅殿大審一戰時死傷陰差的人力缺額，特別撥了筆預算，準備聘請陰間地方勢力來協助維護治安。他爲此放棄了原本寶來屋的分店擴張計畫，轉而新開了一間保全公司，招募大批陰間壯漢保全，承包了幾件陰司案件，每日巡守指定街道、市場，維護秩序。

除此之外，他在那保全公司裡設立了個特別部門，成員是部分東風市場老鄰居們，主要的業務是全力支援韓杰陽世任務。

該部門隊長正是王小明。

這麼一來，小歸這保全公司等同與太子爺陽世乩身成了長期合作夥伴，要是哪天仇家全面開戰，老鄰居們被捲入其中，韓杰自然不會見死不救。

半年前太子爺降駕韓杰，打得第六天魔王棄身逃竄，至今下落不明；小歸相信與韓杰打好關係，陰間各方勢力即便對他不滿，總也會忌憚太子爺威名，不敢輕舉妄動。

王小明駕著孩童玩具車駛向鐵拳館，本來不停碎唸埋怨，但漸漸覺得這玩具車速度其實不慢，比自己飛天還快，不由得又振奮起精神，拔出腰際的左輪手槍東瞄西指，扮起飛車神探。

他抵達鐵拳館外，見到黑牛領著七、八人擠在通往鐵拳館的地下室梯間，大聲叫囂、拍著鐵門；老龜公的聲音也不時從底下傳出。

他下車跟進樓梯，只見老龜公隔著鐵門和黑牛對話，怎麼也不開門。

「不好意思，鐵拳館今天公休。」老龜公面無表情挖著鼻孔，不管黑牛說什麼、罵什麼，反反覆覆也只回同樣的話。「今天公休呀，你就算把門拆了，還是公休呀……」

「開門！」「我叫你開門！」「叫韓杰出來！」「拿傢伙來——」黑牛惱火回頭朝手下嚷嚷，像是早已準備好傢伙。

一個手下將早已備妥的拔釘棒遞向黑牛。

黑牛接過拔釘棒，身子突然打了個冷顫，緩緩回頭，瞪著那名手下。

「怎……怎麼了？」手下被黑牛瞪得一頭霧水。

「拿這個給我幹嘛？」黑牛怒問。

「啊？」手下愣然說：「大……大哥，你剛剛不是說如果他們不開門，就破門嗎？」

「破門？」黑牛怒叱。「你白痴呀，他這是鐵門耶，用這東西怎麼破門？」

「那……那怎麼辦？」「去買汽油，把人燒出來？」手下們集思廣益。

「笨蛋！一群笨蛋！放火把人燒出來？這邊公寓都連在一起，你想一口氣燒死幾百人呀？」黑牛怒罵，擠開手下，轉身上樓，大手一揮對著手下說：「通通跟我來——」

「大哥……」「你想怎麼做？」七、八名手下莫名其妙地跟著黑牛走出巷弄，坐回廂型車。

五分鐘後，廂型車停在一間速食店外，黑牛領著手下浩浩蕩蕩進入速食店，點了大量餐點，坐滿兩張方桌。

「拿出你們的手機。」黑牛兇狠咬著漢堡，冷眼環視眾人，在自己身上摸找半晌，總算也找著手機。他兀自操作一會兒，舉著手機向眾人展示。「下載這款遊戲。」

「啊？」「什麼遊戲？」手下們一面吃著漢堡、炸雞，不解地望著黑牛手機上那款美少女角色扮演遊戲。

「啊！老大，你也有玩這款呀？」其中一名手下興奮驚叫。

「哦？」黑牛像是遇到同好般，變了張臉，問那手下：「你也有玩呀？你用哪套牌組？」

「對啊！」那手下笑呵呵地點頭，向黑牛展示他遊戲裡的美少女牌組。

其他手下們一時參不透老大心意，你看看我我看看你，仍乖乖照著黑牛吩咐，下載了遊戲，通過新手教學、首抽卡片。

「大家聽好，通通加入這個公會。」黑牛目光凌厲，展示著他遊戲裡公會名稱——

東風市場四樓

「呃……」手下們紛紛加入了「東風市場四樓」這公會。「加入了，然後呢？」「老大，這麼做跟對付韓杰有什麼關係？」

「你們知道我爲什麼要你們加入公會嗎？」黑牛這麼問，見無人回答，便自己說：「因爲加入公會，才可以交換卡片。」

「嗯。」「加入公會才能交換卡片……然後呢？」

「大家都有信用卡對吧。」黑牛冷冷地再次展示遊戲畫面，說：「每個人都給我點進去這裡。」

「呃……」手下們按照黑牛指示，點入遊戲商城的購買點數畫面。

「上面有個『4,999』的按鈕，看到沒有，點下去，然後輸入自己信用卡資料。」黑牛這麼說，見大夥兒面有難色，怒叱。「動作快呀，雞爺還在等耶！」

「雞……雞爺要我們花錢課金？」「這到底什麼意思，我不懂呀老大！」

「不懂沒關係，照著做就對了，不要讓我再重複一遍……」黑牛捏爛吃到一半的漢堡，怒瞪著一個手下，嚇得那手下乖乖按下購買鍵，花費台幣四千九百九十九元，買下一批遊戲寶石。

黑牛也翻出皮夾，對照著皮夾裡的信用卡，不停按下購買鍵，買下一批又一批寶石，他不時盯看手下，怒叱：「喂！只買一筆怎麼夠？給我多買點！」他見手下們神情愈漸古怪，便補充說：「怕什麼？能報帳的！你以爲雞爺這麼小氣？」

「喔……」手下們聽說能向雞爺報帳請款，這才放心又購買了幾批寶石。

大夥兒在黑牛指揮下，使用這總額接近台幣數十萬元的寶石，一口氣抽了幾百張卡牌。然後在「東風市場四樓」公會中，一個個跟黑牛交換卡牌。

他們見黑牛帳號寫著「靈界偵探王小明」，雖然感到有些古怪，卻也不敢多問，只不停地將四星和五星的高級卡牌交換給黑牛，換回一星和二星的低階卡牌。

「大哥，你用一星換我的王牌……」那名也有在玩這款美少女遊戲的手下，本來聽黑牛說能報帳課金，還開開心心刷了好幾萬買寶石，但跟著見黑牛硬逼他拆散自己的牌卡套組，換一些雜魚回來，不免有些不情願。

「你這小氣鬼！」黑牛怒罵，伸手重重在那手下腦門上拍了一掌。「你的牌借我用用，用完還你行不行？」

「會還我喔！那可以、可以……」那手下這才乖乖將黑牛指定索討的高級牌卡全交換出去。

這繁瑣過程，足足花費眾人大半天才完成，當大夥兒按照黑牛吩咐，刪掉遊戲，茫然走出速食店、登上廂型車時，已經下午了。

「老大，然後……我們接下來要幹嘛？」手下們困惑問。「回鐵拳館？」

「不是。」黑牛搖搖頭，隨口說了個地名，下令開車。

「啊！」負責駕車的手下聽了，驚訝問：「老大，怎麼突然改去那裡，離這裡好遠耶！」

「我有批武器放在那。」黑牛冷冷說：「拿回來時，太陽下山，剛好派得上用場——大家做好開戰的準備。」

「什麼！」大夥聽黑牛要拿武器開戰，這才抖擻起精神。

黑牛窩在廂型車內，不再說話，笑咪咪地操作手機，將遊戲裡一張張換來的高級牌卡，合成出更高級的鑽卡。

他望著帳號裡那土豪級別的夢幻牌卡組合、翻閱著一張張美少女牌卡等級，忍不住喜孜孜地笑得合不攏嘴。

同時還不時傳訊給韓杰，報告當前處理進度。

一小時後，廂型車抵達郊區公墓。

黑牛在停車前一刻，刪去手機裡那款美少女遊戲，身子一抖，彷如大夢初醒，盯著四周墓地景色，呆愣愣地問駕駛：「你開來墳墓幹嘛？」

「呃？」手下們愣然問：「老大……你說你在這裡有批武器，要拿來準備向韓杰開戰……」

「武器？開戰？」黑牛瞪大眼睛。「什麼武器？這裡是墳墓耶！我幹嘛把武器藏這裡？」

「啊？」手下們大驚。「你剛剛還要我們下載遊戲花了好多錢買寶石，說可以向雞爺報帳……」「你自己就刷了十幾萬，卡都刷爆了……」

「什麼！」黑牛愣然，取出手機，並沒有看到手下說的那款遊戲，倒是收到數十封銀行信用卡消費通知，每筆都是新台幣4,999。

拾肆

「你幹得很好，現在過來我這兒，我還有件事得請你幫忙。」韓杰聽完王小明報告，贊許一番，告訴他自己現在位置，掛上電話，繼續望著天空流雲發呆。

幾小時前，韓杰開著鐵拳館那小發財車載著兩人抵達這位在郊區山腳下一處老宅外，按鈴拜訪。

屋主是對年邁夫妻。

老先生聽董芊芊說朋友近日撿了紅包、受鬼纏身，輾轉打聽到那女鬼藏在這間屋子裡，所以想來瞧瞧，纏她朋友的女鬼，是否就是——客廳那醒目供桌上的遺照本人。

事實上董芊芊瞧得清清楚楚，絲絲縷縷的黑絲，便是從那供桌牌位上伸出，但她還沒來得及做些什麼，老先生便大發雷霆地暴喝甩上門。

韓杰站在董芊芊身後，在老先生關上門之前，遠遠瞥見老太太持布擦拭供桌上瑣碎小物，不時偷瞧門外，眼神流露著心虛、一句話也不敢吭，他便已大約猜出了前因始末。

倘若這冥婚女鬼是韓杰的籤令案件，那麼他連電鈴也懶得按，會直接派出尪仔標小豹將女鬼叼來他面前教訓，但他此行只是保護兩人安危，便讓兩人自行發揮，也沒多干涉他們的做法——

他只是建議許保強，硬著頭皮再按一次電鈴，大聲對著屋內說：「不好意思，我是來轉告你們，我朋友家人請來了厲害法師，說能把那女孩打得魂飛魄散，我們只是覺得這件事可以好好談，不需要搞成這樣……」

老先生的怒吼聲從屋內炸到屋外，一副要繞去廚房拿菜刀出來拚命的模樣，三人趕緊跑遠，不再招惹那家子。

自然，離去前，董芊芊留下一隻蜻蜓。

這蜻蜓的盯梢對象，並非藏在屋內牌位裡的女鬼，而是她父母。

「韓大哥，你說那冥婚紅包……是女鬼父母搞的？」許保強問。

「廢話……」韓杰笑說：「難道紅包是女鬼自己扔的？當然……死者託夢要親友安排冥婚的例子不是沒有啦……但腦袋正常的鬼，不是乖乖在底下等投胎，就是領了許可證在陽世玩耍，眞要談戀愛也會自己找對象；把自己的幸福扔在地上隨便讓陌生人撿？給個鱉三撿去怎麼辦？讓小孩子撿去怎麼辦？讓狗叼走了怎麼辦？」

「所以，韓大哥，你剛剛要小強去威脅他們，意思是……」董芊芊怯怯地問：「如果我處理不了那女鬼身上的桃花，你會動手讓她──魂飛魄散？」

「不，我只是想嚇嚇他們，讓他們知道，這些東西少碰爲妙；你能請法師扔紅包，人家當然也可以請法師破解……」韓杰苦笑說：「解鈴還須繫鈴人，如果父母三天兩頭請法師替女兒亂扔紅包，桃花斬了又生、生了又斬，沒完沒了──不過每隻鬼悟性不同，眞碰到沒辦法溝通的，動手動腳也是沒辦法的事。」

韓杰說到這裡，又補充說：「當然我也可以替你們請牛頭馬面上來，直接將那女鬼拖回底下，但這是上頭交代你們的暑假作業，他們應該希望由你們自己完成。」

「嗯……」董芊芊點點頭，說：「月老是要我學習處理爛桃花，只是不巧剛好這株桃花長在鬼身上……」

□

「怎麼又來呀，都說了公休，看不懂國字是不是？」

老龜公提著大袋啤酒、滷味返回鐵拳館，正要下樓，肩膀便讓人大力按住。

他回頭，背後站著的粗壯男人，正是黑牛。

黑牛在墓地花了好半晌時間，才弄懂事發經過，他不明白自己爲什麼會帶著手下去速食店邊吃漢堡邊下載遊戲還刷卡購買大量寶石抽卡。

更怪異的是，他手機裡壓根找不著這款美少女遊戲。

手下們紛紛載回遊戲、登入帳號，一個個發現自己已被踢出公會，眾人砸下數十萬購得的寶石，只剩下一堆與黑牛換來的爛卡。

黑牛氣炸下令，領著眾人急急趕回鐵拳館，埋伏半晌，總算堵到帶著酒菜返回的老龜公。

「健身是好事、運動有益身心。」老龜公不耐地撥開黑牛的手。「但是不能妨礙公休日準備喝酒的老闆，知道嗎！」

「我去你媽——」黑牛暴怒，揚起拳頭就要往老龜公腦門上砸。但他身子一抖，大拳頭陡然轉向，轟在一個同時想踹老龜公的手下臉上。

「喝！」其他手下見黑牛又變臉，嚇得不知所措。

「大家跟我走！」黑牛拎起那倒地手下，大手一揮，將眾人又招回廂型車，駛到便利商店，令所有人掏出皮夾，扛了好幾箱啤酒跟大量零食返回鐵拳館，大夥兒見鐵門半敞，直接扛著啤酒和零食進去。

「隨便放就行了……」老龜公已經開喝，蹺著腳隨意伸手亂指。

「放那邊！」黑牛大聲一喊，領著眾人將啤酒堆到鐵拳館角落——那兒擺了張畫著象棋盤的摺疊小桌，擺了尊似人似猴的雅緻小木像，蓄著一嘴誇張大白鬍；桌下還擺了間玩具小木屋，屋內隱約可見一尊小巧虎像。

小虎眼睛閃閃發亮。

「動作快！排整齊一點！」黑牛大聲吆喝，指揮手下將啤酒拆箱，一罐罐取出，堆疊成塔狀，不時嫌哪個手下排不整齊。「喂，小心，誰弄倒我的啤酒塔，我會揍人！還會咬人！」

「老……老大……」一個手下感到神經有點衰弱，顫抖地問：「我們不是來找韓杰討錢嗎？爲什麼在堆啤酒塔？」

「討錢？阿杰什麼時候欠你們錢啦？」老龜公問。

「他……」一個手下說：「他用了不知道什麼妖術，讓我們……讓我們……賠了幾十萬，我們要向他討回來。」

「幾十萬？」老龜公問：「他是鐵拳館股東，我是鐵拳館老闆，我們用其他東西抵債可不可以？」

「抵債？」幾個手下你看看我，我看看你。「你要拿什麼抵？」「地契還是珠寶？」

「一流的服務。」老龜公喝了口啤酒，站起身說。

「什麼……」手下正不知所措，便聽黑牛吆喝招呼大家起身準備討債。「對呀，欠錢還錢，大家準備開始收錢！」

黑牛領著七、八名手下，來到健身區，下令他們拿起啞鈴，站成幾排，開始深蹲。

「鐵拳館服務很好的。」老龜公一手拎著啤酒，一手從椅邊抄起支愛心小手，來到黑牛手下旁，見哪個姿勢不標準，就用愛心小手抽打他屁股，調整他姿勢。「姿勢不對，會受傷的！你們不是來討債的嗎？我用教學課程還吶！」

黑牛也喝著啤酒，扠著手在一旁幫腔：「聽見沒有，大家討債要認眞討呀！」

「老大，我想回家……」幾個手下漸漸有點精神崩潰，扔下啞鈴，不想「討債」了，但臉上立時捱了幾下無形巴掌。

大夥兒同時感到自己的頸子有些透不過氣，且從前方幾面健身大鏡子裡，隱約見到彼此背上都攀著個怪傢伙。

這些傢伙似人似獸、若隱若現。

山魅。

韓杰託劉媽代爲申請的調兵令已經生效，鐵拳館那張小桌現在成了老獼猴臨時外派據點。

過去老獼猴死守六月山，爲的是守護六月山上的禁地囚魔洞，不讓囚魔洞裡的血羅剎出世害人，後來韓杰收拾了血羅剎，老獼猴和柳丁成功取得了土地神就職證書和虎爺袍子，不僅巡守範圍擴大到鄰近山區，且他一點也不介意出差，尤其是這種可以隨興附身活人肉身買酒吃喝的好玩差事。

他附上黑牛身子，和老龜公對坐喝酒，不時幫老龜公盯視哪個手下沒認眞討債——

「啊！對不起喲，我都忘了。」老獼猴附著黑牛身子，聽見小桌底下發出細吼，這才想起裡頭的柳丁還沒吃東西，立時招來個手下去廚房翻出電鍋煮起水煮雞蛋。

「煮完順便把碗洗了。」老龜公這麼說。

那手下面有難色，鐵拳館內部廚房髒得不得了，他遲疑問：「洗碗也算健身房服務？」

「你不想洗碗？」老龜公啊呀一聲，氣罵說：「那好，回去再蹲二十組。」

「好，我願意洗碗……」那手下立時改口，乖乖把廚房的碗給洗淨，端著一大鍋水煮雞蛋出來，按照黑牛指示，放在小桌底下的玩具木屋前。

木屋裡兩枚光點像是搧著風的炭火般猛地一亮，嚇得那手下往後一坐，只感到身邊呼呼颳起風來，像是有什麼東西在他身邊來回穿梭。

那鍋水煮雞蛋啪啦啦崩出裂痕。

「大家別搶呀，吃慢點！」黑牛嘟囔下令，舉著酒罐與老龜公乾杯。

「鐵拳館兼營土地公廟……」老龜公大口吃著滷味。「好像眞有搞頭耶！」

□

「啊！」董芊芊突然振奮起精神，揚起手掌。

她掌上一條紅線終於有了動靜。

蜻蜓回報，那老屋主人出門了。

韓杰和許保強相視一眼，加快速度扒完自助餐飯菜。

三人走出自助餐店，卻不是跟著紅墨蜻蜓行動，而是返回三合院老屋外，再次按下電鈴。

前來應門的仍是老先生。

老先生見到又是韓杰三人，本來氣爆要罵人，但神情旋即一變，向韓杰眨了眨眼，替三人開了門。

「韓大哥，我附身技術越來越熟練了！」老先生在韓杰身旁蹦蹦跳跳——是趕來助陣的王小明。「棒不棒！」

「棒。」韓杰拍拍老先生的肩，才剛進屋，就見到屋中燈光激烈閃爍起來。

飯廳旁小供桌上的牌位喀啦啦震動著。

許保強和董芊芊嚇得東張西望。

供桌牌位一震，一陣風轉眼颳到董芊芊面前，撞上她身子，又彈開來。

韓杰用香灰在董芊芊和許保強身子寫了能防鬼上身的符籙。

「你們……」冥婚女鬼神情凶厲，竄到老先生面前，一把揪著老先生身子裡的王小明頸子，像是想將他拖出來。

「呀……」王小明使勁抵抗，連連向韓杰求救。「韓大哥，救命呀！」

「加油，靈界偵探。」韓杰卻沒動靜，而是望著許保強。

許保強手忙腳亂地抽出他那伏魔棒，要往冥婚女鬼頭上敲，卻被韓杰一把將伏魔棒奪走了。

「小子，你剛剛自己說的戰術，現在全忘光了？」韓杰皺眉斥責。

「對……對喔……」許保強猛地一呆，陡然醒悟，揉了揉臉，堆出一張詭異笑臉，對冥婚女鬼說：「冷靜點呀大姊……」

冥婚女鬼在許保強的「鬼笑」安撫下，情緒稍稍平復，掐著王小明的力道也放鬆了些，仍警戒地問：「你們……是誰？為什麼……附著……我爸爸……你們……」

「我們沒有惡意。」許保強笑咪咪地說：「我們不會傷害妳和妳的家人，只是想和妳聊聊，可以嗎？」

他說到這裡，又抹了抹臉，在笑臉上又增添一絲奇異神情——「鬼詐」。

鬼笑能夠降低鬼靈敵意，鬼詐則能蠱惑鬼靈心神。

「是一件很重要的事，請妳一定要跟我們好好談一談。」許保強維持著古怪表情，誠摯地對冥婚女鬼說：「對妳和妳的家人都有好處。」

冥婚女鬼終於放開王小明，點了點頭。

韓杰三人與冥婚女鬼步出老宅，往山郊方向走，王小明附著老先生窩回沙發，然後離開老先生的身，往韓杰等人追去。

老先生對著電視發呆半晌，隱約想起剛剛似乎有門鈴聲，起身瞧了瞧門外，什麼也沒見著，只當自己看電視看得累了，打起瞌睡。

「妳知道……自己被法師施了法，因此纏上無辜的人嗎？」董芊芊對著冥婚女鬼說。

「……」冥婚女鬼想了想，說：「我……我聽不懂妳說什麼？」

「那個年輕人，妳忘記他了嗎？」許保強說了那年輕人名字。

「他！」冥婚女鬼這才彷如大夢初醒，慌亂張望起來。「老公、老公，我愛他、我愛他！他是我老公……老公，你在哪裡？」

「別激動別激動……」許保強持續施展鬼笑安撫冥婚女鬼。「大姊，妳聽我說，他……他不是妳老公……」

「什麼……什麼？」冥婚女鬼身子顫抖、眼瞳亂轉，忽而茫然、忽而呆滯、忽而悲悽，像是有幾種情緒在腦中衝突。「他……他是我老公……他不是我老公？」

董芊芊在確定冥婚女鬼位置後，便撤去了派駐在年輕人家中的蝶和樓頂的蟻后及大隊蟻軍，此時氣足力夠，派了大隊紅蝶飛到她頭頂盤旋，產下幾隊毛蟲，啃噬起她頭上那株黑桃花；還畫了隻皇蛾，產下條巨無霸幼蟲助陣，照理說，轉眼就能將冥婚女鬼身上黑桃花吃盡。

但那黑桃花似乎有著源源不絕的養分供應，葉落了再長、枝折了又生、花瓣被啃了還能生出新的花苞，然後開出新的黑色桃花。

「我不懂……爲什麼？」董芊芊困惑搖頭。

「怎麼了？」許保強看不見董芊芊那些墨蟲，即便是韓杰也僅能隱隱察覺董芊芊身上氣息變化，都不明白此時情況，只能問：「是不是……妳派出的蟲太多，力量不夠？」

「不……」董芊芊搖搖頭。「我連皇蛾都派上陣了，但她身上黑桃花吃完又長出來……重新長出來的桃花，還是黑色的……」

「我覺得比較像當機。」王小明這麼插嘴，見眾人像是不明白他這話意思，便指著冥婚女鬼說：「你們看她，一下哭、一下笑、一下呆，好像軟體衝突一樣，呵呵……」

「我聽不懂你的意思……」董芊芊搖搖頭，許保強倒是接話說：「你是說，女鬼身上裝著可以製造出黑桃花的……『軟體』？」

「很有可能。」韓杰點點頭，說：「我以前也處理過幾次類似的案子——法師收錢，在女鬼身上下咒，把咒術包在紅包裡隨人撿去；這些咒術五花八門，簡單點的我可以直接破解，困難點的我也不懂得處理……」

「原來還有韓大哥不懂怎麼處理的咒術，那後來你怎麼解決？」許保強好奇問。

韓杰沒有答話，只是神祕一笑，揚手捻了把香灰在手上一搓，往天上一撒，竟撒成一件袍子；那袍子造型古怪，但韓杰將之披在冥婚女鬼身子上，乍看之下有些像是婚紗。

那香灰婚紗隱隱約約連著條灰線，纏在韓杰掌上，像是寵物牽繩一般。

韓杰低聲囑咐許保強幾句，許保強便堆著鬼笑加鬼詐，對冥婚女鬼說：「這位美麗的姊姊，我們帶妳去找老公，好嗎？」

冥婚女鬼點點頭，稍稍拉緊了韓杰給她的那套香灰婚紗，跟在眾人背後，默默地走。

董芊芊不時回頭，撤回毛蟲、皇蛾幼蟲，換其他蟲上陣，切葉蟻、鍬形蟲——每隻墨蟲都能輕易啃食那些黑桃花，但黑桃花底下的養分像是源源不絕，怎麼也吃不盡。

韓杰也不介意董芊芊施術，畢竟剪除病桃花本來就是她的練習作業。

一小時後，韓杰駛著小發財車，抵達一處公寓樓下。

這是董芊芊先前放出的蜻蜓所指示的位置。

是老太太出門後的目的地。

韓杰將香灰婚紗的牽繩遞給許保強，讓許保強暫時看管冥婚女鬼，自己則令王小明穿過公寓大門開門，帶著王小明上樓。

在公寓外等候的許保強將香灰牽繩緊握在手，只覺得觸感輕飄飄的像是隨時會消散，連忙集中精神用兩隻手牢牢抓著，同時持續維持鬼笑鬼詐逗女鬼說話。

女鬼的心智受了咒術控制，說話十分跳躍，但兩人仍能大致聽懂她過往人生遭遇。

「她生前應該是個很好的人。」董芊芊不免有些惋惜她花樣年華的人生竟如此短暫；但聽她說了幾段愛戀過程，卻又覺得無滋無味，喃喃地問：「愛情是這樣子的嗎？」

「愛情很棒呀！」許保強插嘴。「問世間情為何物，直教人生死相許——這是名言耶，妳是月老的弟子，怎麼會不知道？」

他說到這裡，啊了一聲，說：「對喔，妳是包……包……」他見董芊芊露出怒色，便改口：「花苞花瓣都是岩石的石桃花……妳已經很幸運了，我的花瓣是活的，包皮才是石頭。」

「不要講那兩個字……」董芊芊在許保強胳臂上擰了一下。

許保強痛得跳了起來。「好，我不講石頭就是了……」

「不是石頭，是另兩個。」

「我也不講桃花了……幹嘛捏我？那到底是哪兩個字？」

「你明明知道。」

「我不知道，我想聽妳說……啊呀，很痛耶！」

冥婚女鬼歪著頭，一雙青烏烏的手捏著香灰婚紗邊角輕揉，像是隱隱想起生前往事。她也不明白為什麼死後的記憶變得片片斷斷，也不明白為什麼有時會突然激烈愛上一個人，再激烈地纏著那人。

她自然不知道這是因為她那老媽媽聽街坊姑婆稱未出嫁的女兒死後，因無法列進祖先牌位，無人供奉，永世流落陽世受苦，所以找了不明術士，施法替她招親冥婚，讓她好歹有個名分。

半小時後，公寓大門打開。

冥婚女鬼身子一顫，有些驚慌，她見到母親步出公寓，默默往街上走，招了部計程車離開。

韓杰跟著步出公寓，來到許保強和董芊芊面前，對他們揚了揚手上一只紅包袋，苦笑說：「事情有點麻煩。」

「麻煩？什麼意思？」許保強和董芊芊不解。

「樓上那傢伙是個三流貨色。」韓杰嘆了口氣說：「隨便拜師學了點雕蟲小技，就自立門戶，開業收錢替人作法消災，冥婚只是他其中一項業務。」韓杰說到這裡，補充說：「麻煩在於——他只會下咒，不會解咒，所以他沒辦法解開這小姐身上的咒。」

「什麼？」董芊芊和許保強有些驚訝。「那怎麼辦？沒救了？這位姊姊會一直這樣下去？」

「不。」韓杰搖頭說：「既然是三流貨色，他的咒也沒這麼長效——經過一段時間之後，她身上的咒會漸漸淡去，心智也會恢復正常。」

「大概要多久？」

「兩三個月到大半年吧。」

「所以……」許保強面有難色。「這段期間我要一直這樣牽著她？」

「別怕。」韓杰哈哈一笑，從許保強手上接回香灰牽繩，隨手一抖，將女鬼甩進紅包裡，跟著在紅包上畫了個咒印——這咒印用的不是香灰，而是效力更強的金磚粉。

「收好，別弄丟囉。」韓杰將紅包遞給董芊芊。

「啊。」董芊芊接過紅包，身子一顫，隱隱竟感到紅包袋上透出些黑桃花的枝芽。

「別怕。」韓杰解釋。「紅包是那傢伙特製的，我在上面也下了封印，她出不來，但會長出些——黑色的桃花對吧，讓妳練習用，等術力耗盡，就沒事了，我再安排牛頭馬面帶她下去。」

「所以……」董芊芊啊了一聲，驚喜問：「那撿到紅包的男生就沒事了。」

「應該吧。」韓杰答：「女鬼都在紅包裡了，我讓王小明帶老太太回家睡一覺，起來也不曉得發生什麼事，上頭那傢伙答應我不會再搞這些事，就算老太太之後再來找他，他也不會再收她錢。」

「韓大哥。」許保強不免有些敬佩。「整個法師界都你朋友，隨便哪個法師碰上你都這麼好說話。」

「誰認識這種爛東西。」韓杰冷笑，拍了拍許保強肩頭，對他揚了揚拳頭。「所以我才叫你上鐵拳館練身體，拳頭練硬一點，跟誰都好說話。」

「原來如此，練出一副好身體，不只用來對付鬼，還可以對付人。」許保強吐了吐舌頭。「所以韓大哥你常用拳頭跟其他鬼和人溝通嗎？」

「看情況呀。」韓杰哼哼地說：「鬼是人變的，人有百百種，有些人講道理，有些人不講；碰到不講道理又喜歡欺負人的人，你可以乖乖被他欺負，也可以換種方式跟他講道理——

例如，賞他一頓愛的教育。」

許保強點點頭，望著自己的雙拳，若有所思。

拾伍

「別聽他亂講，碰到不講理的人，應該透過法律途徑解決。」王書語扣著董芊芊手腕，慢慢地拗到某個會令她微微感到疼痛的角度時，才放開手。「很簡單，妳照著做一遍。」她這麼說，一邊伸手揪住董芊芊衣領，指導董芊芊照著她剛剛那擒拿手法，一步一步將自己拗倒在地，起身說：「武力不是萬靈丹，只能用在緊急時刻，更重要的是──」她說到這裡，瞪了韓杰一眼，像是責怪他亂教孩子。「他的身體打不死，所以不怕得罪仇家，他可以捱一百刀，你們一刀都捱不起，所以你們千萬不能學他的打法跟做法……」

許保強在一旁擊打沙包，聽王書語這麼說，瞥了韓杰一眼，像是想聽他意見。

「這倒是眞的。」韓杰聳肩一笑，對許保強說：「我可以教你練身體、教你打拳，但你得慢慢摸出一套適合自己治鬼的辦法──我有蓮藕身，很難死，年輕時我有時碰到道行比我高強的鬼怪，上頭又有籤令壓著我，不辦也不行，只好跟那些傢伙打消耗戰，磨到他們沒力、投降；但你沒這條件跟壓力，以後如果碰到打不贏的對手，可別衝動硬拚，先跑再說。」

「他呀──」王書語攬著擂台繩圈，對許保強補充：「還有風火輪可以用，連逃都比別人快，所以你們判斷該逃跑的時機，應該更早一步，千萬別撐到最後一刻，會逃不掉……」

「是呀。」韓杰點點頭，阻止許保強繼續打沙包，指了指啞鈴區，說：「練練力量吧。」

許保強有些不情願，說：「舉啞鈴跟打拳有什麼關係？」

「體力是基本中的基本啊……」韓杰這麼說，一把抓住許保強的手，往窩在櫃台旁滑手機的老龜公走去。「你想一下，如果我是鬼、或是壞法師請的流氓，押著你往火堆走，你連基本的體力都沒有，怎麼抵抗？」

韓杰一面說，一面抓著許保強手腕往老龜公褲襠按去。

「火堆？」老龜公斜了韓杰一眼，說：「太小看我了，我這是天下無敵的寶劍，削鐵如泥，手來呀、手過來呀！」他邊說，邊挺起腰，像是想用襠部去頂許保強的手。

「我懂了，韓大哥！我明白你的意思啦！」許保強嚷嚷大喊。

韓杰這才放開手，指了指啞鈴區。

許保強乖乖走去，照表操課。

「韓杰！人家還未成年，你別開這種玩笑——」王書語在擂台上冷眼瞪著韓杰，像是對韓杰那無賴教法很有意見，但她仍對董芊芊說：「他剛剛很沒水準，但說的沒錯——肌力、肌耐力、爆發力、心肺能力，是一切運動、武術的根本，身體沒力，練什麼拳都沒用。」

她一面說，一面揪著董芊芊衣領、胳臂，接連對她施展幾記柔道摔法，但都沒真摔下去，只是讓她東倒西歪，最後竟一把董芊芊橫地公主抱起，對她說：「知道嗎？」

韓杰在擂台下扠著手看，笑得合不攏嘴。「妳記得好清楚啊。」

「廢話。」王書語微微一笑，放下董芊芊，拍了拍她的頭。

之前王書語還沒與韓杰在一起時，兩人常約在鐵拳館碰面談論六月山案件後續，有時她早來了，默默等待韓杰教拳、教柔道，有時她對他的教法有些不同意見，也會忍不住唸他幾句——她的柔道是爸爸王智漢教的，韓杰許多柔術招式則是多年征戰打架自己摸索學成的；他倆每每討論到誰的動作才正確時，往往沒有結論，便會上台「較量」。

眞說起來，王書語那柔道、擒拿動作相對標準，其實更適合一般人；但韓杰力大，總能夠用不合理的姿勢和方式，掙脫破解王書語每記動作標準得如同教科書的擒拿和摔技，還揪著她繞來轉去，最後賞她一個公主抱，紳士般地放下她。

王書語儘管對韓杰用蠻力來詮釋柔道有些不服，卻也莫可奈何，畢竟肉體素質是一切搏擊武術的基礎。

且她不太討厭韓杰每次較量後的那記公主抱。

許保強遠遠見擂台上長髮飄逸、看來像個斯文讀書人的王書語，竟能輕鬆將個頭沒矮她多少的董芊芊公主抱起，不免有些訝異。

老龜公瞥見許保強分心，便也嚷嚷地說：「姿勢，注意你的姿勢！啞鈴不要用甩的！」他補充說：「看到沒有，王大律師就是我們鐵拳館練出來的女中豪傑，她不但能抱芊芊，她連阿杰都抱得起來！小子你加把勁，連女孩都抱不動，怎麼娶得到老婆！」

「誰說我抱不動！」許保強嚷嚷說：「芊芊，等等妳借我練習一下！」

「不要。」董芊芊拒絕，與王書語一同下了擂台，突然想起什麼，問：「書語姊，妳是律師？」

「是啊。」王書語點點頭，又說：「其實我本來已經打算改當檢察官，可是……現在我還在考慮……」

「書語姊，我問妳喔……」董芊芊說：「如果有個男人……一直糾纏一個女人，法律有辦法治他嗎？」

「妳被人糾纏？」

「不是……」董芊芊向王書語說明馬尾男糾纏青裙女的經過，也取出手機，讓她看這幾天兩人的往來訊息。

馬尾男不時跟蹤、投信的行徑仍持續著，董芊芊一時處理不了馬尾男頭頂的扭曲桃花，只能盡力安慰青裙女，說一定會幫她解決這個問題。

「其實，法律還是有辦法治這種人，只是實務上還是要看那男人的實際行爲，而且……」王書語苦笑了笑，說：「如果她母女倆因爲欠租和債務的關係，拒絕尋求司法管道，那法律怎麼幫得了她呢？」

「所以……」董芊芊有些失望，說：「就是沒辦法的意思？」

「辦法當然是有。」王書語說：「妳告訴她，從現在開始，盡量用手機蒐證，如果能拍到男人有踰矩的行爲，就能增加對付他的籌碼；至於欠租……我看看能不能幫她代墊……」

「再加上搬家、新屋押金的錢。」韓杰遠遠補充。

「那……那也沒多少……」王書語這麼說，立時又補充。「搬家一萬、押金兩三萬，首期租金……」

「眞大方，不愧是大律師。」韓杰抹抹汗，扠著手走來。「妳不是想在我們新家放一個按摩浴缸？十幾萬就這樣墊出去，按摩浴缸飛走囉——」

「那以後只好拜託你替我按摩啦。」王書語微微一笑，跟著嚴肅起來說：「但我不能接受一對無助母女，被這樣欺壓。」她一面說，轉頭對董芊芊說：「把她的聯絡方式給我，我直接教她怎麼做，必要的時候，我可以替她報警，義務替她打官司，這樣可以減輕她的負擔。」

「哦！」董芊芊有些受寵若驚，立時將青裙女的通訊帳號給了王書語，但卻又隱隱覺得這樣有些不妥。

「她就是這樣。」韓杰搖搖頭，嘆了口氣。「花幾分鐘聽了個小故事，立刻就想犧牲自己——的按摩浴缸；妳再多講幾個，我們家更衣室也沒了、沙發也沒了、說不定連新家也沒了，要流落街頭囉。」

「啊……」董芊芊這才醒悟，雖王書語主動想幫忙，但要她一口氣扛下整件事，未免有些過頭——且這件事，本來就是她的作業。

「這女人認眞起來時，會忘了自己。」韓杰走到王書語身後，雙手攬過她脖子，說：「有時我會吃醋，她可以爲任何人付出一切——跟她爸爸一樣。」

「你下陰間救我時，眼裡有自己嗎？」王書語臉上有點紅，揪著韓杰胳臂反問。

「有啊……」韓杰說：「大美女被賣下陰間，我是爲了我將來的幸福才冒死下去救妳的。」

「鬼扯。」王書語翻了個白眼。「你那時心裡住的人明明不是我……」

「嘔嘔嘔！」老龜公遠遠窩在櫃台旁翻著報紙，故意大聲發出嘔吐聲：「嘔嘔嘔嘔嘔嘔嘔！」

「ＯＫ！ＯＫ！」韓杰舉手說：「其實，我已經有對付那小子的辦法了。」

王書語聽韓杰這麼說，警覺地拉開他雙手，冷冷瞪視他。

「放心。」韓杰哈哈笑說：「我不動一拳一腳。」

「因爲你還有頭錘、摔技、關節技……還有偷學張大哥的ＤＤＴ可用對吧？」王書語瞪著他說。

「什麼偷學！是我自己練成的！」韓杰不服辯解，又說：「我一切暴力都不用——太子爺上頭要他改改做事方法、也要我改改做事方法，要我盡量用愛感化世人。」

「你最好學得會。」王書語沒好氣地說。

「學東西要時間嘛。」韓杰說：「妳也不是大學開學第一天就學會怎麼當律師啊。」他說到這裡，見王書語還有疑慮，就說：「這件功課，是月老讓芊芊學習怎麼斬爛桃花，我只是負責保護他倆，偶爾提供點經驗，除非必要，我不會插手太多，不然就變成替他們寫作業啦。」

「希望是這樣……」王書語哼了一聲，撥電話與青裙女聯繫，說明來意，以及可以提供的法律和金錢上的幫助。

青裙女非常感謝王書語能夠提供的一切法律援助，但婉拒了她代墊房租和所有搬家費用的提議。

「我和媽媽，不想再拿任何人好處了……我們想靠自己的力量活下去。」青裙女電話裡的聲音有些哽咽。「但還是非常謝謝妳，王律師。」

□

黃昏時，董芊芊、許保強和韓杰，在青裙女公司對街等候。

韓杰騎摩托車，兩人騎租賃腳踏車——除非急事，不然騎腳踏車代步，也是種訓練體力的方式。

「韓大哥，你的作風跟書語姊差那麼多。」許保強問：「怎麼會湊在一起啊？」

「可能我帥吧。」韓杰打了個哈哈，望著夕陽紅雲，腦袋裡飛快閃過這些日子來種種變化——與葉子相識、離別、重逢、再離別。

葉子離別前，在他和王書語心中種了朵花。

其實他也不清楚自己和王書語後續發展，是自然而然，還是心花的效力。

「對了。」韓杰突問董芊芊。「妳知道心花嗎？」

「那是什麼？」董芊芊不知道。

「那是……」韓杰抓抓頭，他自然不知道心花原理，只能含糊說明世上有沒有眞能撮合人和人的法術或是道具。

「當然有。」董芊芊點點頭。「但是有分很多種，正緣、孽緣，以及夾雜在兩者之間一些稀奇古怪的東西。」

許保強在一旁插嘴：「像是那個用藥粉騙女人的混蛋，應該也是用類似的東西吧……」

韓杰突然想起董芊芊先前提過的金色桃花，不禁好奇，當時在六月山上，他與王書語陪伴葉子和林國彬觀看最後一次日出時，葉子和林國彬身上，有沒有生出金色的桃花。

畢竟當時葉子和林國彬，煞有默契地在輪迴之前，想盡辦法撮合他與王書語，甚至替他倆種下一朵心花。

這算不算是一種愛到極致時的捨身呢？

韓杰想到這裡，忍不住問董芊芊：「從妳當月老弟子到現在，有見過金色的桃花嗎？」

「一共見過三次，前兩次發現時，距離太遠，那時我畫墨蟲的功力還不夠，派出的蜜蜂飛不快、追不上；最近一次，是我陪媽媽上醫院做檢查，見到一個女人想捐肝給自己的丈夫……」董芊芊說：「我那時墨蟲已經畫得挺熟練，派出的蜜蜂採回不少花粉花蜜，月老很滿意。」

「聽起來挺有趣的。」韓杰當太子爺乩身近二十年，什麼千奇百怪的道術、鬼怪都碰過，但月老這情術桃花系統，他倒是從未聽聞過，也看不見桃花和紅墨蟲。

「啊！」許保強啊呀一聲，指著對街一個方向。「來了！」

三人望去，遠遠見到馬尾男鬼鬼祟祟地來到青裙女公司樓下晃蕩。

董芊芊從與青裙女這些天的通訊軟體聯繫得知，馬尾男的尾隨每日持續不休，雖然沒有對她肢體接觸，但仍讓青裙女每日提心吊膽，遠遠一見到他就焦慮恐慌，每天都得靠安眠藥才能入睡。

韓杰遠遠見馬尾男慎重拿著一只卡片狀的信封袋，調侃說：「那是情書？他是文青啊。」

「……」董芊芊聽韓杰這麼說，開啓手機，給他看青裙女先前傳給她的翻拍照片，馬尾男的情書、卡片內容，除了情話之外，還有許多自繪的全家福塗鴉，他是丈夫、青裙女是妻子，身旁還有兩個孩子。

甚至夾雜一些他想像中的閨房情事內容敘述和插畫。

內容像是九流色情小說外帶漫畫。

偶爾也有些威脅語句，諸如——

如果我倆不能在人間結爲連理，也必將在陰間相伴永生。

妳身邊除了我，再不會有其他人；如果有，我會讓他消失。

妳活著是我妻子、死後也是我妻子、來生是我妻子、永世都是我的妻子。

是不是妳母親洗腦妳？她是妳我之間的阻礙？妳得在親情和愛情間做出抉擇，或是我替妳做出抉擇。

「我操！這鳥蛋病得不輕……」韓杰撫額搖頭。「有些話算恐嚇了吧，應該可以告得成呀！」他跟著看到那些拙劣的閨房插畫，忍不住啞然失笑。「我不信那瘦皮猴做得出這種動作。」

許保強插嘴問：「那韓大哥你行嗎？」

「要是你見過我內臟都掉出身體外面，整個身體被挖空一大半，還可以蹦蹦跳跳跟魔王打架的話。」韓杰打著哈哈說：「就不會問這種蠢問題了。」

「因爲你有太子爺的蓮藕身。」

「你在鐵拳館裡認眞練個一兩年，也可以的。」

「什麼？我也能練到內臟掉出身體還能打架？」

「我是說可以練成火車便當……」

韓杰和許保強隨口鬼扯閒聊，聽董芊芊喊了一聲，循聲望去，見到青裙女走出公司。

青裙女今日穿的不是青裙，而是褲裝。剛踏出大樓，見到在外等候的馬尾男咧嘴笑著走向她要奉上卡片，立時加快腳步掉頭就走。

馬尾男快步跟上，不停在後面搭話，硬要將卡片遞給她。

她一句話也不答，似乎想起上午王書語電話裡的建議，開啓手機錄音功能低調蒐證——不直接以鏡頭拍攝，也是王書語的建議，避免激怒馬尾男對她使用暴力。

馬尾男伸手要拉扯青裙女皮包，像是想將他熬夜寫成的情書卡片，硬塞進青裙女包包裡。

「放手！你不要碰我！」青裙女驚恐大叫。

「我只是想送信給妳，我有很多話想對妳說，妳不聽我說，我就寫信給妳！」馬尾男大叫。「妳帶回家看……」

「我不想看！」青裙女尖叫。

「妳一定要看！」馬尾男誠摯地說：「我會給妳幸福，相信我！」

「先生。」韓杰不知何時奔過馬路，伸手在馬尾男肩上大力拍了拍。

「啊？」馬尾男愕然轉身，見到韓杰遞給他一個東西。「幹嘛？」

「你東西掉了。」韓杰舉手遞給馬尾男的東西，是一只折成一半的紅包袋。

紅包袋上還有些金色字樣。

「這不是我的東西……」馬尾男困惑說。

「現在是你的了。」韓杰笑了笑，也不管馬尾男並未伸手來接，直接揪著他衣領，將紅包硬塞進他胸前口袋。

「你做什麼？我說這不是我的東西……」馬尾男愕然想推開韓杰，但韓杰力大，右手揪著他衣領，左手輕按他胸前口袋，低聲呢喃，像是對口袋裡的紅包交代些什麼。

「這段時間要委屈妳了，等紅包咒力失效，我會安排人來帶妳下去，妳不用擔心妳爸媽，我會替妳看著他們。」

「你到底在對誰說話啦？」馬尾男哇哇大叫：「我根本聽不懂你在說什麼？」

韓杰放開馬尾男，攤了攤手，微笑後退，左手還揪著把金粉——

那是他本來用來封印紅包的金磚粉。

他收回了金粉，等同解開了封印。

「神經病！」馬尾男氣得退開老遠，從襯衫口袋掏出那紅包，大力扔在地上，左顧右盼，只見青裙女在許保強和董芊芊騎著租賃腳踏車跟隨護衛下，已經走遠。

他本還想追去送卡片，突然覺得胸口一陣刺痛，呆了呆，摸摸口袋，見到本來被他隨手扔了的紅包，竟又出現在他口袋裡。

他驚慌失措，再一次將紅包取出扔在地上。

卻見韓杰對他扳起手指，發出喀啦啦的聲音，短袖下的胳臂隱約露出一截刺青。

「算你走運，現在才碰到我，上天跟我女人都叫我盡量用愛感化世人，我只好照著做啦，我聽他們的話，用『愛』來感化你。」韓杰這麼說，斜眼瞥了被馬尾男再次扔在地上的紅包。「不過……這份『愛』，不見得比被揍輕鬆喔，你好自爲之吧。」

馬尾男雖然從頭到尾都聽不懂韓杰這些話的意思，但見韓杰離去發動了摩托車，追上遠去三人，知道他們是同夥；他見對方人多，硬來肯定討不到便宜，只能悻悻然地掉頭離開，還大力重踩過地上那紅包，嘴裡低聲碎罵。

馬尾男漫無目的走了兩條街，肚子有點餓了，但氣得吃不下飯，招手搭了計程車，開往青裙女家，無論如何也想將他的情話卡片投進青裙女家信箱。

計程車抵達目的地，馬尾男掏出皮夾要付車資。

但他手剛伸進褲袋，卻呆了呆，褲袋裡除了皮夾，還有個東西。

他將那東西連同和皮夾一齊摸出來。

仍是那只折半紅包。

「喝！」馬尾男愕然驚叫，見司機回頭看他，匆忙付了車資，下車時還差點跌倒，捏著那紅包打起顫來，左顧右看，將紅包扔進一旁排水溝蓋裡。

他透過排水溝鐵蓋縫隙，盯著躺在水溝淤泥上的紅包袋老半晌，發了半會兒呆，這才將卡片投入青裙女家信箱。

他本想守在附近等青裙女回家，但不知怎地，眼皮啪答答跳個不停，總覺得心神不寧，便掉頭回家。

他家距離青裙女家不遠，只隔幾條街，是棟高級大樓。

一向親切的大樓保全見馬尾男踏入大門，別過頭去假裝沒看見他——這自然與馬尾平日行事做人有關，整個社區住戶，對馬尾男父母還算客氣，但對馬尾男本人卻幾乎沒半句好話。

最好的一句話，可能是稱讚他那頭馬尾髮質不錯。

馬尾男對此倒是渾然未覺，他向來只活在自己的世界。

他揭開信箱取出一疊信件，搭電梯上樓返家，才剛進門又尖叫一聲。

那疊信件中，夾雜著一只一模一樣的紅包。

他嚇得癱坐在地，信件撒了一地。

馬尾男的母親循聲從廚房走出問他發生了什麼事。

他試圖向母親求救，但支支吾吾一時也說不清楚，因爲他自己也不明白這是怎麼一回事。

他發了一會兒抖，推開蹲在他身邊關心的母親，一把拾起紅包，衝進廚房開瓦斯爐點燃，捏在手上燒了幾秒，然後奔入廁所，將燒到一半的紅包扔進馬桶，按水沖了。

不只沖一次水，而是一次一次又一次。

直到他母親趕入廁所，阻止他繼續沖水，問他究竟發生了什麼事。

馬尾男這才驚嚇得哭了，哭得像是個孩子，蹲在地上述說自己的委屈，說大家都欺負他。

馬尾男的母親氣炸了，問那韓杰究竟是哪號人物，竟敢欺負她乖巧可愛的寶貝兒子，她立刻打了老半天電話，詢問好幾位律師朋友，打算認眞對付韓杰。

幾個律師朋友都問了相同的問題——那麼，那位韓杰究竟對馬尾男做了什麼事情？

馬尾男母親喊來了哭哭啼啼的馬尾男，支離破碎地總結了韓杰剛剛一切行爲——硬塞了個紅包給他、對他喀啦喀啦地扳了幾下手指、笑起來樣子壞壞的、說了幾段馬尾男已經忘記內容但覺得莫名其妙的話、短袖下露出一點點刺青……

幾位律師聽完，都默然半晌，然後表示這樣很難告這位韓杰；頂多硬塞紅包這個動作，可能稍稍觸及強制罪，但韓杰塞完紅包卻沒有後續行爲，即便成罪也極其輕微。

馬尾男母親不死心，像是還想詢問更多律師朋友，但突然聽兒子再次尖叫一聲，叫聲悽厲嚇人，嚇得她電話都掉到了地上。

馬尾男顫抖的手上，捏著一只同樣的紅包。

是他從襯衫口袋摸出來的。

他全身顫抖，說不出話，尿液自他褲子滲出，染濕他屁股下的高級地毯。

馬尾男的母親自然也嚇呆了，畢竟她親眼見兒子燒了紅包還扔進馬桶沖掉，此時又好端端地出現在他手上。

她開始覺得，自己該找的幫手似乎不是律師，而是法師了。

拾陸

王書語走出律師事務所，準備下班時，早已過了晚餐時間。
她同事對她提包上懸著的那只小巧玩偶十分好奇。
那是只巴掌大的老虎玩偶。
「未婚夫送的？」
「是啊。」
「在包包上掛玩偶，完全不是妳的風格，他不懂妳的喜好？」同事調侃說。
「送玩偶這件事情，更不是他的風格……」王書語苦笑，隨手撥了撥那小虎娃娃下巴。
這是今早她離開鐵拳館時，韓杰塞給她的護身吊飾——一個老虎娃娃，巴掌大小，說是吊飾，未免有點大，懸在包包走起路來甩來晃去，實在醒目。
除了這吊飾之外，她包包裡還藏著寫有金粉符籙的絲巾及防身手電筒——卻沒有尪仔標了。
過去韓杰那神蓮效力強大，不但能讓自己同時操縱大量法寶，還能將太子爺七寶授權予他人使用，這種使用方式，也在天庭檢討範圍內，因此韓杰那授權他人發動尪仔標的權限，暫時被拔除了。

韓杰說那小虎娃娃是代替尪仔標的護身符，威力不輸小豹，必要時候能守護她的安危。

這次案子稍微大了點。

半年前韓杰的敵手，將襲擊對象擴及到所有與韓杰有關的人身上。

王書語一家當時也牽連其中，因此她雖不喜歡在包包上掛隻小老虎，但仍然勉爲其難地帶著上下班。

過去她在六月山案件前後與方董周旋時，曾經一度認眞準備參加國考，打算轉任檢察官，全力對付方董以及所有爲富不仁的人——她和王智漢一樣，正義感旺盛到會時常得罪人。

甚至不乏她實在得罪不起的人。

這樣的個性，倘若身爲檢察官，想來比當個律師更容易樹敵。

她本身雖然無懼樹敵，卻禁不起母親許淑美流淚懇求，同意暫時擱下這件事，繼續在律師事務所工作。

她剛走出事務所，往公車站走，突然停下腳步，沉默半晌，點了點頭。

然後她不像往常一樣搭乘公車回租屋處，而是繞進周遭巷弄。

一陣腳步聲急促逼近，幾個男人圍住了她。

「韓杰是妳什麼人？」帶頭男人這麼問。

「你們是誰？」王書語冷靜反問。

「妳不用管我們是誰。」那男人伸手拉著王書語胳臂往巷外拖。

「別拉我，我自己有腳。」王書語輕輕拍了拍小老虎娃娃的頭，像是在安撫小虎娃娃，主動跟著男人走。「你們要帶我去哪裡？」

幾個男人有的本來已經準備沾了乙醚的手帕，見王書語完全沒有反抗，反而一下子反應不過來。

「呃……」帶頭男人指著巷弄外的廂型車。「上車再說。」

「好喔。」王書語撥撥頭髮上車。

幾個男人依序上車，彼此看了看，本來準備好的暴力威嚇好像都派不上用場，像是被打亂了流程般，一下子不知道怎麼開口。

「你們想找我未婚夫麻煩。」王書語問：「所以來綁架我，想逼他屈服，或是設計陷阱引誘他上門？」

「這……」帶頭男人說：「幹沒有這麼複雜啦！我們老大要我們教訓他，說找不到他的人，就找他身邊人問問，總之我們要動他沒錯。」

「所以他這次又得罪了誰呢？」王書語淡淡地問。

「妳別管這麼多。」帶頭男人說：「叫他出來。」

「好。」王書語取出手機，又問：「叫到哪裡？」

「烈哥說隨便找個地方。」一個小伙子搶著開口。「把他手腳打斷！」

小伙子剛說完，便捱了帶頭男人一耳光，罵他：「烈哥是怎麼說的？」

帶頭男人剛說出口，突然捂住嘴巴，像是察覺自己也犯了同樣的錯誤，神情尷尬地怒瞪小伙子。

「不能、不能……不能透露他……」小伙子撫著臉，連連向帶頭男人賠罪。「對不起，老大……」

「好啦。」王書語主動提議：「你們覺得附近河堤怎樣？」

「附近河堤？」帶頭男人警覺地問：「什麼意思？」

「這一帶河堤人少、安靜，在那邊動手不會有人干擾。」王書語說：「或者你們也可以去鐵拳館找他，雖然他不一定在。」

「鐵拳館？那又是什麼鬼地方？」

「是他跟人合資開的拳館兼健身房。」王書語報上鐵拳館地址。

帶頭男人取出手機，開啓地圖滑了滑，向王書語再次確認地址，搖頭說：「那在市區耶，附近人很多啦！剛剛說的河堤不錯啊，附近沒有派出所……等等！」他說到這裡，狐疑地瞇起眼睛瞪視王書語，又說：「我就覺得有詐……不要去這裡的河堤！找其他地方……」

「那你決定好地方，我再打電話給他喔。」王書語微笑點頭。

帶頭男人一聲令下，駕駛開車，幾個小弟拿著手機開啓地圖輪流推薦起適合狠狠教訓韓杰的地點——包括偏僻大樓地下室、某幾座橋下、其他地方的河堤、僻靜巷弄、跟自家「社團」經營的遊藝場倉庫。

最後，他們終於決定好地點——一處運動公園旁邊山上。

那運動公園緊鄰著山，有幾條登山步道，其中一名小弟住那附近，知道有條山道通往一座小廟，但廟公過世幾年，小廟無人管理，四周雜草叢生，這幾年鄰近居民也漸漸少去。

「很遠耶……」王書語皺了皺眉，另幾個小弟也點頭附和。「真的很遠……」

「就去那裡。」帶頭男人這麼說，或許他從王書語眉宇間的不耐，推測她不願意去的地方，就是最適合的地方。

一小時後，廂型車駛達該運動公園後山山腰處。

車門敞開，王書語下車，走向韓杰。

韓杰倚在摩托車旁，神情不耐地扠著手，他半小時前，便按照王書語指示，來這裡等她。

「那混蛋幹嘛約我來這鬼地方，很遠耶！」韓杰焦躁抱怨。「而且來這麼慢！」

傍晚時分，董芊芊和許保強在護送青裙女返家後，上醫院探視了那孕婦一會兒，董芊芊派了新蝶替她清除爛桃花枝芽之後，便結束了一天工作，相伴回家。

韓杰一接獲王書語通知，立時帶著王小明來到這運動公園後山，討論著這批找上王書語的傢伙們，和前兩批上鐵拳館找老龜公麻煩的傢伙，究竟有何關係。

這一等可等真久，久到韓杰忍不住隨便找了棵樹撒了泡尿。

「又不是我決定的。」王書語攤攤手，指了指廂型車。「有個叫烈哥的，說你得罪了他，找了批小弟要斷你手腳。」

「啊？」韓杰一下子可難以消化這麼多訊息。「烈哥？這又是誰啊？」

「我也是第一次聽到。」王書語這麼說。

韓杰走近那廂型車，只見廂型車裡坐著幾個男人，各個呆滯失神。

一個小女孩站在廂型車內，和一個古怪小妖怪比手畫腳玩著遊戲。

一角兩角三角形、四角五角六角半、七角八角手扠腰，十角十一角十二角打電話……

喂喂喂，小琪琪在家嗎？我在呀。

小傢伙在家嗎？我也在。

「停——」韓杰揚手下令，阻止小女孩和小妖怪繼續玩遊戲。

小琪琪模樣七、八歲大，是當年東風市場葬身火窟的老鄰居之一，現在和王小明同屬小歸保全公司特別部門成員之一，受韓杰地獄符招上陽世，身著防曬裝備隨身保護王書語。

小妖怪則是過去在六月山一天到晚攀在老獼猴背上的小傢伙，今兒個一早，在韓杰指示下，便躲在王書語包包裡，協助小琪琪共同保護王書語。

不久之前，王書語一出事務所，就收到小琪琪的通知，說有批男人接近她，王書語暗中下令隨身保鏢們不動聲色，還乖乖隨男人上車，目的就是想探出這些傢伙背後究竟受誰指使。

那增援護衛王書語的小傢伙，模樣像孩童、又像無毛樹獺，不擅長打架，但能催眠活人，令他們陷入夢鄉，說出些平常不會說的祕密。

王書語在駛向這運動公園的途中，下令小傢伙催眠帶頭大哥，開始向他問話，問出幕後指使者，是某個地方的小角頭烈哥。

幾個小弟見大哥竟無端供出烈哥身家資料和勢力範圍，愕然之餘，也不敢多嘴，且除了駕駛之外，一個個也被小傢伙催眠。

直到抵達目的地，小傢伙才將駕駛一同催眠，和小琪琪玩起遊戲。

王書語對韓杰說，自己雖問出烈哥簡單資料，卻問不出烈哥想找他麻煩的原因，只隱約聽出烈哥上頭似乎還有大哥；斷韓杰手腳這指示，或許來自烈哥更上頭的老大。

「烈哥……虎龍？雞爺？黑牛？阿蛇？」韓杰扠著手想，將王小明探得的消息告知王書語。「我操怎麼一下子冒出這麼多聽都沒聽過的傢伙想找我麻煩？」

「我記下來。」王書語取出平板，飛快將這些名字、資訊鍵入平板，跟著看了看廂型車內呆滯人們，對韓杰說：「你還有話想問他們嗎？」

「我才懶得問。」韓杰搖搖頭。「忙了一天，煩死了，我只想趕快把那大桌子做好。」

「好呀！」王書語聽韓杰提到「大桌子」，眉開眼笑——那是她朝思暮想的大書桌，她一直想要張大書桌，但逛了許多家具行，同類型的大木桌，價格都令她咋舌，好不容易打探到間木材行，挑了塊實木桌板，又選了對鐵鑄桌腳，與韓杰一同開著老龜公那小發財車載回家，約好了今日一同組裝，誰知道卻碰上這批傢伙搗亂。

「可是……」王書語跨上韓杰機車後座，見小琪琪跟小傢伙都跟了上來，分別攀上她後背，而那廂型車門敞著，裡頭的人一個個都還發著呆，便問：「那他們怎麼辦？」

「我來接手處理。」王小明拍了拍胸脯，對小琪琪說：「妹妹，妳繼續保護書語姊，這些人我會照顧他們，讓他們平安下山，我會用愛來教化他們。」

「遵命，隊長。」小琪琪咧嘴一笑，對王小明比了個敬禮手勢。

王小明聽小琪琪喊他隊長，得意得不得了，心想自己總算熬出頭、變成隊長了，他目送韓杰騎車載著王書語下山，轉身回到廂型車上，一個個拍醒眾人，然後附身在帶頭男人身上。

車內數人如同大夢初醒，起初都還不知道發生了什麼事，見車內王書語不見了，驚訝地要衝下車找人。

「幹嘛！給我回來！」王小明附著帶頭男人大喝，又將眾人招回車上，怒叱：「那個韓杰已經被我處理掉了，你們再給我睡嘛！皮癢癢是不是！偷懶啊！」

「什麼……」小弟們愕然互視，完全不明白帶頭老大究竟怎麼處理了韓杰，有個小弟問：「那……那我們是不是可以回家了？」

「回家？」王小明大罵：「你們第一天出來混？你們以爲處理掉一個人，不用收尾是不是？」

「收尾？」小弟們愕然互望。「怎麼收尾？」「大哥你要我們怎麼做？」

「山上沒有wifi啊……」王小明下令駕駛開車下山，找著一間二十四小時營業，且提供wifi網路的速食店。

王小明附著帶頭大哥，神祕兮兮地啃食漢堡，對小弟們說：「你們覺得，處理掉一個活人，應該怎麼收尾？」

「消滅所有證據？」一個小弟害怕地問，他們本來以爲只是要給韓杰一點教訓，但大哥卻在自己打瞌睡時，獨力「處理」了韓杰。

「沒錯，就是滅證，現在是科技時代，我們要與時俱進，用更先進的方式。」王小明指示眾人取出手機，下載他那款美少女遊戲。「你們或許不知道，現在很多組織，都是透過遊戲公會聯繫……」

王小明一步步教導小弟們申請帳號，加入「東風市場四樓」公會；再進入商城頁面，要求大家刷卡買寶石。

「你們不用擔心，可以向烈哥報帳……」

□

凌晨時分，韓杰抹著汗、望著終於拼裝好、擺就定位的大木桌——相較於與魔王戰鬥，組張大木桌雖然不至於斷手折腳，但在這接近午夜時刻，擔心吵著左鄰右舍的情況下，用瓦愣紙板、布毯鋪地，肩扛桌板、臂撐桌腳，還得避免噪音而不使用電動起子，用手動起子將一枚枚長達十餘公分的粗大螺絲旋入厚實木中，倒也不是件輕鬆的事。

每旋一枚大螺絲時，都令韓杰想起半年前與夜鴉三番兩次惡戰時的情景。

夜鴉有個怪癖，喜歡拿著電鑽打架。

韓杰提起木椅，來到桌前放妥。

王書語遞了冰啤酒給韓杰，像是欣賞藝術品般在大木桌邊繞了幾圈，緩緩坐上韓杰放在桌前的木椅，輕輕撫按木桌，見韓杰抓著啤酒坐在窗邊吹風，便說：「你幹嘛坐那麼遠，把椅子拿過來啦！」

「啊？」韓杰不解起身，提起身下木椅往大桌走。「妳一個人坐兩張椅子？」

「我一個人坐兩張椅子幹嘛？那是給你坐的。」王書語這麼說，伸手指了指大木桌對面。

「不然買成對的椅子幹嘛，當然擺一起啊。」

「這不是妳的書桌嗎？」韓杰在王書語對面坐下。

「是我們兩個人的書房。」王書語這麼說。

「可是……」韓杰隔著大桌望著王書語，總覺得這種坐法令他有些不自在。

「怪怪的……」王書語噗哧一笑，似乎也感到這種長桌不該這麼坐。

兩人幾乎同時開口——

「我覺得好像被抓進警局問話……」

「我覺得你這樣像是我的客戶……」

兩人說完，都莞爾笑了。

王書語挪動椅子，將位置挪至大桌左側，向韓杰說：「這樣坐好了。」

韓杰提起椅子，來到王書語身旁坐下。

這書房裡便只擺著大桌和一對椅子，書櫃、雜物都尚未整理，一箱箱堆在客廳。

兩人並肩坐著，王書語望著空無一物的白牆，說：「只差一面黑板，就是教室了，以前上學就是這樣坐的對吧。」

「嘖，學校桌子哪有這麼大……」韓杰搖頭說：「而且我旁邊很少坐人……」

「啊？爲什麼？」

「以前老師說我家裡開宮廟的，說我制服有香的味道、說我會帶壞同學，叫我坐垃圾桶旁邊……」

「啊！」王書語瞠目結舌，氣惱地說：「這算什麼老師、這根本不叫教育，這——」

「別氣、別氣！」韓杰見王書語突然認真起來，知道她又要長篇大論，連忙安撫她說：「好多年前的事了，我早忘記了……」他像是故意轉移話題般，伸指在大木桌上直直一畫。「以後左邊是我用，右邊讓妳用。」

「無聊。」王書語白了他一眼，出房將幾份資料、慣用文具和平板電腦拿來擺放上桌，翻閱幾件現在處理中的官司案件。

韓杰見王書語用功，也裝模作樣地拿了筆記本上桌，抓了支筆搖搖晃晃，不時盯著門外，發呆半晌，忍不住埋怨：「笨鳥又在偷懶，好幾天沒給我消息。」

王書語望了韓杰一眼，將平板電腦推到他面前。

上頭分別寫著幾個人名——

雞爺、虎龍、阿蛇、黑牛、烈哥……

其中雞爺、黃虎龍、黑牛、阿蛇等是經王小明打探給韓杰，韓杰再輾轉告知王書語，烈哥則是王書語在廂型車上問出的消息——

王書語揑著筆，在幾個人名間畫線聯繫，一面說：「阿蛇跟黑牛，都是雞爺手下，請雞爺幫忙的，是一個叫虎龍的傢伙；同時剛剛那票人的頭兒叫烈哥，烈哥平常的活動範圍，大都在——」她講了幾個地點。

「妳工作那麼多，還替我想這些事？」韓杰問。

「我工作早做完了。」王書語吁了口氣。「都是些小事情。」

王智漢過世後，王書語顧及母親許淑美獨居心情，不想讓她多操心，刻意避開一些土地糾紛、官商勾結的大案，只承接一些婚姻糾紛、網路妨礙名譽、鄰居互控之類的小案件。對她來說，經手這些案件，像是讓大學生寫國中生功課一樣容易。

「你確定這些名字一個都不認識？」王書語又問。

「妳如果銬著我，用燈照我的臉，用鐵鎚墊電話本敲我胸口，說不定我會想起來。」韓杰打著哈哈，見王書語臉色一沉，連忙改口說：「我真的不記得得罪過這些人呀……我現在兩件工作，一件是保護那兩個小鬼，一件是找到關帝廟失竊的三隻手——我白天跟著兩個小鬼到處晃，新的籤令一直沒下來，我也不知道上哪兒找那三隻手……」

「三隻手……」王書語聽韓杰提過當時太子爺降駕斬去三姝魔臂的前因後續，想了想，問：「那三隻手，不是普通的東西，有膽闖進關帝廟，偷走手的傢伙，要嘛是不懂事的菜鳥法師、要嘛是不怕神明乩身找碴的狠角色——你說當時那些魔女一共是四個，各個都很厲害。」

「是呀，那四個傢伙，都是差幾十年就能成魔的準魔頭了。」韓杰回想著先前和欲妃、悅彼大戰時的情景。「第一個用火、第二個用冰；後來遇到的另兩個，一個用電、一個用毒……當時逃走的，好像就是那個用毒的——啊！我想起來了，她有四隻手，她是隻毒蜘蛛……啊呀！蜘蛛！」

韓杰說到這裡，突然瞪大眼睛，想起初次相助董芊芊、許保強時，替兩人解決的正是隻半人半蛛的魔物。「難道跟她有關？」

「你覺得——」王書語腦袋轉得快，她聽韓杰強調了「蜘蛛」二字，立時明白韓杰心意。「是當時第四個魔女，上來偷了三魔女的手臂。」

「如果偷手的傢伙是她的話……」韓杰皺眉思索。「那還挺麻煩的……」

「因爲她厲害，厲害到讓你覺得棘手？」王書語問：「或是得靠太子爺降駕才能收伏她？」

「眞的厲害……」韓杰隨手取出金屬菸盒揭開，取出一片尪仔標捏在指間彈玩。「那個時候，我跟她們四個一對一單挑，應該都能贏；因爲那時我能一口氣用好幾條混天綾、好幾把火尖槍、一整隊小豹，但現在……」

「規則改了。」王書語接下韓杰的話問：「上次你實驗過，你吃了蓮子，可以同時使用的尪仔標上限是三片還是四片？」

「應該是……四片或者五片左右……」韓杰望著挾在指尖那枚九龍神火罩尪仔標。「最多最多……跟那魔女打平……」

「你習慣嘴硬逞強……」王書語微微露出愁容。「讓我對『勉強打平』這個結論有點擔心……」

「但現在的我，也有過去沒有的資源。」韓杰指指地下。「小歸兄特別替我弄了個專屬部門，全力支援我在地上一切行動。」

「我知道，你說過那個部門的隊長是王小明……」王書語搖頭苦笑，似乎對韓杰這支支援小隊的信心有些不足。

拾柒

男人的魂魄飄蕩在病房高處，默默望著病床上的孕婦。

孕婦與陪同家人偶爾閒聊，雖然不時露出寂寞哀傷的神情，但似乎已不像前陣子那樣憂鬱到想要尋死了。

一來是她身處醫院接受治療，二來是董芊芊每日定時來到醫院外，畫蝶啃食孕婦身上那些新生的病腐桃花。

這兩日孕婦身上那株桃花，新生出的枝節腐葉已沒之前多了，紅墨毛蟲每次工作的時間也逐漸縮短。

孕婦似乎漸漸願意將希望和愛，轉移到未出世的孩子身上了。

如果沒有意外，再過不久，孕婦身上那株桃花會消失，直到遇見下一段緣分。

男人的魂魄的心智依舊茫然渾噩，但見到妻子情緒平穩，也乖乖聽從韓杰和王小明的指示，戴著王小明透過小歸弄來的臨時陽世許可證，靜靜窩藏在角落守護妻子，以防她再次做出傻事。

「韓大哥，你也懂冥婚紅包那種偏門法術？」

醫院庭院裡，許保強吃著洋芋片，問韓杰昨日究竟是怎麼對付那死纏爛打的馬尾男。

「呿！」韓杰似乎對許保強這個問題有些不屑。「那種三流鳥蛋法術，我問他怎麼用，他一講我就懂了，我還另外加了點料，用得比他更好；我收回紅包外面的金符，但可以透過那套香灰婚紗直接和她溝通、甚至控制她的行動——免得她鬧過頭，鬧出人命。」

「那個法師這麼好心教你法術？那不是他的生財之道嗎？」許保強笑呵呵地舉起拳頭問：「還是用愛的教育對他曉以大義？」

「可能吧……」韓杰聳聳肩說：「我很認真地告訴他，用這種旁門左道替人鬼亂牽線，出了差錯，會害死人的……」

「嗯……」許保強吃著洋芋片，身子左搖右晃，像是模仿拳擊手閃避步伐。「我也想快點練好身體，讓我可以用愛感化壞人。」

「加油。」韓杰點點頭，伸了個懶腰、大打聲哈欠，突然一記刺拳瞬間閃過許保強下巴。

嚇得許保強滿嘴洋芋片噴了大半出來。

「記得隨時保持警戒。」韓杰說：「鬼怪跟人不一樣，人要『愛』你，你遠遠看見了，可以擺好架勢感化回去；但鬼可以突然冒出來『愛』你，『愛』得你措手不及。」

「『愛』眞是複雜。」

「可以不要用愛來形容打架嗎……」董芊芊小聲埋怨，又向韓杰追問了一些被冥婚女鬼纏上之後可能會發生的變化，畢竟她的功課是要驅除馬尾男那偏執桃花和冥婚女鬼受到法術控制的黑桃花；但韓杰把冥婚紅包硬塞給馬尾男，這麼一來，兩株桃花互相糾纏，會變成什麼樣子，又該如何處理呢？

「我也很好奇。」韓杰哈哈大笑。「去看看就知道了。」他說完便領著兩人離開醫院，自個兒跨上摩托車騎遠；兩人則各自騎上自己的租賃腳踏車，追著韓杰的摩托車，趕路兼訓練體力。

□

儘管是炎熱的夏季，馬尾男還是感到冰寒透骨，用棉被將自己緊緊裹著。

他床鋪、桌面，散落著一張張信紙和卡片。

他只要一提起筆，試著寫些對青裙女的情話詩篇，他握筆的手就會像是扶乩般寫出一些非他本意的字句——

愛我、愛我、愛我、不可以愛她、要愛我、我才是你妻子、愛我……

當他試圖畫些和青裙女相親相愛的塗鴉時，他的筆又會自動動起來，把青裙女的特徵全改去，變成了一個陌生長髮女人——那冥婚女鬼生前或許就讀美術科系，又或者有繪畫天分，畫出來的畫比馬尾男好多了。

也寫實多了。

她用馬尾男的手，畫出一張張自己的畫像。

在每張畫上寫明自己的生辰八字——

昨日韓杰帶著王小明闖入那旁門法師工作室裡，「愛」了他一頓，問出下咒方式，但那法師學術不精，只懂下咒，不懂解咒，因此韓杰也解不了咒，只能重新施咒，將紅包術力轉移到馬尾男身上，因此冥婚女鬼此時心中早已忘記先前那位倒楣的年輕人，而將全副心思，都放在了馬尾男身上。

由於那冥婚紅包的咒術類型偏屬陰毒，因此女鬼身上的黑桃花依舊兇猛，令她的性情也激烈偏執。

因此她怎麼會允許自己的「丈夫」對其他女人寫詩作畫呢？

她希望他的眼中只有自己一人。

叮咚——

門鈴響起，馬尾男的父母急匆匆地開門，恭迎法師進門。

那法師年約五十來歲，橫眉怒目、樣貌極具威嚴，還帶著四名弟子，揹著大包小包的法器進門。

馬尾男父母跟著那法師來到馬尾男房門外，敲了敲門，然後開門。

法師一進門立刻指著馬尾男大喝一聲：「大膽孽障，還不離開凡人肉身——」

馬尾男看著法師，不發一語。

「神兵急急如律令，恭迎四方諸神來，降伏惡鬼渡世人！」法師擺開架式，在房中繞走，一聲令下朝馬尾男一指。「青龍、白虎、朱雀、玄武，上！」

四名弟子立時一擁上前，按著馬尾男手腳，掐開他嘴巴。

法師飛快上前，從口袋掏出一枚小符包往馬尾男被掐開的嘴裡塞，跟著下令弟子將馬尾男架起，拿了壺水往他嘴裡灌。「神符驅鬼、仙水淨身——」

馬尾男被灌了一肚子水。

他突然雙眼一瞪，鬼吼一聲，將四個架著他的法師徒弟全甩開來，力道之大，彷如現役摔角手。

法師咒唸到一半，目瞪口呆，只見馬尾男挺起肚子，噗地將滿肚子仙水和那符包一鼓作氣全噴在法師臉上。

仙水混著胃液，冒出一股酸臭。

破破爛爛的符包裡滾出幾枚藥丸，都是些抗焦慮、鎮定、安眠效果的藥物。

馬尾男一腳踹在法師肚子上，將法師一腳踹得撞在書櫃上，跪倒在地，也吐了一地——是來作法前才吃下的牛肉麵。「青龍、白虎……」法師痛苦伏地，漲紅著臉對弟子使了個眼色。

四弟子再次架住馬尾男，一個弟子藉著眾人掩護，偷偷取出一支裝有鎮定藥液的針筒，要往馬尾屁股上扎，但他那針頭剛扎入一半，就讓馬尾男轉身一手掐住頸子，緩緩將他舉起；另三名弟子試圖搶救，卻完全阻不住馬尾男動作，馬尾男一手掐著那弟子，一手拔出針筒，往那弟子大腿插去，再一把將他扔向法師，那法師才被踹裂肋骨，好不容易掙扎起身，被飛來的弟子這麼一撞，痛得再次跌倒。

「哇！」「眞是鬼上身啊！」三個徒弟魂飛魄散，架起法師和另個弟子，連招呼也沒打一聲，撞開守在門外的馬尾男父母，落荒逃離這屋子。

馬尾男父母嚇呆傻眼，不知所措，見馬尾男一動也不動地站著，也不敢進房清理那滿地仙水和嘔吐物，只輕聲呼喚：「兒啊……」

馬尾男聽見了母親叫喚，緩緩轉頭，瞪視著母親，喉間發出怪異的嗓音：「七天後……是我們結婚的日子……記得……擺宴……」

「這……這……」馬尾男母親抱著馬尾男父親，兩人相擁而泣。「這該如何是好啊？」

叮咚、叮咚——

門鈴再次響了。

韓杰扠著手，笑咪咪地站在馬尾男家門內——剛剛那法師和弟子們倉皇逃亡時連門也沒關，讓韓杰得以踏入馬尾男家中，進門前才順手按了電鈴。

「你……你是哪位？」馬尾男父親問。

「你兒子鬼上身，我來幫他的。」韓杰微笑踏進客廳，也沒脫鞋，大剌剌地走到馬尾男父母前。

「啊！」馬尾男父母相望一眼，一時不知如何是好——剛剛那倉皇逃跑的法師，是今天被馬尾男踹走的第三個法師，眼前這個韓杰，是第四個聲稱能幫他們的人。

「你……怎麼收費？」馬尾男父親問，母親則在一旁幫腔。「多少錢都行，但一定要有效，不要像之前那些……」

「我不收錢。」韓杰搖搖頭，說：「只是需要點時間。」

「需要點時間？」馬尾男父母問：「需要……多久？」

「不一定。」韓杰說：「他身體裡那女人很兇，你們應該知道吧。」

馬尾男夫妻點頭如搗蒜，她何止兇，簡直兇到嚇死人。

「所以需要時間。」韓杰說：「我們懂得怎麼和鬼靈溝通，慢慢開導她，勸她離開你兒子、回歸陰間。」

「那……那我們需要準備些什麼？」馬尾男父母怯怯地問。

「什麼都不用準備。」韓杰說：「讓我們進去和她聊聊天就好。」

馬尾男父母當然同意，領著韓杰就往馬尾男房門走，韓杰朝佇在大門外不好意思隨便踏入別人家的許保強和董芊芊喊了聲，招來他們，帶著兩人一同踏進馬尾男房裡。

韓杰朝縮在角落的馬尾男微微一笑，捻了點香灰準備施法——他將冥婚女鬼裝入紅包前，還讓她披著套香灰婚紗，此時他以香灰施法，便能暫時壓制女鬼兇性，但他突然停下動作，想起這終究是兩人暑假作業，不是他的籤令案子，便朝許保強使了個眼色。

許保強立時上前，擺出鬼笑臉，安撫起冥婚女鬼。「別怕、別怕，我們是來幫助妳的，我們保證妳會幸福，眞的……」

許保強邊說，邊瞇起眼睛仔細瞧馬尾男，僅能隱隱約約見到他眉心有些黑影——韓杰說他鼻子不靈、眼力不好，瞧不出鬼也聞不出鬼，這樣很難當個稱職的神明使者。

董芊芊則倒吸了口氣，她見到馬尾男身上那本來畸形怪異、像是受到輻射污染的古怪桃花，此時被密密麻麻的黑絲纏捲；冥婚女鬼那受到邪法控制的黑桃花，則湧出密密麻麻的黑絲，將馬尾男的畸形桃花牢牢糾纏包裹成了個古怪形狀——有著陰毒術力加持的黑桃花，似乎還是比人格扭曲造成的畸形桃花強上一截。

她拿出水筆，在左掌至胳臂先後畫了蝶、蛾、鍬形蟲、切葉蟻，一樣樣送上馬尾男身上，一隊隊墨蟲像是施工隊伍般，啃食著馬尾男身上的畸形桃花和黑桃花。

半小時後，韓杰領著兩人與馬尾男父母告別，還嚴肅提醒他們：「我們勸那女鬼冷靜，盡量別做出傷人舉動，但有一點千萬要記住——不要刺激她。」

「怎麼樣……」馬尾男母親害怕地問：「算是刺激到她？」

「叫妳兒子暫時清心寡慾，嫌無聊就做點簡單運動、吃清淡點、看點書……」韓杰刻意誇大其詞。「別隨便上網看女人照片、電視也少看，最重要的，要他暫時別追女孩子——他現在是不是有喜歡的對象？」

「呃……」馬尾男母親呆了呆，心虛地搖搖頭。「我……我也不清楚……可能有吧……」

「這就對了。」韓杰瞪大眼說：「最怕就是這樣，現在女鬼稍微冷靜點了，但要是又打翻她醋罈子，殺去弄死人家，好端端一個人，會甘心這樣死去嗎？當然不會，而會變成厲死鬼；到那時候，你們可能會有兩個媳婦了。」

「兩個媳婦……」馬尾男父母可聽得心驚膽顫，光一個冥婚鬼，就搞成這樣，要是再多一個厲死鬼，那可實在嚴重，連忙回答：「我們會看好他的，不會讓他接近其他女人……」

「這樣就好。」韓杰留了電話給馬尾男父母，說：「她偶爾可能會兇一點，但那紅包法力有期限，她的戾氣漸漸會散去，到那時候，她就會離開了，可能得熬個兩三個月，這段時間，你們得辛苦點了——眞有緊急情況，直接聯絡我。」

他說完便帶著許保強和董芊芊離開，出門前還回頭對著馬尾男父母嘿嘿一笑。

「放心，一切免費。」

拾捌

廂型車停在水月大樓外。

溫文鈞望著車窗外水月大樓那斑駁老舊卻依舊醒目的招牌，想起過去在學生時代曾經來過幾次，買過幾本漫畫夾著成人雜誌；平常日時通常到了下午時段，人潮才會漸漸聚集，上午相對冷清，不少玩具店、漫畫店都尚未開門營業。

車門敞開，黃虎龍下車，還拖下一只巨大的帶輪行李箱。

大行李箱從車內被放至地板時的撞擊，令箱內發出了幾聲詭異呻吟，箱體也不自然地震動了幾下。

溫文鈞讓那細微的呻吟嚇得渾身發抖，直到身旁一名胳臂刺龍畫鳳、流氓模樣的男人推了他一把，他這才驚恐地下車。

流氓模樣的男人跟著下車，也拖下一只一模一樣的大行李箱，交給溫文鈞。

溫文鈞拉著行李箱拉桿，腿都軟了，拖著往前走了幾步，只覺得那行李箱沉重異常；流氓模樣的男人先後幫黃虎龍和溫文鈞，將行李箱拖過入口階梯。

行李箱拖上階梯時造成的晃動，又讓行李箱發出了一陣奇異呻吟。

嗚——

噫噫——

「師父！」溫文鈞驚恐地拖著行李箱，跟在黃虎龍背後，害怕地問：「這箱子裡……裝的到底是什麼？」

「……」黃虎龍沒有回答，領著溫文鈞拖著大行李箱走進電梯，按下關門鍵，卻遲遲沒按樓層鍵，沉默半晌，終於開口。「徒弟，你得做好心理準備。」

「心理準備？」溫文鈞聽黃虎龍這麼說，可哆嗦起來——他這一路可都心驚膽跳，他握在手下的大行李箱不時微微抖動，或者傳出詭異呻吟。

上午他接到黃虎龍電話，急匆匆搭計程車趕去黃虎龍家門前時，便見到這兩個大行李箱，門外還停了台廂型車，在旁幫忙、駕車的陌生傢伙們，胳臂都刺龍畫鳳，像是流氓。

他根本沒搞清楚狀況，便被黃虎龍帶到這詭異的地方。

「我給你的那些藥材。」黃虎龍說：「有些珍貴成分，是樓上一位大王給我的。」

「大王……」溫文鈞點點頭。「之前，好像有聽師父你提過，你長年祭拜一位大王……那大王到底是……」他有些驚恐，原來黃虎龍特地帶他來見那「大王」。

「她是底下一位魔頭。」

「底下？」

「通常我們叫底下——」黃虎龍說：「陰間。」

溫文鈞深深吸了口氣，有滿腹疑問，但卻又不知從何問起。

「大王名叫見從，是個厲害的蜘蛛女王。」黃虎龍按下八樓鍵。「我提供陽世毒蟲、毒草給她煉毒，她賞賜我蛛毒煉藥，我們合作了許多年，你那情藥裡最珍貴的成分，就是見從大王的蛛毒；少了見從大王的蛛毒，我們就沒有現在的錢跟女人。你明白嗎？」他說到這裡，見溫文鈞點頭表示明白，便繼續說：「但是現在見從大王身體出了點問題，需要我們幫忙。」

「我們能……」溫文鈞問：「幫上她什麼忙？」

「帶藥給她吃。」黃虎龍瞥了手下大行李箱一眼。

「藥……」溫文鈞也不自禁地望了手下行李箱。「裡頭……不是人嗎？」

「是人，也是藥。」

八樓到了，電梯門緩緩打開，荒廢多時的ＫＴＶ那陰暗廊道裡，隱隱迴盪著陣陣哀號聲。

是見從的哀號聲。

黃虎龍拖著滾輪大行李箱，領著溫文鈞往廊道深處走。

溫文鈞見到廊道裡站著些人，像是守衛，各個面黃肌瘦、眼泛兇光。

兩人停在一處大包廂外，只見裡頭見從披頭散髮蜷縮在沙發上，痛苦地撫按肩頭。

ＫＴＶ包廂四周，散落著一袋袋空血袋，甚至還有些人屍殘骸。

溫文鈞難以自抑地顫抖起來——他拜黃虎龍爲師，用那情藥對女人騙財騙色，卻絕沒想到這情藥道術，會與陰間魔頭牽扯上關聯；也從未想過自己會踏入這如同恐怖電影般的場景之中。

「不行、不行……凡人的血肉不足以幫助我壓制三隻胳臂……」見從顫抖掙扎，兩隻眼睛閃耀著奇異光芒，整個身子不自然地扭動變形。「我太大意了……我早該想到三個賤人的手沒那麼好吞下……我應該慢慢來……先接上一條試試……」

嘩啦一聲，見從自沙發跌落地板，蠕動打滾、痛苦呻吟。

一旁的大鳳連忙來攙扶，卻被見從一把甩開老遠，他儘管擔心女王安危，卻也幫不上忙。

包廂外數十名大鳳手下，這些天來每日被見從採精吸血，儘管每頓飯都盡量吃多些，但體力也似乎接近極限，個個瘦成了皮包骨，再也榨不出能讓見從抵禦魔臂反噬的力量了。

倘若見從當真壓制不住三條魔臂，那麼她將會狂暴失控、瘋癲如獸——增長了力量，卻賠上了心智，可得不償失。

「黃虎龍，你把藥帶來了？」大鳳朝黃虎龍怒吼。

「是是是……」黃虎龍連忙將大行李箱拖入包廂，揭開。

裡頭塞著一個赤裸女人，那女人全身骨架似乎有些軟化、變形，幾乎填滿整個行李箱，塞成了個長方形，皮膚呈古怪的暗青色。

更詭怪的是，女人尚存一絲氣息，雙眼半閉，不時發出低微呻吟。

門外的溫文鈞遠遠見到大型裡箱裡那女人，想到自己拉著的這行李箱，顯然裝的是同樣的「東西」，嚇得雙腿一軟，差點跌倒。

他想起先前在黃虎龍家地下道場，曾經聽過類似的呻吟聲，直到這時才知道，那是黃虎龍特地煉製給見從補身的「人藥」。

見從一見大行李箱裡那女人，餓虎似地撲上「人藥」，雙手劇烈變形成怪異蛛足狀，嘴巴唰地彈出蜘蛛口器，狼吞虎嚥地吃食起人藥，一面吃、一面問：「有效！這藥有效！我有力氣了！三個賤人的手臂開始安靜了……還有沒有，全都拿來！」

大鳳和黃虎龍同時朝門外的溫文鈞喊：「傻瓜，你還愣著幹啥？」「把人藥拿進來呀！」

溫文鈞幾乎是半跪半爬地將第二具大行李箱推入包廂，黃虎龍上前拉來行李箱，揭開來，裡頭是個男人。

男人同樣塞成了符合行李箱形狀的長方形。

同樣活著。

「大王……」黃虎龍將那裝著男人的行李箱推至見從身旁，搓著手說：「煉這人藥需要時間，您也知道，藥材裡的毒液還是您提供的……這兩隻是已經煉好的，其他人藥還要煉上一陣子……」

「一陣子……」見從扒食人藥，整張臉沾滿汙血爛肉，焦躁地問：「是多久？」

「要多久？」大鳳在一旁兇惡幫腔。「說呀！」

「我家地下室裡還有五人，三個剛煉了兩天，另外兩個煉了七天，但離能吃的時候，還要兩、三天……」黃虎龍這麼說。

「不夠……不夠……」見從怒吼：「你一次煉多一點……」

「煉多一點，聽到沒有？」大鳳幫腔。

「或者……」見從眼中異光閃現。「去找些有道行的人……有道行的人，比較補……」她說到這裡，頓了頓，直勾勾盯住了黃虎龍。

黃虎龍當然也算得上是有點道行的人。

「大王、大王！」黃虎龍彷彿擔心見從轉眼便吃了自己，連忙說：「我這兩天跟大鳳已經找了好幾路人馬去堵那韓杰，但是、但是……」

「那麼多人也打不贏他？」見從怒罵：「都是廢物，他那天賜法力又不能用在凡人身上，找人圍毆也打不贏嗎？」

「我們找上他女人、他朋友，都拿他們沒辦法，他們身邊不只韓杰，還有其他鬼神護衛……我特地派了小鬼暗中打探，他那健身房現在有土地公進駐，還帶了隊手下把守。」

「什麼！」見從呆了呆，她吃下人藥之後，像是稍稍恢復理智，連連搖頭。「如果這樣……那別打他主意了……會把那傢伙引下來……」

「那傢伙？」黃虎龍有些不解。

「切掉那三個賤人胳臂的傢伙……」見從滿臉污血，抬起變形長臂，指了指天花板。

「連摩羅大王……都不是他的對手……」

「這樣的話……」黃虎龍只好說：「我盡量替您找更多活人，煉更多人藥……」

「你動作要快點……要是拖得太久，一樣會驚動天上，神明使者會找上門來……我得在回陰間之前，成功壓制三個賤人的胳臂，把三股力量納為己有，不然到了底下，我如果還是這個樣子，會變成其他傢伙眼中的獵物。」見從吃完了女人藥，開始吃男人藥。

陰間就是如此弱肉強食。

見從要是成功將三條魔臂的力量融入自身原本道行裡，那麼她在陰間的地位，可會一舉超越過去的欲妃、悅彼和快觀，她可以逐一攻下、接收尚在地獄服刑的她們旗下三支幫派，成爲稱霸一方的魔王。

相反地，她要是被神明盯上，倉促遁回陰間，少了活人精血進補，和黃虎龍聯絡更加不易，身子虛弱的消息傳開來，可要成了各方勢力眼中的滋潤肥羊——

就如同此時她扒食的人藥一般。

她望著黃虎龍的雙眼異光忽明忽滅。「別怪我沒提醒你……如果我眞被魔臂逼瘋，我就認不出你是我手下了，那你還能是什麼？自己想想……」

「是、是……」黃虎龍連連點頭，自然明白她話中意思。

倘若見從發瘋失控，整個水月大樓所有手下在她眼中，都只是一隻又一隻的獵物。

黃虎龍拉起嚇傻了的溫文鈞離開包廂，準備離去。大鳳追了出來，揪住黃虎龍胳臂問：「你那人藥，有沒有辦法煉快點？」

黃虎龍無奈搖頭：「煉藥的程序是固定的，要是火候不夠，藥效也不夠呀……從一個活人煉成人藥，起碼要十天上下……」

「你一次煉多點不行嗎？」

「煉多點……」黃虎龍攤了攤手。「大鳳哥呀，要我煉藥不成問題，但問題是上哪兒找那麼多人呢？」他指了指溫文鈞。「我和我徒弟就兩個人，能拐到的人有限；現在又有其他傢伙在搗蛋，我徒弟這幾天都不敢出門，手上沒有人，怎麼煉藥呀。」

大鳳問：「直接拿我……一些沒太大用處的嘍囉煉藥行不行？」

大鳳集團目前大致分成兩種階級，一種是平時跑腿辦事的嘍囉，另一種是像大鳳這樣，變得半人半妖、瘦得半死不活，但力大無窮的核心打手。

「你的嘍囉？」黃虎龍苦笑。「大鳳哥呀，你那些嘍囉，這段期間幾乎都成了大王血牛，就算看上去兇，但身子多半已經出了問題，會影響到藥效……」他說到這裡，繼續說：「還是你能幫忙擄些外來的客人，但是大王又說要低調……」

見從窩藏在水月大樓裡，成日擔心惹事曝光會引來神靈使者，但她魔臂反噬力量一發作，疼得腦袋發暈，心智混亂，說話也反反覆覆，時常前一刻囑咐大鳳別隨意生事，下一刻又要大鳳去替她弄點人來解解饞。

「我們每天都會找些落單的外來客人讓女王吃，只進不出的人越來越多……這地方再過不久就會曝光……女王打算轉移陣地。」大鳳帶著黃虎龍和溫文鈞搭電梯上了頂樓。

「轉移陣地？」黃虎龍問。「轉去哪裡？」

大鳳沒有回答，而是帶著黃虎龍來到水月大樓西側，指著隔鄰大樓說：「我們臨走之前，乾脆幹一筆大的……」

黃虎龍望去，那是水月大樓旁的年年大飯店。

「幹一筆大的……」黃虎龍愕然問：「你想從飯店抓人來煉藥？這不是比直接從水月大

樓拉客人更高調嗎?」

「蠢蛋!你沒喝過喜酒?」大鳳說:「那家飯店時常辦婚宴,我們挑個人多的場子,一次把人全收了。」

「把喝喜酒的人全收了?」黃虎龍哭笑不得。「你當收紅包啊,人要怎麼收?」

「下藥呀。」大鳳說:「你不是有那種能讓人乖乖聽話的藥?」

「大哥啊……」黃虎龍搖頭說:「我那藥是情藥,是讓人愛上我的藥,一對一用很有用,一次拐十幾桌喜酒的客人?那不可能呀!」

「媽的!」大鳳怒叱:「你的藥不行,就用我的藥!」

「你也有藥?」黃虎龍不解,問答一陣,這才知道大鳳口中的藥,是迷姦藥水,喝下肚後很快不醒人事。

大鳳稱自己有辦法讓手下混入飯店廚房在果汁、甜湯裡下藥——在婚宴飲食裡下藥一口氣弄倒所有賓客,似乎確實比派出流氓打手四處強擄水月大樓的年輕顧客容易點。

「然後呢?」黃虎龍追問:「整場婚宴幾十桌人,全倒下了,接下來呢?」

「我會弄幾輛貨車到地下停車場。」大鳳指著隔鄰大樓說:「這幾棟大樓是同一個建商蓋的,底下的停車場是相通的;我讓手下混進廚房下藥,等藥效發作,直接把人從飯店帶進地下停車場裝上貨車運走。」

「人家大飯店會讓你一群手下進進出出?又是下藥、又是抬人的?」黃虎龍問了個關鍵問題。

「我已經派了人，在地下停車場埋伏，等那飯店經理下班……」大鳳冷冷地說：「把經理弄上樓，讓女王咬一口，那間飯店就換我們接手了。」

「哦──」黃虎龍豁然開朗。

被見從咬過、中了蛛毒之後，會心甘情願當她奴僕，上刀山下油鍋都情願。

「嗯，這樣的話，好像眞的可行……可以！這計畫眞的可以！」黃虎龍捧著頭，閉起眼睛細想整段流程後興奮嚷嚷：「先控制住飯店經理，弄些飯店制服，這樣一來眞的可以派人混進飯店下藥擄人！」

「廢話，當然可以！」大鳳揪著黃虎龍的衣領，兩隻眼睛瞪得瀰漫血絲，兇惡地對他說：「我替你弄人，你負責把人煉成藥……要是你搞砸了，我會宰了你。」

「鳳哥呀……如果大王她眞有個萬一，我倒眞希望宰我的人是你……也好過……」黃虎龍苦笑回想見從生食人藥的模樣，要是有得選，他寧可被大鳳用拳頭揍死或是拿刀砍死。他拍著胸脯保證：「我煉藥絕不會有問題，我現在就回去準備藥材……你剛剛說，擄了人就轉移陣地，所以我得在新據點煉藥？」

「對。」大鳳點點頭。「等你把煉藥需要的材料、工具全準備好，我會派人派車接你。」

「好。」黃虎龍帶著嚇傻了的溫文鈞離開水月大樓，還刻意繞去年年大飯店前瞧了瞧，果然見到飯店大廳裡擺著婚宴告示牌。

「哈！」黃虎龍帶著溫文鈞在街邊攔計程車準備返家備藥，還笑嘻嘻地對溫文鈞說：

「我本來以爲那大鳳被大王吸血吸到痴呆了，原來他腦子還挺靈光的——」他說到這裡，見溫文鈞沒有搭話，便繼續說：「大王煉成百種毒液，樣樣功能不同，那大鳳中的毒，效力跟我給你的情藥差不多，看——愛情的力量眞是偉大，對吧！」

「……」溫文鈞早驚嚇得腦袋一片空白，一句話也接不上。

拾玖

「不是這樣，嘴角要更往下。」粗獷又醉醺醺的聲音這麼說。

「還要更往下？」許保強努力讓自己的兩邊嘴角，往下、再往下，但是人類面部肌肉的活動程度當然是有限度的——

即便是在夢裡，也是一樣。

「嘴角再往下一點，眼睛再瞪大一點！」身形渾圓的大漢身影提著瓶酒，與一群老傢伙小傢伙遠遠地朝著許保強吆喝。「你怎麼學這麼久都學不會呀？」

「老大，你找這傻小子當徒弟，特地請來中壇元帥御用乩身帶他，要是他爛泥扶不上牆，不是丟了你的臉嗎？」一個老鬼咧著缺牙的嘴，嘻嘻哈哈大笑。

「我有什麼辦法。」那胖漢說：「那小子是月老指定的，又不是我選的！」

「月老指定？」「月老自作主張替你指定乩身？」眾鬼們邊喝酒邊問。

「是呀。」胖漢咕嚕嚕大灌一口酒，說：「那老傢伙先找了個弟子，說她天分高，能成大器，想提早讓她多學點東西，但身邊缺個保鏢，就從她熟識友人裡挑了個小子，硬塞給我當徒弟，要我教他幾招，往後專責保護她。」

「老大呀，這麼無聊的差事你也接？」「這月老也太不講理。」「過去您在天庭位階還高過他，就算現在不當官了，也不必看他臉色吧……」眾鬼們這麼說：「還是……老大你重回天上當神仙？」

「我去你個蛋，天庭規矩多如毛，誰想回去成天被管東管西的！」胖漢說：「月老沒有威逼我，是和我談好條件──我教那乩身法術，讓那乩身保護他弟子，他會按月贈我天庭美酒。」

「哇！」眾鬼們說：「原來這批美酒是天庭產的，難怪這麼好喝！」「好喝是好喝，但咱老大身價沒那麼便宜，光用酒打發怎麼行？」

「當然還有酬金！」胖漢說：「先前中壇元帥那乩身幾件案子，弄得跟打仗一樣，天庭有些神仙覺得中壇元帥賜那乩身過大權限跟武力，擔心會出問題，想多找些幫手替他分擔瑣事──這傻小子，算是天庭外包給我的案子。」

「外包案子……」有個傢伙插口說：「用人間的說法，老大你現在算是天庭的……約聘員工？」

「沒錯！老子現在幹的就是約聘工！約聘就約聘，又不是沒幹過，之前也幹過幾次呀！」胖漢拍拍肚子，突然轉頭指著遠處許保強嚷嚷：「叫你眼睛瞪大點，你沒聽見是不是？」

「鬼王老大……」許保強整張臉快要抽筋，就差沒用手指撐大眼皮、拉低嘴角了，他無奈說：「我眼睛只能睜這麼大了，我……」

「誰說的。」胖漢哼了一聲，身子倏地消失，他本來抓在手中那瓶酒在空中打了個轉，落在一個老鬼手中，老鬼接過就豪飲一口，和身邊幾個鬼朋友你爭我搶那天庭美酒。

幾乎同時，胖漢現身在許保強面前。

他身高近兩公尺，身體有許保強三四倍寬，整體身型比許多吉祥物玩偶還大上一號；他膚色黝黑、一臉落腮大鬍、一雙眼睛又圓又大，穿著漆黑古袍——

鬼王鍾馗。

鬼王伸出一雙大手，按著許保強臉龐，用雙手食指拇指撐開他雙眼眼皮，碎碎罵著：「你看，這樣不就睜大了。」

「啊！鬼王老大——」許保強覺得鬼王這動作粗魯得像是要將他眼珠子擠出來般，連忙求饒。「不行、不行啦！」

「不行個屁！」鬼王怒罵：「這是你該講的台詞嗎？換一句中聽的台詞給我聽聽！快呀！」

「中聽的台詞？」許保強痛苦中驚恐地問。「哪是什麼？」

「混蛋，連這都要我教！」鬼王按著他臉和撐他眼皮的力道，漸漸加大，說：「你要說『師父，我會好好學習，請你毫無保留地傳授我伏魔祕法！』說啊！」

「什麼？」許保強哀求半晌，但鬼王仍不放手，硬要他照著唸那台詞，只好乖乖照講：「師父……請你傳授我伏魔祕法，我……我會好好學習、努力學習！」

「乖徒弟，既然你這麼說，我就全力教你了。」鬼王咧嘴一笑，撐開許保強眼皮的勁道更大了。「你看，這樣眼睛不就更大了嗎？」

「哇！」許保強哀號起來。

「你們別光看，都給我過來幫忙！」鬼王吆喝一聲，招來遠處喝酒的鬼朋友們，要大夥兒架著許保強手和腳，吩咐這個扯他嘴角、那個拉他耳朵、或是擰他臉皮。

大夥兒七手八腳，彷彿在替許保強整形一樣。

「差不多了。」鬼王望著許保強被自己和眾鬼拉扯掐捏得完全變形的臉孔，又說：「就差一張嘴了。」

「唔……」許保強被眾鬼架著動彈不得，只覺得臉上劇痛，跟著感到兩隻鬼撬開他的嘴，伸手往他嘴裡摳挖，拉出他舌頭、拔動他牙齒。

他覺得自己的舌頭被拉出口外，漸漸超出常人伸舌的極限。

他感到自己一口牙，被一顆顆大力拔鬆了。

「哇——」許保強痛苦哭號，感到意識漸漸渙散，耳際隱隱聽見鬼王的嘆息。

「不行呀……這孩子不行……」

「哇！」許保強怪叫嚇醒，呆坐在床上，愣看窗外透進房裡的晨光。

他伸手撫摸臉龐，還下床進廁所盯著鏡子檢視自己一張臉。

眼睛沒事，還好好地待在眼眶裡，眼皮也沒有被撐壞。

臉龐骨肉也沒事，並沒有被拉扯到變形。

他對著鏡子張開嘴，牙沒事、舌頭也沒事。

他鬆了口氣，夢裡的課程，不會對他的肉身造成損傷。

他洗了把臉，按著洗手台，望著鏡子裡的自己，心中悔恨不甘。

他在驚醒之前，鬼王那聲嘆息之後的幾句話，仍迴盪在他耳際——

這孩子不行……天分不夠、沒有使命感、也沒有決心……

他沒經歷過苦難、沒面臨過絕境，他到目前為止所做的一切，都像是玩遊戲。

他只是個普通的凡人小孩。

我找時間找月老談談，換個人算了。

這小子沒有保護月老那聰慧弟子的資格。

夢裡的粗魯課程，沒讓他的身體受傷，但似乎讓他的心受傷了。

他垂頭喪氣地下樓，吃起爺爺奶奶做的早飯，一張桌上全是他喜歡的早餐菜式——地瓜稀飯、鹹鴨蛋、豆棗、醬瓜、土豆麵筋、豆腐乳，但他全像是吃土一樣吃得索然無味；對爺爺奶奶的開朗問話，也答得有氣無力。

「你跟芊芊進展得怎樣啦？」爺爺問。

「哪有進展，就做暑假作業呀……」

「你在夢裡跟鬼王學功夫學得如何？」奶奶問。

「學得爛死了，我是個廢物……」

奶奶啊呀一聲說：「保強，你怎麼能這麼說自己，你是聰明的孩子，你什麼都學得會。」

爺爺立時接話說：「是呀，你手腳要勤快點，追女孩一刻也不能閒，好女孩身邊的蜜蜂蝴蝶密密麻麻，嗡嗡嗡地嚇死人啦，你如果動作慢點，立刻就被別的蝴蝶搶啦，知道嗎？」

「你們兩個講的根本不是同一件事……」許保強無奈說：「我沒有天分，學不會鬼臉，也開不了桃花……」

「桃花開不了？」爺爺問：「什麼意思？」

「很難解釋啦！」許保強不耐說：「就是……花苞被包住打不開，開不了花，就算我有心，女生也感受不到我的心意，只會嫌我煩而已！」

「花苞打不開？」爺爺啊呀一聲。「那不是包莖嗎？」

「老頭子你胡說什麼！」奶奶說：「我們保強怎麼會是包莖？別亂說，你帶他看過醫生了嗎？」

「我等會兒就帶他去醫院檢查。」爺爺對許保強說：「你等等打個電話跟芊芊請個假，爺爺帶你去醫院檢查，如果眞是包莖，就割了它！」

「割什麼啦！」許保強又羞又惱地快速扒光稀飯，提起背包和裝有伏魔棒的球棒袋，準備出發去鐵拳館。

「當然是割皮呀，難道把頭給割了？」爺爺望著許保強奔出門的背影嚷嚷。

「老頭子，你別這麼大聲！」奶奶氣呼呼地拍打爺爺肩頭大罵：「你想害街坊鄰居都知道咱家保強包莖呀——」

許保強推著自家腳踏車奔出文具店，身後爺爺奶奶的對話響亮入耳，惹得附近幾個鄰居側目望他，一個時常光顧文具店的鄰居姊姊與他擦肩而過，似乎也聽見了他爺爺奶奶的嚷嚷，朝他噗哧笑了一聲。

「唔！」許保強跨上腳踏車狂踩起來，只想加快速度逃離這令他窘迫的小巷弄。

他足足騎了幾十分鐘，騎得滿身大汗，比平常搭公車多花了近三分之一的時間，才抵達鐵拳館——

鐵拳館鐵門半敞，門外擱著一面註明營業時間的告示牌，距離開門營業還有半小時；董芊芊則是早許保強半小時來到鐵拳館，正幫忙整理前一天老龜公晚上吃喝的空酒罐和食物包裝。

老龜公宿醉未醒，窩在拿來供奉老獼猴的小桌旁的躺椅上，見到許保強進來，揚手指了指，含糊不清地說：「看看人家女孩子，一早就來了……她比你勤快多了……」

「我……」許保強感到滿腹委屈。「我騎腳踏車來耶！」

「你騎腳踏車來幹什麼？」老龜公問：「你平常不是都搭公車嗎？」

「練體力呀！」許保強喘吁吁地擦汗。「我那大絕招很難練耶！」

「什麼大絕招？」老龜公問。

「驅鬼的法術啊。」許保強氣呼呼地放妥行囊，來到沙包前，照著韓杰傳授的姿勢練起拳來，低聲嘟囔抱怨。

他現在用得成的鬼臉僅只哄鬼、騙鬼、嚇鬼三種，能夠直接與鬼怪戰鬥的鬼臉他怎麼也學不會。

老龜公打了個酒嗝，上廁所撒了泡尿，洗臉刷牙，出來見許保強還在亂打沙包，哼哼地罵：「順序、順序，怎麼講就是講不聽，連順序都弄錯了，到底在練個什麼鳥？」

「順序？」許保強停下來，甩甩手、抹抹汗。

「你打沙包之前有沒有熱身呀？」

「我騎腳踏車過來，算不算熱身？」

「算啦……」老龜公說：「但不夠，還要伸展啊……更重要的是，你現在打沙包也沒用，先把體力練好點……」他老氣橫秋地走到許保強身旁，舉起一手，要許保強和他對掌互握，說：「推我。」

「推你？」許保強單手與老龜公互對相握，乍看之下像是武俠電影裡比拚掌力般。

「你連個老伯都推不動，要怎麼打鬼？」老龜公呵呵笑地說：「你看你瘦得像隻猴兒，胳臂沒有力、大腿沒有力、腰也沒有力、腹肌背肌整個核心都沒有力，揮出來的拳頭又怎麼會有力……你的肌肉跟力量不夠保護你筋骨關節，亂捶亂打拳頭會受傷的，你又不像阿杰有蓮藕身打不死。」

老龜公訕笑地單手按著許保強往前推。「你以為自己在打沙包，其實根本是讓沙包打你拳頭。」

許保強起初不服氣，被往後推出好幾步，改用兩手撐著老龜公單手，仍被不停推得往後退，直到被老龜公按到了牆上。

老龜公這才放開手，還伸手敲敲許保強身旁幾張他當國手時的舊照片。

「靠山山倒、靠人人跑，靠自己練出來的身體，永遠不會背叛你。」老龜公呵呵笑。

「除非你精神分裂，哈哈哈！」

許保強望了幾眼老龜公年輕時的精實相片，見董芊芊打掃完畢，開始騎起健身車練心肺體力，他便也默默走到角落，做起前幾天學的伸展動作，乖乖做起重訓，心想每天練這些東西，可不知要練到何年何月了。

但他望向董芊芊時，只覺得她眼神認眞，似乎一點也不覺得辛苦。

他隱隱想起清晨夢境裡鬼王的嘆息——

這孩子沒有天分、沒有使命感，也沒有決心。

貳拾

「哪位是烈哥？」

韓杰推開一扇門，大剌剌走進這間十餘坪大的聚會所。

十幾個男人紛紛望向韓杰，離他最近的一個人站起身來，伸手攔著他問：「你誰？你要幹嘛？」

「我要找烈哥，誰是烈哥？」韓杰一把抓住那人手腕，隨手一翻，將他翻倒在地。然後不等他開口哀號，一腳踏在他嘴上。

踩過他的臉，往其他人走去。

「你打人幹嘛？」「怎麼突然動手？」大夥兒愕然舉起手邊一切可以當作武器的東西，板凳、酒瓶、花盆、菸灰缸、掃把、棍棒……

一張辦公桌後那中年人撐著桌子站起，從背後矮櫃上取起一把武士刀拔出。

「你就是烈哥？」韓杰望著那拿武士刀的中年人，橫看豎看都覺得這兒帶頭的是他沒錯了——然後抬手接住一枚朝自己扔來的菸灰缸。

反手一擲，磅地擊倒一個抬著花盆的傢伙。

「這傢伙怎麼回事？」大夥兒驚慌嚷嚷，兩個離韓杰較近的男人舉著板凳、棍棒衝上，被韓杰兩拳打倒在地。

那持著武士刀的中年人沉聲問：「你找我，有什麼事？」

「這要問你啊。」韓杰說：「你不是找人斷我手腳？」

「喝！」大夥兒聽韓杰這麼說，驚駭退開一圈。「他就是那個什麼『杰』的？昨天就是他女人用了妖術迷昏我們……」

「妖術是吧……」韓杰拗著拳頭，發出喀啦啦的聲音，跟著揚手下令。「關門。」

這聚會所大門磅地重重關上。

燈光啪啦啦地忽明忽暗、閃閃爍爍、一下子全暗、一下子這亮一盞那亮一盞，然後又全暗下。

「不要玩電燈！」韓杰不耐大喊。

燈光再次全亮。

王小明這才不再亂按電燈開關，而是竄到韓杰身後，擺出一副帥氣姿勢。「陰陽雙煞，大開殺戒！」

「不要胡說，什麼大開殺戒。」韓杰喀啦啦地扳起拳頭。「這是愛的教育。」

包括烈哥在內的十餘人，都聽不懂韓杰這話意思，但見他開口就能關門、關燈開燈，可都嚇得不知所措。

十分鐘後，在韓杰「愛的教育」下，所有人都躺平了。

韓杰也從烈哥口中，得到了一個新名字——大鳳。

「大鳳……」

韓杰跨坐著停在街邊的摩托車，望著手機昨晚翻拍王書語替他整理的名單——雞爺、虎龍、黑牛、阿蛇、烈哥——現在又多了一個「大鳳」。

韓杰望著這些陌生人名，只覺得莫名其妙到了極點，左顧右盼找起王小明：「那雞爺在哪？現在帶我去找他。」

「昨天我記下雞爺那兒的位置。」王小明立時從口袋取出手機，俐落操作半晌——他降妖除魔的功夫遠不如韓杰，但對3C產品的熟悉度卻遠勝過韓杰，他將小歸發配給他的陰間裝備每樣都練得精通，立時透過昨天地圖標記，報了個地址給韓杰。

「跟著我吧。」王小明透過那招車APP，喚出他專用的孩童玩具車，也沒和韓杰打聲招呼，自顧自躍上車踩了油門往前疾駛。

「喂！」韓杰才剛開啓手機地圖查王小明剛剛報的地址位置，見他開那小車耍帥駛遠，急得發動引擎追上；他見王小明駕著小車在車陣裡橫衝直撞、穿過一台台陽世汽車，也不等紅綠燈，一下子將他甩得連車尾燈都看不見了。

二十分鐘後，韓杰終於駛到王小明報的地址前。

那是一條彎曲小巷外。

王小明倚著牆，把玩著手上那把碩大左輪手槍，聽見身後傳來腳步聲，回頭見韓杰臭著臉姍姍來遲，微微一笑說：「韓大哥，從現在開始，你得習慣有時得看著我的背影。」

「很帥。你的背影很帥。」韓杰走入那窄巷，指著窄巷深處問：「你說那雞爺就在裡面？」

「對。」王小明這麼說，舉著碩大左輪手槍左閃右閃，一會兒在前方探路，一會兒閃退到韓杰背後像是要替他提供火力掩護。

韓杰對王小明這些滑稽舉動視若無睹，默默往前——畢竟王小明是他用地獄符向小歸調請上來的陽世助手，加上王小明對3C產品操縱嫻熟，往後要是他向小歸寶來屋借些嶄新科技產品，還眞需要王小明指點。

這合作看來得長期持續下去了。

因此韓杰對王小明各種言行舉止的包容性稍稍放寬了些。

韓杰來到了巷弄盡頭，望著一扇房舍後門外的一個男人。

男人像是守衛，見韓杰走近，警戒地拟起手，擺出流氓神情，彷彿在警告眼見這陌生男人——這裡不是誰都能來的地方。

「韓大哥！」王小明尖叫起來，高舉著左輪手槍，指向那男人——肩上一隻小鬼。

小鬼約莫嬰孩大小，戴著頂碩大斗笠、穿著條小紅褲、胸前掛著枚哨子，一見到王小明，也尖叫起來，捏起哨子就要吹。

「他要報信，阻止他！」韓杰沒料到這兒有鬼靈守衛，取出尪仔標往地上一砸，砸出一條混天綾。

同時，王小明也扣下扳機，槍口炸出一圈青藍光火，看似威力驚人，但沒打中小鬼。

韓杰見那小鬼一個翻身躍上公寓鐵窗，甩著混天綾衝上去要截他，但被身後兩個男人一把架住。

前頭守衛男人也趕了過來，這些人不但看不見王小明，也似乎看不見那小鬼，見韓杰自言自語，形跡古怪，以爲是哪個嗑藥瘋子過來鬧事——

雞爺是這地方上的藥頭，每隔一兩週就有類似的傢伙闖來耍賴，大都是缺錢又犯癮，有的涕淚縱橫甚至拉屎撒尿，有的持著武器硬闖硬搶、有的跪地磕頭求大哥們賞點粉解解癮、有的說有筆大生意要介紹給雞爺，只不過得先供點藥讓他擋擋，總之理由千奇百怪。

這條小巷裡的守衛漢子們對這些情況司空見慣，見韓杰鬼鬼祟祟一路深入，早有防備，圍上去架住他。

「幹嘛？犯癮啦？」幾個男人架住韓杰，其中一個大力拍他腦袋。「想討藥，要花錢買，用哭的用跪的都沒用，拉屎撒尿沒用，也別騙人說想跟雞爺談生意，雞爺不跟你這種咖小談生意！」

「去攔他！」韓杰急喊王小明，見他也攀上公寓去追那小鬼，這才看了看架著他的幾個男人，他雙臂纏著混天綾，被那男人在腦袋上拍了一下，火氣上來，一個轉身將架著他的三、四個男人全甩倒在地上。

他抬起腳，本來想往其中一個人臉上踏，但瞥見臂上混天綾火光閃耀，一時有些猶豫——

現在天庭嚴格監控他法寶使用過程，他每晚都得寫份報告，報備今日用了哪片尪仔標，

理由爲何，然後焚香祝禱，將報告燒回天庭，

他曾向王書語抱怨這繁瑣工作，但王書語反倒挺贊成天庭這樣把關，理由非常簡單——

她相信韓杰爲人做事。

但倘若有天手持火尖槍、臂掛混天綾、腳踏風火輪的人，不再是韓杰時。

她或許不那麼相信那人了。

這也是人治和法治的分別。

自然，王書語明白要韓杰像個學生交報告的苦處，便主動聽他口述，替他打字寫文，列印出來，讓韓杰蓋上指印焚燒——她偶爾自作主張地在報告上建議天庭不妨差些工匠開發高科技的傳訊方式，取代焚香燒紙這種傳統習俗，讓這世界的空氣更乾淨些。

某次她竟當眞得到回應——這類工具天庭早派了專屬團隊研究開發中，等研發完成、經過測試，就能配備給神明乩身使者。

但一般凡人種種信仰習俗及衍生出的各種古怪行徑。

天管不著。

一切得由凡人自省改進。

總之用天賜法寶毆打凡人，這報告燒上天可不好看，雖然混天綾的火燒不了凡人，但纏在手腳上可以增大力道；韓杰擔心屋裡還有其他鬼怪，索性將混天綾纏上脖子，像是圍巾一般，赤手空拳擊倒圍上來的幾個傢伙，一腳踹開那守衛身後的門，闖了進去，像是尋找烈哥

那般找起雞爺。

「雞爺在嗎？」韓杰穿過雜亂長廊，來到泡茶客廳，望著一群老人，問：「哪個是雞爺？」

「你……你是……」雞爺呆了呆，主動開口：「誰呀？」

「你是雞爺嗎？」韓杰大步朝雞爺走去。

幾個男人擁了上來要攔韓杰，全被韓杰擊倒在地。

一個老人手腳俐落，見韓杰走近，拎起身前一壺剛注入滾水的茶壺往韓杰腦袋一砸。

茶壺碎裂，滾燙茶水淋了韓杰一身。

韓杰一把揪著那老人，本來要對他揮拳，但見他年紀頗大，也被滾水濺著，哀號連連，一嘴牙都缺了不少，便將他推回座位，走到雞爺面前，沉聲問：「你就是雞爺？」

「你……你不燙嗎？」雞爺見韓杰半邊臉被滾燙熱茶淋得發紅。「你……你該不會就是……韓、韓……」

「我操！問這什麼廢話，當然燙啊！」韓杰甩了甩頭，甩去臉上茶葉渣——滾水燙歸燙，但是跟以前陳七殺屍油鬼火相比、跟九龍神火罩副作用相比、跟欲妃地獄火相比、跟大枷鎖綠孩兒那青火相比。

一壺滾茶，還好而已。

「你就是雞爺？」韓杰來到全身發顫的雞爺面前，聽見後頭騷動聲音，見又有批人擁來要圍他，轉身扭扭脖子，讓混天綾纏上雙臂，扛起眾人泡茶那厚重廳桌——

這廳桌是大理石桌面，四支腳是厚重石柱，被韓杰舉起，一桌茶水、甜點、燒開水的小爐全灑了一地。

轟隆——

韓杰將那大理石廳桌重重往一座實木大櫃擲去，轟隆將那大理石桌連同高級大木櫃砸得稀巴爛。

「喝——」所有人見韓杰這身怪力接近恐怖電影裡的怪獸，可都嚇得傻了，心裡都想起先前黃虎龍來訪時曾說過的話——

這個韓杰，不是普通人。

現在這個不是普通人的人，殺進他們大本營了。

「老頭。」韓杰隨手拉來一張凳子，在雞爺面前坐下，冷眼望著他，問：「我哪裡得罪你了，讓你派人找我麻煩？」

「我我我……」雞爺一下子無話可說，只好從實招來：「是……是虎龍找我替他調人……」

「虎龍？」韓杰問：「哪個虎龍？」

「黃虎龍。」雞爺說：「他和你一樣，懂得些……陰陽兩界的事情，他想對付你；過去他幫過我幾次，我還他人情……」

「那個黃虎龍他……」韓杰正想多問，突然聽見頭頂一聲嚷嚷。

王小明揪著那逃跑的小鬼噗通落下，掉在韓杰身旁，說：「抓到了、抓到了！但他還有同夥！」

「同夥？什麼同夥？」

「都是這種小怪胎。」王小明氣喘吁吁地說：「他們吹哨子聯絡，這小怪胎不停吹哨，遠處的小怪胎聽見，也吹起哨子，一個傳一個，我抓不了那麼多，我、我其實第一次開槍——」他說到這裡，舉起他那威風凜凜的碩大左輪手槍，氣憤地說：「但是這把槍太糟糕了，你能不能幫小歸老闆說一聲，換其他武器給我……」

「閉嘴！」韓杰焦惱阻止王小明瞎扯，起身彎腰湊近雞爺的臉，狠狠瞪著他問：「要怎麼找出那黃虎龍？」

雞爺急匆匆地向隨從討了紙筆，寫了黃虎龍的住家地址和聯絡電話，乖乖遞給韓杰。

「我……我就知道這麼多了，之前多半是他來找我，我眞沒去過他那地方……」

韓杰接過紙條，用條香灰繩子圈著那斗笠小鬼，領著王小明離開雞爺地盤，將斗笠小鬼綁在王小明玩具車後拖著，駛上大街，停在便利商店前，下車討論半晌也沒結論，最後一齊望向斗笠小鬼。

「對他嚴刑烤打好了。」王小明捏捏斗笠小鬼的臉。

「用火燒比較有用。」韓杰拍拍斗笠小鬼那頂大斗笠。

「那快拿出你的九龍神火罩。」王小明戳了戳斗笠小鬼胳臂。

「三昧眞火太旺，轉眼就燒死他，便宜他了，帶回去用符慢慢燒，燒個七七四十九天……」韓杰惡狠狠地瞪著斗笠小鬼，大力捏捏他鼻子。

跟著韓杰拉拉衣領，說自己口渴，進便利商店買冷飲。

王小明則自顧自地滑起手機。

斗笠小鬼見韓杰遠遠在便利商店挑揀飲料，王小明則專心滑玩手機，急忙扯動那香灰繩子，竟眞讓他解開了香灰繩子，一溜煙逃了個老遠。

韓杰抓著瓶冷飲出店，邊走邊喝，來到車邊，拾起王小明玩具車後那條香灰繩子瞧了瞧，左顧右盼，問：「有沒有記下他逃跑方向？」

「不用記。」王小明對韓杰展示手機。

手機上有個紅點，正飛快移動，當眞往雞爺供出的地址方向移動——原來韓杰取得地址，卻也不知是眞是假，故意和王小明透過手機訊息討論，想了個辦法，一面撂狠話恐嚇那斗笠小鬼，一面在斗笠小鬼身上安了個微型定位器——自然也是小歸提供的高科技道具。

韓杰特意弄鬆香灰繩子，爲的就是讓那小鬼自行掙脫，再追蹤他逃去哪兒。

他們聊了一會兒，這才各自上車，往小鬼逃亡的方向追去。

半小時後，他們抵達黃虎龍位在山郊處的別墅外。

韓杰扭扭鼻子，像是已經嗅出不尋常的氣味；王小明則揚著手機，指了指別墅，意指那小鬼此時正在屋中。

「他在幹嘛？看起來很忙的樣子……」王小明留意到手機上的小紅點，在黃虎龍別墅區域中不停繞圈。

韓杰來到大門前瞧了瞧，甩動混天綾揪著大門欄杆，翻身躍進別墅前院，只覺得鼻端嗅得的鬼魅氣息更重了，他將混天綾纏上雙臂，凝神備戰，在那別墅周邊繞了繞，見到一處落地窗能清楚見著屋內客廳，立時轉身想搬花盆破窗，卻聽見別墅大門喀啦一聲，原來是王小明穿門進屋，替韓杰開了門。

「韓大哥，有時候腦子比拳頭管用。」王小明得意洋洋地望著扛著大花盆的韓杰。

韓杰扔下花盆，拍拍手上塵土，繞去正門進屋，臭著臉對王小明說：「下次別自己開門，除非我確定沒問題。」

「爲什麼？」

「過去我有個對手叫陳七殺，如果你去他家這樣開門，轉眼就給門後守衛厲鬼吞了，我連救你都來不及……」

「我知道了……」王小明吐了吐舌頭，這才意識到黃虎龍可不是一般黑道流氓，而是雞爺口中那「和韓杰一樣，懂得陰陽兩界之術的術士」。

「很怪……」韓杰在這二樓別墅巡了巡，鼻端清楚聞到鬼魅邪術的氣味，卻一無所獲，自言自語說：「這房子應該有密室。」

「啊呀！」王小明則嚷嚷起來，舉著手機追著韓杰喊：「小鬼逃了，他……他……」

那小紅點飛離了黃虎龍別墅區域，卻又不飛遠，而是在附近飛來繞去，一會兒又鑽進屋內，還和站在二樓欄杆旁的韓杰與王小明打了個照面，嚇得悽厲尖叫，又逃出屋外。

「那小鬼到底發什麼瘋？」韓杰一下子摸不著頭緒，瞇起眼睛像隻獵犬專心聞嗅，只覺得那邪魅氣味最濃厚之處，是一樓而非二樓。

他回到一樓，持續循著氣味尋找，停在廁所外，終於察覺邪魅氣味是自這廁所外牆透出——那廁所外牆是暗色系文化石牆，牆上磚形浮凸，廊道燈光昏暗，不仔細看，絕難發現某塊區域的磚形牆面，磚縫色澤較深——因爲那是眞的縫隙。

韓杰伸手在那牆面上推了推，果然推開一道暗門。

一股奇異氣息撲鼻而來，韓杰單臂纏著混天綾，一手伸進口袋捏著尪仔標，小心翼翼走下樓，還低聲叮囑跟在身後的王小明。「小心。」

「韓大哥……」王小明仍然對自己手上那把左輪手槍有些不滿。「小歸老闆給我這把主力武器實在不行，我可能沒辦法提供你火力掩護……」

韓杰不理會王小明的抱怨，深入黃虎龍地下道場，四處又巡了巡，見到一些瓶瓶罐罐，裡頭有不少培養到一半的沉睡小鬼，也有各式各樣的奇異藥材、符籙。

他注意到，有些層架堆積密集，有些則空得突兀——那就像是本來堆滿了東西被人一口氣取走之後，留下的突兀空曠。

「他知道我要來，早一步溜了？」韓杰啊呀一聲，心想有可能是那雞爺通風報信，又或者更早之前斗笠小鬼吹哨時，便走漏了消息，總之，黃虎龍不在這地方。

「咦？」韓杰在地下道場其中一間空房中，捻起一些蛛絲，湊近鼻端嗅了嗅。

那氣味和先前圍攻許保強、董芊芊的蜘蛛女身上氣味極爲相近。

「這個黃虎龍就是那姓溫背後的頭兒？」韓杰搬了個空置物箱，在地下道場搜刮一陣，將些看來可疑的藥材、粉末、瓶罐全裝進箱中，跟著替這別墅標記定位後傳了訊息給俊毅，通知他有空派陰差上來，處理這些修煉到一半的嬰屍小鬼。

他用混天綾將這箱東西捆在機車後座，返回鐵拳館。

□

董芊芊望著韓杰小心翼翼從置物箱裡拿出的幾種藥材和藥粉，在掌上畫了幾隻紅墨蜂，沾著那些藥粉、藥材，飛去與月老派駐人間的金龜子會合，讓金龜子將帶著祕藥的紅蜂領回天庭，讓月老檢驗。

「對！就是這個藥！」

「喂喂喂！館裡還有客人吶……」老龜公見韓杰和許保強、董芊芊三人聚在小供桌前圍著一堆稀奇古怪的東西開起會，連忙上前要他們低調點。

「你別妨礙阿杰辦案好不好！」一位大嬸搖著呼啦圈，反倒指責起老龜公的不是。另一個在擂台虛揮空拳的阿伯也幫腔說：「人家忙正經事，你別吵。」

鐵拳館客人本便不多，常客都是些老客人，早知道韓杰一些事蹟，揮拳的阿伯和搖呼啦圈的大嬸，先前還見過韓杰和張曉武擂台大戰。

倒是有兩、三個新客人不明白前因始末，雖覺得韓杰三人行跡古怪，倒也沒多起疑，只當他們身前那堆古怪玩意兒是哪款最新桌遊。

「所以溫文鈞背後老大，就是黃虎龍？」許保強問。

「要等月老託夢給我，確定兩種藥材成分一不一樣……」董芊芊這麼說：「不過兩種藥的氣味非常接近。」

「氣味……」許保強困惑問：「爲什麼你們能夠聞出鬼的味道、聞出藥的味道？我都聞不出來？」

「每個人擅長的事情不一樣啊。」韓杰答：「一個數學天才每天練球十八個小時，也沒辦法進NBA帶隊拿冠軍；一個足球天王每天念二十小時書，也寫不出相對論……嗯，寫相對論的老傢伙現在還活著嗎？」

「死很久了。」許保強說：「牛頓是古人。」

「相對論是愛因斯坦提出的。」董芊芊說：「牛頓提出的是萬有引力跟三大運動定律。」

「好，不管是牛頓還是愛因斯坦，就算他們還活著，突然放棄念書改練拳，每天練二十小時，兩個聯手，也打不贏我。」韓杰指著許保強鼻子，說：「每個人，都有一個專屬座位，只要坐上屬於自己的位子，就可以發光發熱——不要那麼容易氣餒，也許你……」

韓杰說到這裡，見許保強垂下頭，驚覺自己這比喻似乎用錯了時機。

「韓大哥……」許保強低聲說：「你的意思是……我可能不適合擔任神明使者？」

「不是啊……我不是這個意思。」韓杰連忙說：「剛剛那句話，其實是書語跟我說的；有次我開玩笑，說我以前是小混混、現在當起乩的，恐怕配不上她這大律師；她很認眞地跟我說了這段話，說我現在做的事情，是我的天命，我屁股下這張椅子，是最適合我的座位。」他說到這裡，雙手按上許保強的肩，說：「我不是當老師的料，我不懂說教，比喻可能不精準，我只是要你別氣餒……」

「韓大哥，你有蓮藕身、太子爺七寶、陰陽兩界都給你面子。」許保強抓抓頭。「但我什麼都沒有，連鼻子都不靈、連鬼味也聞不到，跟你比起來，我屁股下這張椅子，好像不該給我坐……」

「我操！火尖槍、風火輪，我也不是第一天就玩好這些東西，這些鬼東西，我拿了快二十年……」韓杰哼哼地說：「你跟鬼王上課才上多久？急什麼呢？這張椅子究竟適不適合你，也需要時間摸索、學習，說不定坐著坐著，屁股坐熱了，這張椅子越坐越適合也說不定呀！」

「其實……我覺得小強挺稱職的啊……」董芊芊說：「韓大哥跟師公交代的事情，小強都認眞做了，而且——」董芊芊望向許保強。「你有一顆善良的心，平常你跟著我，我覺得很放心。」

「……」許保強聽了董芊芊的話，眼睛閃閃發光，一張臉漸漸紅了，一時不知該回些什麼——他覺得此時此刻自己最好別亂說話，畢竟鬼王曾在夢裡轉述過月老的說法；他是枚石桃花，滿心愛意被花苞封著，胡亂表明心意只會徒增他人困擾，並不會讓對方動心。

更何況，董芊芊也是枚石桃花，還是徹頭徹尾的石桃花。

她從來不懂得喜歡一個人是什麼滋味，也自然不明白自己這番話，對一個年輕男孩的心，會造成什麼樣的反應。

韓杰知道現在不是自己開口插話的時候，便沒搭腔，他瞥見老龜公走來，像是聽見了他們對答，且似乎已經想好低級台詞要來湊湊熱鬧，便立時起身將他推遠。

「你行行好，別成天講些垃圾話污染我兩個徒弟心靈……」韓杰低聲叮囑老龜公。

「你現在承認他們是你徒弟啦。」老龜公嘿嘿笑說。

貳壹

數天後一個晚上，韓杰跨著機車、王小明駕著兒童玩具車，來到水月大樓對街，仰望那聳立在黑夜裡的水月大樓。

儘管時間接近入夜，但四周人潮依舊洶湧。

地點是王劍霆報給他的，同時向他敘述大鳳這傢伙某些案底、事蹟和主要出沒地點——韓杰除了與王智漢生前交情匪淺外，早些年也曾幫王智漢當時直屬上司劉長官解決幾件棘手案件，救過他全家性命；這些年來，也偶爾替劉長官處理某些奇異案件。在劉長官眼中，韓杰可比各地派出所裡供奉的關帝像還靈。

劉長官這幾年位居警界極高層，對韓杰也十分禮遇，讓韓杰在必要時刻，可以透過某些警界窗口調閱一些資料，王智漢本來是窗口之一，現在改由王劍霆接手。

在王智漢案件後，劉長官介入協調指揮，將王劍霆直接調進市刑大——王劍霆此時連小隊長都不是，只是基層刑警，但辦公桌椅卻仍沿用王智漢生前那套。

王劍霆過去本便與王智漢那票同袍熟稔，此時與他們一同辦案，倒也上手得十分迅速。

偶爾有些感情豐沛的同袍，聊及王智漢過往種種趣事，見到王劍霆，情緒湧上便紅了眼眶，還得王劍霆尷尬地反過來安慰同袍們，說他父親此時安眠在母親所居那鄉下庭園茶樹裡，平安休養、等待登天。

儘管需要的時間，遠超出他們可以等到的極限。

總之，王劍霆現在成了與韓杰聯繫的窗口之一，聽韓杰報來幾個人名，立時調出資料回報韓杰。

韓杰聽水月大樓這些年窩了大鳳這條地頭蛇，倒也覺得有趣。

水月大樓是他年輕時流連忘返的玩樂處之一，整棟大樓滿是各式各樣的娛樂電玩、賭博電玩、撞球間、冰果室、茶樓、酒家；他隨著當時的大哥四處鬼混，時常十幾人騎著台機車，各自載著不同女孩來這水月大樓嬉鬧取樂。

韓杰領著王小明跨過街，走進水月大樓，一樓商家大多收攤打烊，韓杰一路巡過二樓、三樓，然後登上四樓，心中不免有些感慨——

除了一、二樓玩具、公仔店家依舊有固定客人外，三、四樓的電玩間比過去冷清許多，只零零星星坐著些中年大叔，當年的冰果室、撞球間、冷飲店早已歇業多年，此時不是堆放著一座座損壞的電玩機台，就是變成了無人管理的夾娃娃機和扭蛋機店。

他嗅著瀰漫在大樓內部裡的邪法氣息，一路往上，來到五樓——五樓不像底下商場，牆面不是寬闊落地窗，就是打通了牆面成為大店家，而較接近尋常住商大樓樣式的居所，鐵門、牆邊掛著五花八門的企業招牌。

據王劍霆說，這些公司行號，背後老闆都是大鳳，而這些稀奇古怪的企業商號，實際上多半是些地下錢莊或是大鳳嘍囉的聚會所，掌控著樓上那堆日租套房各種女侍服務，和大鳳在外地幾處私人賭場、酒家插股的帳目。

韓杰按了數間公司鐵門外的電鈴，都無人回應，他見王小明想穿門，伸手攔住，而是自己用手捲著混天綾按在門鎖上，讓混天綾那似水如雲的紅光滲入門鎖開門。

他用同樣的方式連開數間門，內部模樣都差不多。

看起來都像是下班或是假期間的無人辦公室。

但有個相同的共通點——多了種匆忙撤離的凌亂感，和黃虎龍地下道場一樣，某些本來看來應當堆放著厚重資料的櫃格，有幾處像是突然清空原有文件後，遺留下來的突兀空白。

許多辦公桌上下也有相同跡象，有些電腦主機被拆去，留下螢幕和線路，有些主機則敞著機殼。

「硬碟都拆走了……」王小明接連檢視了十餘台拆去機殼側板的電腦主機後，向韓杰這麼報告。

韓杰走上六樓和七樓，敲了敲幾間套房房門，有些有人，有背包客也有尋芳客，他向幾個看起來像尋芳客的傢伙問了些話，只知道這兩天本來的幾組應召電話全打不通。

韓杰莫可奈何，來到邪魅氣息最重的八樓，見到陰暗漆黑的廊道角落布滿蛛絲，立時警戒起來，不僅讓混天綾捲實雙臂，還多砸了片尪仔標，招出火尖槍提在手上，小心備戰，嚇得王小明握緊那把讓他抱怨連連的大左輪槍，緊跟韓杰身後——

韓杰十分確定這八樓廢棄ＫＴＶ裡瀰漫著的奇異氣息，與一年前玄極精舍大戰時對上的見從極其接近——他在那夜與見從短暫交手中，被見從親了兩下。第一下被她嘴對嘴灌了滿口毒汁，化成毒蟲從他喉嚨一路咬進他胃裡；第二下在他臉頰親出一個大腫包，炸出一隻毒蜘蛛咬他臉。

他對見從那邪毒氣息記憶猶新。

「嗯……咦？」韓杰提著火尖槍，越是深入這無人ＫＴＶ廊道深處，越是訝異，四周瀰漫的氣息不僅有見從毒味，也隱隱摻雜著當時另外三魔女氣息。

「果然就是妳這母蜘蛛……」韓杰此時終於確定從關帝廟裡盜走欲妃、悅彼、快觀三魔女胳臂的幕後主使者，就是當夜太子爺火尖槍下那漏網之魚見從。

「她偷走三隻手，到底想幹嘛？」韓杰不清楚四魔女間的多年交情和恩怨糾葛，只能胡亂猜測。「她想偷手回去還給她姊妹？還是想獨吞三隻手？」

「手怎麼吞？」王小明插嘴問：「那魔女吞下三隻手，能夠增加自己道行？」

「我沒吞過，我怎麼知道……」韓杰無奈說：「但那是太子爺親手斬下的手，令我封在關帝廟裡；那魔女冒著觸犯天庭大神的風險也要偷手，表示那三隻手肯定有用處。」

王小明問了個王書語也曾擔憂過的問題：「如果那魔女現在蹦出來，你打得贏她嗎？」

「不知道……」韓杰搖搖頭：「可能打不贏吧……」

「但是就算你打不贏她，太子爺也會降駕打死她，對吧！」

「要看他心情——」韓杰說：「他可能不屑爲了這種事降駕。」

「不屑爲了這種事降駕？這什麼意思？」

一年前韓杰輪番與欲妃、悅彼糾纏打鬥，被欲妃用地獄火燒得死去活來、被悅彼用冰刃穿體刺破一堆內臟，太子爺也沒降駕幫他——在太子爺眼中，那四魔女雖然各個魔力驚人，但終究只是第六天魔王的姘頭兼打手。

自己十多年御用打手，打輸第六天魔王某個小姘頭，已經是一件極不光彩的事情。要自己親自降駕來修理對方的小姘頭，那更沒面子了。

當時玄極道場一戰，最終吸引太子爺下凡降駕的關鍵，除了四魔女齊聚一堂之外；還有打算痛整韓杰的兩殿閻王、黑白無常、七路城隍、判官、十幾隊牛頭馬面和上百隻地獄罪魂。

這陣仗對太子爺而言，才稍稍對他起了點吸引力。

再加上兩閻王自作聰明在玄極道場上空蓋上厚厚的遮天布，擋住天庭監管，剛好讓太子爺逮到機會，溜下來玩耍。

在天上看不見的情況下，痛痛快快打了一場架。

因此倘若韓杰此次敵手是見從，那情況便有些尷尬——見從是與欲妃、悅彼實力相近的準魔頭，韓杰當時仗著尪仔標舊規則，動用大量法寶硬壓欲妃、悅彼，但現在他那尪仔標被訂下新規，他不能再用先前那種不講理的打法，要是與見從硬碰硬，勝負可不太樂觀。

太子爺半年前降駕陰間，附著韓杰肉身，在敵方大軍重重包圍下，操使自己七寶，加上關帝爺借予的青龍，將第六天魔王斬去半邊身子，威震陰間四方。豈會將這偷偷上凡竊手的小賊見從放在眼裡。

要是太子爺懶得理這件事，那他這任務究竟該怎麼收尾呢？

他想起許多年前也曾對陣一些道行勝過他的邪魔惡鬼，那時他年輕氣盛，加上急著想替身陷火海地獄裡的父母姊姊多添購冷氣機，硬仗著自己打不死的蓮藕身，輸了再打、再打再輸、再輸再打，一次又一次地瀕死逃生、一次又一次地亂砸九龍神火罩跟對方死纏爛打，死纏爛打磨到對方認輸爲止。

「那時候我是該死的臭小子呀……現在還要我那樣打嗎？」

韓杰無奈地挺著火尖槍四處搜尋，左顧右盼，不時見到王小明舉著大左輪槍害怕緊跟在後的模樣。

他心想不如向小歸那特別部門借調更多人手上來幫忙，但那部門成員都是過往東風市場老鄰居們，要是眞跟魔女見從廝殺起來，死傷在所難免，要是搞到這一步，即便任務完成，他也開心不起來。

那麼俊毅城隍呢？

照理說，陰間惡鬼上陽世作亂，陰差本便有責任拘捕歸案，但這差事是太子爺親自發下給韓杰的籤令，自然由韓杰負責，且這盛夏時節，可是鬼門開前後之時，陰差人力嚴重不足，此時忙得不可開交，想來是無法再額外支援韓杰。

韓杰領著王小明在漆黑髒臭的八樓廢棄ＫＴＶ繞了一整圈，除了濃濃邪穢氣息，和某些像是人屍殘骸的碎屑之外，什麼也沒有發現。最後他登上頂樓，四處巡了巡，無奈地對王小明說：「你回去問問小歸，有沒有重武器？」

「重武器？」王小明問：「你想要什麼？坦克車？還是武裝直升機——小歸老闆說過，

這些東西他眞要弄也是弄得到，只是一來得砸下重金買通層層關卡，二來俊毅可能會跟他翻臉……」

「我說的重武器，沒重成那樣。」韓杰站在水月大樓邊緣，望著城市夜景。「例如一副夠力的大枷鎖——如果我事先設計陷阱，用大枷鎖困住那魔女，或許有機會打贏她。」

「我明白了，韓大哥。」王小明拿出手機，撥電話下陰間。「這一次你想智取！」

「我操……」韓杰聽王小明這麼說，嘟囔抱怨：「說得我之前只會無腦蠻幹一樣。」

王小明拿著手機和小歸講了幾句，又將手機轉交給韓杰，讓他自個兒說。

小歸那寶來屋雜貨鋪裡確實存著一批大枷鎖，但那些大枷鎖等級沒那麼高，用來鎖王小明，足夠鎖得他永世不得翻身，但用來鎖見從，恐怕轉眼就讓見從拆了。

不過小歸倒是願意替韓杰在底下探探消息，看有沒有管道弄到品質更好的大枷鎖，至於相關費用到時再視情況報價，或是——

小歸直接上陽世請韓杰吃頓飯，親手跟韓杰打勾勾，要是在底下得罪了某些惹不起的傢伙時，請韓杰務必要下來幫忙——

這也是小歸在新開的保全公司裡，替韓杰設立個特別部門，無償支援他的主要目的；小歸若想在底下混得更好，除了俊毅城隍之外，還需要更多靠山——例如天庭戰神中壇元帥的御用乩身。

「打勾勾是吧，那有什麼問題；我上頭在天上人緣不好，你靠山俊毅在陰間四處結仇；我們兩邊合作，你幫我我幫你，那樣最好不過。」韓杰寒暄幾句，結束通話，將手機拋還給王小明。「你老闆眞是做生意的料。」

「是啊……他精明得很！韓大哥，既然你跟小歸老闆談好合作，那你一定要跟他說幾聲，他給我的這把槍看起來神氣，實際上啊……」王小明再次取出他那把大左輪，對著韓杰抱怨起來。

韓杰望著夜中城市樓宇，只覺得心浮氣躁，王小明的嘟囔抱怨，他一個字也聽不進去。

貳貳

「一個人身上的桃花焦成了灰，代表什麼意思呢？」

董芊芊盤座在一朵彩雲上問，她身下彩雲四周飛舞著各色蝴蝶，周身旋繞著螢光花瓣。

「灰燼啊……」月老的聲音從遠方的雲間傳出，時近時遠，這些日子以來，董芊芊也和許保強一樣，在夢中上課。

不知怎地，董芊芊偶爾也會聽見遠方雲間傳來的不只月老的授課聲，也會聽見麻將打牌洗牌、叫吃喊碰的聲音。

「代表那人心中對於過去某段愛戀，念念不忘，但是呢——」月老這麼說：「碰！」

「碰？」董芊芊困惑問。

「沒事沒事。」月老說：「心中掛念著昔日舊情，但那心情矛盾糾結，難以忘懷卻又無能爲力，久而久之，桃枝在心裡糾纏成一團亂七八糟的死結；妳看到的灰燼，應該是枯死在那些人心裡的枝葉，缺乏養分滋潤，焦死離身的碎屑；心結若解不開，新生出來的桃枝繼續打結，打了結的舊桃枝繼續焦死，這灰燼，便永無止盡。」

「桃枝在心中糾纏成了死結，焦死成一片片灰燼……」董芊芊若有所思——

她回想著這陣子在鐵拳館打掃、健身時，偶爾會見到老龜公身上落下一些灰燼。

灰燼時多時少。

那些灰燼，通常一早宿醉未醒時較多——老龜公看在董芊芊會幫忙打掃的份上，給她鐵門鑰匙，讓她能夠在自己酒醉未醒時便進來幫忙整理。

董芊芊通常會在老龜公躺椅旁看見散落遍地酒瓶酒罐，和擺在他肚子上的幾本相冊——那時候的老龜公，周圍落著滿滿的灰燼。

要是相冊敞著，她偶爾忍不住偷瞥幾眼，會見到泛黃照片裡，年輕的老龜公，意氣風發地擁著一個女人。

她雖然心中好奇，卻也不敢多問，反倒是老獼猴閒得發慌時，會趁老龜公指導上門顧客重訓姿勢時，偷偷對董芊芊說些祕密。

都是這段時間老獼猴與老龜公每晚對杯暢飲時聽到的心底話。

董芊芊起初覺得這樣背後道人隱私有些不禮貌，但老獼猴終究是韓杰點名調派過來駐守的土地神，土地神對她說話，她總也不能無禮地塞住耳朵不聽。

再加上研究各式桃花病徵，進而醫治，本來就是她的職責。

她片片斷斷、零零星星地聽著聽著，也漸漸聽出了興趣。

老龜公曾經娶了個老婆，兩人熱戀相愛，還生了對雙胞胎；但老龜公年輕時心性不定，出門碰了朋友黃湯下肚什麼都敢玩，玩著玩著在外頭也玩上其他女人。

那幾年詳情老獼猴也不清楚。

董芊芊也不見得想聽。

總之後來老龜公和妻子離了婚，妻子帶著兩個孩子和重度憂鬱症，獨自艱辛生活了一段時間，結識了第二春，隨著兩個孩子年歲漸長，再婚對象事業有成，生活越來越好。

倒是老龜公離婚之後，渾渾噩噩度過很多年，中間摟摟抱抱過許多女人，但每每在酒酣耳熱、激情纏綿過後，從宿醉中醒來，卻總是覺得少了點什麼。

至今他經營著一間不上不下的鐵拳館，其中大半營業額還是仲介韓杰擔任富商沙包的抽成佣金。

月老手氣似乎不錯、又吃又碰，突然聲調一轉，又教起課：「遺憾，有時是一輩子的。」他說到這裡，停了半晌，像是胡了牌在算台數，然後嘩啦啦地洗起牌，繼續說：「這世上很多人恐懼遺憾、害怕悲傷，心中彷彿容不下一點遺憾和悲傷；但這些東西，不會因爲你恐懼它、容不下它，它就消失、就跑掉了；很多時候，人與其躲避遺憾和悲傷，不如學會與它們和平共處……」

「跟遺憾和悲傷……和平共處？」董芊芊低喃重複著月老這句話。

一個不知是誰的牌搭子突然插嘴說：「月老呀，你不是愛情大師嗎？怎麼突然當起心理醫生啦？你對凡人心理學也有研究？」

「廢話！」月老哼哼說：「愛情跟凡人心理狀態息息相關、密不可分，我要研究凡人愛情，當然一併研究心理，不然怎麼搞得懂這窮極複雜的鬼東西呀？」

「那你現在搞懂窮極複雜的鬼東西了嗎？」另一個牌搭子問。

「似懂非懂。」月老說：「活到老，學到老嘛。」

「你已經夠老了。」「怎麼老也不死的老不死成天談情講愛，有點噁心。」牌搭子似乎因爲輸了牌不開心，紛紛對月老冷嘲熱諷起來。

「喂喂喂，你們小聲點。」月老抗議。「現在是我上課時間啊！」

「上課時間你還找我們打牌——」

董芊芊沒有細聽月老和牌搭子們的嗆聲對話，腦袋裡倒是多了個難解問題。

「到底要怎麼做，才能跟遺憾與悲傷和平相處呢？」

她睜開了眼睛。

下床第一件事，是翻開桌上睡前備妥的筆記，記下夢境裡月老授課重點——

「一個人對舊情念念不忘卻無能爲力，桃枝在心中糾纏打結，打了結的桃枝缺乏養分，焦死之後就成了灰燼。」

「遺憾與悲傷不會因爲你恐懼它、容不下它，它就消失、跑掉；與其躲避遺憾與悲傷，不如學會與它們和平共處。」

她闔上筆記，這才起身如廁盥洗，替水筆填充墨水，備妥換洗衣物，準備前往鐵拳館幫忙、健身。

通常在午間休息和晚餐之後，她會和許保強外出晃晃，在路上選些簡單的桃花病症，隨手醫治。

她每天都會與青裙女傳訊聯繫，青裙女的心情似乎好轉許多，因爲馬尾男不再出現在她生活周遭。

至於馬尾男的動靜，則由王小明定時追蹤觀察，韓杰本人也能透過額外施在冥婚紅包及女鬼身上的香灰法術，間接觀察她情緒穩定。

這些天馬尾男被父母軟禁在家，不讓他有外出騷擾無辜女孩的機會——其實在冥婚紅包效力消失之前，他根本不會有那樣的機會。

鬼妻的醋意很大的。

許保強挺喜歡韓杰這樣安排，但他和董芊芊等，心中仍有個類似的疑問：「等到冥婚紅包效力失效，女鬼心智恢復，被陰差帶離；馬尾男少了約束，但還是學不乖，重蹈覆轍甚至變本加厲，那怎麼辦？」

雖然馬尾男那畸形桃花是董芊芊的作業，但畸形桃花若源自於畸形人格，單靠「園丁」也是沒用，剪了再生、生了又長，必須從根源著手。

韓杰像是早已想到了這一點，答：「那我會從底下調請其他『老師』上來替他上課，教他學會尊重人。」

「我可以推薦老師人選嗎？」王小明急忙插嘴。

「我們心目中的人選……」韓杰笑說：「應該一樣對吧。」

兩人心中的「最佳人選」，是王小明那四位乾奶奶。

到時候馬尾男倘若還學不乖，韓杰就要動用地獄符，請調四位老師上來替馬尾男上課了，地獄符可以視情況延長期限，不像冥婚紅包有效力限制。

四位乾奶奶可以輪班，也可以擠在一起四個教一個。

那時的課程沒有下課、沒有放學、沒有周休二日和國定假日、沒有寒暑假；只有分成日間時段跟夢裡夜間時段。

在馬尾男學乖之前，那「課程」一分一秒都不會停止。

那時的他，只剩兩種選擇——「改過自新」和「生不如死」。

到時候馬尾男的母親或許會開始後悔，自己過去沒有認眞導正兒子人格，搞得須要這麼麻煩從陰間請老師進她家代她教兒子。

至於先前那自殺孕婦，這些天在醫院身心科兼董芊芊暗中相助治療下，近兩天，董芊芊甚至已經看不見她身上的桃花了。

她漸漸接受丈夫離世的事實。

也已經找到了留在人世的使命——那一天天隆大的肚子裡頭的嶄新生命。

反倒是這陣子紫紅色金龜子沒再捎來有關溫文鈞的消息，兩人暑假作業裡最大課題，也是許保強口中那條主線；溫文鈞似乎低調安靜許多，不敢再胡亂施藥拐騙女性。

至於韓杰，一來找不到黃虎龍，大鳳那條線索也斷在水月大樓；這些天他不時差遣王小明甚至是老獼猴領來的手下，暗中跟監雞爺、烈哥等人，卻毫無所獲。

黃虎龍和溫文鈞，甚至長踞水月大樓裡整個大鳳集團近百名成員，像是憑空消失般，音訊全無。

韓杰只能胡亂猜測或許見從也懂得隨意開關鬼門，能自由進出陰陽兩界，像當初賴琨那批人一樣，一會兒遁入陰間，一會兒登上陽世，自然難以追蹤；爲此他雖然特別傳了訊息給俊毅城隍，提醒地府陰差近日或許有陽世活人大批在陰間活動。

但他也只是得到顏芯愛客套回應——

我們會注意，有消息會通知你。

PS. 鬼月快到了，底下忙翻天，如果幫不上忙，也請別見怪。

韓杰無計可施，半年前陽世眼線遭到陰間惡鬼大舉獵殺，天庭一下子少了許多消息來源，使他每件案子能夠從後續籤令獲得的資訊比過去少了許多，開始得像個偵探般自行追查——

因此那第四代小文工作量比前三代少了些，食量和排便量則多了些，睡眠時間久了些、體型也胖了些。

貳參

「我說啊，這週末你們有沒有空呀？」這天鐵拳館打烊，剛好韓杰、王書語、董芊芊、許保強都在，老龜公搓著手，笑咪咪地問。

「幹嘛？」韓杰問。

「我想休館一天。」老龜公說。

「好啊。」眾人你看看我我看看你，都不明白老龜公為何這麼問，畢竟韓杰雖是鐵拳館股東，但平時只偶爾幫忙教課、兼職當沙包貼補拳館營收，平時經營細節任由老龜公一手打理。

「你是老闆，你想休就休，問我們有沒有空幹嘛？」眾人都問。

「能不能陪我吃喜酒？」老龜公這麼說。

「吃喜酒？」韓杰呆了呆。「吃誰的喜酒？」

「我女兒的喜酒。」老龜公咧嘴笑了，掏出一張泛黃照片，指著照片裡兩個同齡孩子中的女孩。「她要嫁人了，聽說嫁得不錯……」

「喔。」韓杰揚揚眉，有些訝異。「你跟你孩子和好了？」

當年老龜公外遇讓妻子患了憂鬱症，他與妻子離異後，一對龍鳳雙胞胎孩子都跟著媽媽，且視他如仇人，老龜公與兩個孩子最後一次互動，是在他們國中放學時——那時老龜公本來笑嘻嘻地拎著生日蛋糕，要讓他倆帶回家慶生，卻被接過蛋糕的姊弟倆砸了個滿臉奶油，落荒而逃。

從此他再也不敢叨擾前妻一家。

在那之前的一兩年裡，他時常這樣突然出現在兒女面前，屢屢道歉、賠罪，但他從兒女憤怒的回應裡漸漸明白，只要前妻一聽說任何與他有關的音訊，憂鬱症狀就會加重，搞得大家都不開心。

當時他被砸了滿臉奶油，流著淚倉皇奔逃時，終於明白了一件事——

有些東西碎了就是碎了，碎了的東西，用再厲害的膠黏回去，也和原來那件東西不一樣了。

他終於明白，誠摯道歉、諂媚送禮、親情攻勢，都只會造成反效果。

他在前妻一家的世界裡消失，就是對他們最好的贖罪。

「和好是沒有……」老龜公抓抓頭。「我女兒沒發我帖子。」

「沒發你帖子你怎麼去？你不是說他們一見你就發飆？」韓杰愕然。「你想硬闖？你可別把親生女兒人生大事給搞砸啦！」

「是這樣的……」老龜公苦笑：「你還記得王老闆嗎？」

「王老闆？哪個王老闆？」韓杰先是搖頭，然後啊呀一聲。「你說前兩個月三天兩頭來打我的那個王老闆？」

王老闆生意不大不小，幾個月前被個勢力大過他的老闆坑了一筆，憋了滿肚子氣，不知從哪聽來的消息，找上老龜公，想打打沙包出出氣。

「他有點年紀，拳頭倒挺有力……」韓杰想起王老闆那時上擂台的狠勁，不免有些怨氣。

「他是打得狠。」老龜公說：「不過錢也給得大方，那次你也賺了不少呀——他說他本想拿筆錢當作殺手費，請人掛了坑他的老闆，但就怕事蹟敗露，自己賠掉下輩子也不划算，乾脆從殺手費裡撥出一部分，打沙包消消氣，繼續搞自己的事業。」

「然後咧？」韓杰沒好氣地說：「怎麼突然說到他？」

「那個王老闆……」老龜公說：「是我未來女婿公司的重要客戶，我未來女婿公司和王老闆公司合作多年，關係很好……」

「啊。」王書語像是聽懂了老龜公的意思。「你是說……你想以王老闆公司旗下員工的名義，參加你女兒的婚禮？」

「沒錯，就是這樣！」老龜公興奮補充：「我那未來女婿在他公司裡是負責跟王老闆接洽的窗口，他倆本來交情就不錯，王老闆早答應要替我女兒女婿做面子，已經事先預定幾桌，還向他保證一定坐滿，讓他多賺點紅包錢。」

韓杰不解地問：「那你又怎麼知道王老闆跟你女婿的關係……」

「因爲我盡責呀。」老龜公答。

「啥？」

「我替你接沙包案子時，總會替你探探對方的底，要是魔王混上來打你，挖你內臟；或是碰到變態瘋子，打一半撲上來用嘴巴咬你，我可過意不去呀。」老龜公說：「所以我上網查過王老闆的社群，看到他和我女婿的飯局合照，知道他們交情不錯。」

「你又怎麼知道你女婿長什麼樣子……」韓杰話說一半，突然醒悟老龜公既然會替他探王老闆底細，私下默默關注自己兒女社群頁面多年，知道女兒男友長相、知道她即將出嫁，也很正常。

那時老龜公得知女兒將要出嫁，開心雀躍，查出王老闆與未來女婿的關係，便厚著臉皮撥了通電話給王老闆，簡單說明了自己與子女過往關係，想自己包個大紅包，請王老闆用他公司名義，將紅包送至女兒手中。

王老闆倒也是性情中人，在電話裡聽出點興趣，請老龜公出來吃飯喝酒，談妥了這計畫——王老闆本已答應要替老龜公女婿做面子，吩咐旗下員工盡量帶人，王老闆自己按人頭包紅包，既然老龜公想了卻這樁心願，不如直接騰出幾個位置，讓他以員工眷屬名義出席。

讓老龜公親手將自己這份心意擺上女兒的禮金桌。

「所以……」韓杰問：「你不好意思自己一個人去？想找我們陪你去？」

「王老闆那幾桌都是員工親友，如果我落單一人，沒人搭話，有點突兀呀？而且我不想新人敬酒時被女兒認出來，破壞氣氛，到時候得有人掩護我。」老龜公難得露出羞怯模樣。

「而且……我會用假名包個大紅包，但一個陌生人包那麼大包也挺怪異，所以我找你們一起去，紅包我會替你們準備好……」

眾人聽老龜公說到這裡，總算明白前因始末。

「我不確定那天有沒有空……」韓杰聳聳肩。

「我看過行事曆，這週末應該有空，我們吃完喜酒，可以順便去挑家具。」王書語望著韓杰，像是代他做出決定；她神情淡然，但心裡似乎被老龜公的誠意感動；她當然不認同老龜公當年好色出軌，但卻能體會老龜公對女兒婚事的雀躍和誠心——

畢竟半年前，她才失去了父親。

王智漢生前也不時擔憂王書語的終身大事。

韓杰和王書語決定等待許淑美鄉下住家院子那株茶樹長得更加茁壯時，才在樹下擺桌辦宴，完成王智漢生前心願。

「我可以去。」董芊芊跟著附和，她想更進一步探究老龜公這段日子身上不時飄散出的「灰燼」的根源。

天生石桃花的她，七情六慾的味蕾上缺少了感受愛情的味覺，自然也不明白一段戀情可能交織出的千萬種恩怨情仇的滋味。

她只是很用功地試圖完成月老出給自己的作業，她覺得陪伴老龜公參加那場婚宴，觀察老龜公心境變化，應該是趟不錯的實境考察。

「我也去！」許保強緊接著說：「我非常有空。」

「別說我沒提醒你們。」韓杰這麼對董芊芊和許保強說：「別忘了繼續追蹤你們的『主線』——就是那個姓溫的小子，月老沒派金龜子向你們報信嗎？」

「沒有。」董芊芊搖搖頭。

「嘖……」韓杰撫額露出焦慮神情。「之前死了不少眼線，上頭新挑的菜鳥還沒進入狀況，老鳥也低調不少，天上收不到消息，丟下來的線索都他媽零零碎碎……這案子要怎麼查下去呢？」

王書語用雙手揉了揉韓杰腦袋，替他按摩起頭皮，但嘴巴卻不饒他。「還好你不當警察，不然肯定成天用拳頭辦案了吧。」

「我……」韓杰無話可說。「我從來沒說過自己懂辦案，我這十幾年來，都是聽命行動事，就像——」

「我明白你的意思，你不負責查案，比較接近專責攻堅、作戰這類特種任務的隊員。」王書語說：「所以我沒有責怪你的意思，我只是提醒你，在你需要獨自辦案的時候，可千萬別……」

「別打錯人。」韓杰早已背熟王書語耳提面命的這句話，他雖沒和王書語提及前陣子接連找上烈哥和雞爺，對他們進行「愛的教育」這些事蹟，但倒是很確定自己沒打錯人。

「我覺得呀——」許保強突然插嘴：「說不定月老根本覺得那姓溫的沒有研究價值，所以沒派金龜子盯他了。」

「沒有研究價值，為什麼？」董芊芊不懂。

「姓溫的用那賤藥騙女人，還有別的理由嗎？不就是貪財又好色，這還有什麼好研究的；之後抓到他，再讓韓大哥……用愛感化一下就好啦！」許保強說：「找韓大哥麻煩的主使者是黃虎龍跟大鳳，姓溫的是黃虎龍嘍囉，上次色瘤引我們進陷阱裡碰上大蜘蛛，韓大哥在水月大樓裡也確定是蜘蛛魔女上來搞事，所以很顯然那蜘蛛魔女是大頭目，黃虎龍跟大鳳是中頭目，姓溫的只是小嘍囉，主線的進度已經不用放在那姓溫的身上啦。」

「所以我才要你們繼續盯那姓溫的……」韓杰扠著手說：「現在就是不知道蜘蛛魔女藏在哪兒，從那姓溫的小嘍囉身上或許可以找到線索。」

「好。」董芊芊說：「我會向月老稟報這一點，請他繼續派金龜子追蹤那姓溫的。」

「嗯……」老龜公笑咪咪地忍不住打岔。「那……我們現在，可以聊聊週末喝喜酒的事情了嗎？」

貳肆

「還有一個月才開學……」

黃虎龍站在這棟廢棄校舍樓頂，望著不遠處那所高中校園——

這棟廢棄校舍，本來屬於那所高中，但目前已經廢棄，出入口都上了鎖，只待申請的經費通過，就要改建成圖書館、專科教室等多功能建築。

這廢棄校舍距離高中校園僅相隔一條社區道路，兩邊都有圍牆，以一座天橋相連。

對面那高中校區圍牆內側種著一排棕櫚樹，然後是花圃庭園、籃球場，距離廢棄校舍最近的一棟建築，是工藝、美術、音樂教室，與老師辦公室相隔甚遠。

此時正值暑假時期，即便有老師來學校辦公，也不會接近廢棄校舍這一帶。

學校也在相連兩處校區的天橋兩端都擋上柵欄，用鐵鍊鎖著，還加派保全巡守這廢棄校舍，免得有學生暑假閒得發慌，相約闖入「探險」，惹出事端鬧上新聞就糟了。

輪班的兩名保全，此時都成了見從僕人。

因此這棟廢棄校舍，便是見從目前的最佳藏身地點。

「虎龍哥，血準備好了……」一個大鳳手下，來到頂樓喊了黃虎龍幾聲。

黃虎龍匆匆下樓，沿途各樓層裡都有些大鳳手下駐守活動，經過地下一樓一間清空了的教室，他停下腳步往裡頭望望，這教室角落堆放著他從家中載運來、準備煉製人藥的各式藥材；另一邊則擺著幾桶瓦斯和幾口大爐、工作桌，供黃虎龍煮藥——這廢棄校舍剛廢棄半年，尚未斷水斷電，原因是倘若改建經費申請不著，學校就會向家長會募款做些簡單整理，繼續供學生使用。

黃虎龍望著這地下教室近天花板處前後兩台通風扇，就怕燉藥時不夠力，讓自己燉藥燉到一氧化碳中毒，心想得吩咐手下弄來幾具工業電扇，擺在前後門幫忙通風。

黃虎龍繼續往前，深處有更多教室和倉儲空間都被清空，作爲之後用來囚禁、囤放「人藥」的空間；有些大鳳手下甚至拿著焊槍，在教室鋁窗外焊上金屬鐵條，以免到時候人藥破窗逃亡。

見從則窩在廢棄校舍的地下二樓。

過去這地下二樓由於通風不佳，學校使用頻率本便不高，多數空間都作爲倉儲之用，大鳳差遣手下騰空一間大室供見從日常起居。

黃虎龍經過見從那起居大室，見到裡頭結了張大網，見從八足齊張地攀在網上，歪頭望著黃虎龍，眼睛閃閃發光。

「大王。」黃虎龍恭恭敬敬地向見從鞠了個躬，繼續往廊道深處走，廊道其中幾間房裡，有些以蛛絲結成的「大繭」。

每只大繭上，都露出一張人臉。

這些人有部分是自水月大樓擄來的應召女和尋歡客，有些是這兩天夜裡企圖避開保全，闖入校園探險的年輕屁孩，被大鳳手下逮著，獻予見從。

由於擄人計畫在即，許多手下跟著大鳳在水月大樓待命，廢棄校舍這頭防守相對薄弱，見從將這些人咬入特殊蛛毒、吐絲結捆、煉製「人蛛」——先前許保強和董芊芊在那大樓裡碰上的人蛛，就是這麼煉出來的。

此時廢棄校舍裡，已有幾隻煉成的人蛛，攀伏在某些樓層暗處待命防守。

黃虎龍繼續隨著手下，來到廊道末端的倉儲空間。

整間倉儲已完全清空，連燈泡都摘下，房中包括六面空壁，都以鮮血畫滿大片奇異符籙，符籙中還繪著大大小小的眼睛——這六面血符牆可是黃虎龍這幾天來的心血之作，畫得他精疲力竭、心力交瘁。

符陣地板正中，擺著一盞古怪油燈，燃著青森鬼火，作為這符室裡唯一的照明。

黃虎龍入內檢視半晌，走出房，關上兩扇門；從小弟手中接過一小桶鮮血，捏起桶中毛筆，望了另一名小弟一眼。

那小弟立時取出平板電腦，螢幕上顯示著一組複雜符籙。

黃虎龍像是前幾天畫牆一樣，照本宣科地在面前兩扇門上也畫起符。

他這是在替見從製造相連陰陽兩界的鬼門。

他本來只擅製藥，不懂開鬼門，但這幾天見從教他方法、供他種種符籙圖樣，讓小弟們拍照存檔，讓他依樣畫符。

開鬼門的方法千奇百怪，鏡面、空洞、電梯、圖紋、水面、甚至是地鐵隧道，都能成為陰陽兩界的出入口。

但黃虎龍這鬼門與尋常鬼門有個不同之處，就是造好鬼門後，能夠從其中一端「上鎖」。

倘若這鬼門在陽世這側上了鎖，陰間鬼靈不但無法通過，甚至無法察覺鬼門存在。反之亦然。

見從需要一扇能夠上鎖的鬼門，好讓她在緊急時刻遁回陰間。

「門鎖」則是用來防範陰間惡鬼由此入侵，要是她竊走魔臂的事情、藏身地點等消息走漏至陰間，很可能會引來覬覦她道行的傢伙，趁著她耗費大量法力壓制魔臂反噬、身心虛弱時，強闖鬼門將她擄回陰間享用進補。

黃虎龍令小弟端著血桶，自個兒接過平板檢視符籙細節，踩著板凳上上下下，足足花了一、兩個小時，這才畫好倉儲兩面門板上那大幅血符籙。

他放下筆，倚著牆喘了口氣，將一條鐵鍊穿過倉儲門板把柄，扣上鎖頭，口中唸咒，旋動插在鎖頭上的鑰匙。

兩面門板上的血符發出了淡淡紅光，鎖頭也麻滋滋地彷彿通了極微弱的電流。

叩叩——

叩叩——

幾聲敲門聲，自門板後響起，可將黃虎龍和幫忙的小弟嚇得退開一大圈。

「開門。」見從的聲音，自眾人身後傳出。

「啊？」黃虎龍一時搞不清楚狀況，怎麼這新建成的鬼門剛上好鎖，見從就令他開門。

見從此時模樣奇特古怪，與過去美豔模樣相去甚遠，不僅身軀扭曲、多足多手，還有張半人半蛛的臉，臉上幾枚複眼閃耀著奇異青光，重複了同樣的話：「開門。」

「是、是……」黃虎龍連忙走回門前，口中唸咒，旋開大鎖鑰匙，解下鐵鍊，與幾個小弟一同拉開兩扇寫滿血符的門板。

門內景象已與先前那符籙血室有些不同，六面鮮血符牆半透明地飄浮在原地，透明符牆裡外卻同時重疊著其他東西，像是許多空間重疊在一起。

一個外貌約莫十三、四歲，面貌清秀的短髮女孩，站在鬼門內，對黃龍身後的見從說：「姊姊，妳要的東西，我替妳準備好了。」

黃虎龍這才見到，女孩背後還有一輛破落腐鏽的超市推車，推車裡堆滿大大小小的木盒、瓶罐。

見從歪扭著頭，對著黃虎龍說：「把……那些東西……搬去我房裡……」

「是。」黃虎龍不敢怠慢，他知道這陣子大鳳眾多手下已經供輸出過量鮮血供見從飲用、讓他畫這鬼門；加上見從擔心過於高調會惹來神明使者，不敢隨意捕獵活人食用，這兩天體力漸漸虛弱，心神已不穩定，倘若她被魔臂反噬，那麼這廢棄校舍裡包括他和大鳳在內的幾十人，應當都會變成見從的獵物。

黃虎龍慎重地要小弟們拉來板車，將那小女孩推來的籃車中的瓶罐、大小盒子，小心翼翼地堆疊上板車，推進見從那蛛絲居室裡。

見從搖搖晃晃走至鬼門前，彎下腰，幾隻手捧著小女孩手和肩，與她低語幾句，然後摸摸她的頭。「現在姊姊只能靠妳了……」

「我知道。姊姊妳還有什麼事要交代？我都會替妳辦妥。」小女孩說：「那些藥雖不便宜，但我們幫裡也沒窮到買不起，妳需要的話，我再替妳多買點……」

「不……應該夠用了，這些都是應急救命藥，買多了我怕太招搖……」見從搖搖頭。「妳先回去，千萬別走漏風聲，就算是自己幫裡的人也一樣，再等幾天，姊姊就回去陪妳……」

「好。」小女孩點點頭，轉身離去，消失在鬼門中。

「關門。」見從下令。

黃虎龍與小弟立時將鬼門關上，穿上鐵鍊、扣上鎖頭，唸咒旋動鑰匙將鬼門上鎖。那鑰匙需要配合咒語才能旋轉開關鎖頭；除了見從之外，只有黃虎龍懂這咒語，見從吩咐黃虎龍別取下鑰匙，一直插在鎖頭上，免得緊急時刻要開門時，還要摸找鑰匙。

見從半走半爬地返回她那蛛絲居室，來到幾輛小弟推入的板車前，揭開一只古怪瓶子，對口就飲，咕嚕嚕地一口便喝下半瓶。

黃虎龍站在門外等候見從是否另有吩咐，隱約聽見她口中發出陣陣咀嚼聲，也不知她究竟吃喝什麼東西。

「剛剛那女孩……」見從喝了半瓶古怪藥湯，面貌和身軀漸漸恢復人形，心智似乎也穩定許多，說：「是我妹妹，也是我在底下，唯一信得過的人。」

見從過去在陰間，背後有第六天魔王做靠山，也掌握一批手下，與諸方勢力都維持著不錯的交情——至少表面上如此。

但半年前第六天魔王失勢，各方勢力各懷鬼胎，明爭的互搶地盤、暗鬥的聚兵積武等待時間發難。

見從本來一聲令下，送藥上來給她的小弟沒有一百也有八十。

但問題是，她信不過那些傢伙。

她更相信被自己一口牙咬過的陽世活人。

和自己在陰間唯一的妹妹。

她從水月大樓轉移陣地到這廢棄校舍之後，知道大鳳這批血牛終究有其極限，一面吩咐黃虎龍製造鬼門，一面施法聯絡她那妹妹，盡量弄點補身的東西上來給她，讓她撐過這段時期。

起初她聽大鳳報告那擄人計畫，覺得未免太過高調，但聽黃虎龍拍胸脯保證只要器具、藥材充足，幫忙的人手也夠，有大鳳手下一同幫忙，只需十天左右，就能一口氣將所有擄來的人全煉成人藥。

見從不清楚大鳳目標婚宴上究竟有多少人，但黃虎龍暫時將目標設定在一百人上下，倘若能吃下一百具人藥，應當足夠讓她完全壓制魔臂，將魔臂之力轉為己用了。

大鳳的擄人計畫暫定於後天週末，加上煉藥的十天，總共還要撐上十二、三天左右。

她喝完整瓶藥湯、吃盡湯中骨肉，彎曲的軀幹和多手多足都收了回去，臉蛋氣色也漸漸恢復成過往美麗模樣，知道她那小妹妹帶上的這批補藥當眞有效，應該足以讓她支撐到人藥煉成了。

「大王……」黃虎龍忍不住問：「陰間這補藥這麼有效，爲什麼……」

「爲什麼不多弄點是吧。」見從瞪了黃虎龍一眼，說：「你以爲這些東西到處都買得著？底下賣這種藥的店家就那幾家，買得多了，走漏消息，讓人知道我藏在陽世避難，有些傢伙說不定直接上來擄我——以前我在底下威風，是因爲我強，現在我病著，想踩我一腳的人多的是，尤其是那三個賤人，就算她們在地獄裡服刑，要是聽見了風聲，肯定都有辦法找人上來弄我，偏偏摩羅大王現在藏得隱密，聯絡不上他，保不了我……」她說到這裡，頓了頓，對黃虎龍說：「我妹妹這批藥，夠我撐上十幾天了，接下來，就靠你們了。」

見從說到這裡，起身走到黃虎龍面前，伸手拍了拍他的臉，輕聲說：「別忘了我說過的話……你如果煉不成人藥，那你自己當藥吧。」

「是是是，大王妳放心……」黃虎龍顫抖點頭。「我絕對替妳把人藥煉得妥妥當當，絕對不會有一絲差錯。」

「大鳳那計畫不夠周全。」見從吃了補藥，腦袋清楚許多，說：「我們得另外準備些備案……」

「備案？」黃虎龍不解。

「你派些小鬼，四處放點風聲……」見從這麼說：「然後另外替我再開些鬼門，我教你個簡單點的方法。」

「放風聲？開鬼門？」黃虎龍更加不懂了。

「我竊走魔臂這件事，可是在關帝廟幹的。」見從說：「太子爺能斬摩羅大王半邊身子，聽說是向關帝爺借了青龍刀，他欠關帝爺這條人情；現在關帝廟出事，丟的又是他自己親手斬下來的胳臂，那小子肯定派了他乩身日夜追查我的下落……」她說到這裡，懊惱地捏了捏拳頭，又揭開一只木盒，取出枚奇異植物咬嚼起來，眼睛閃閃發亮。「之前我耗費心力壓制三條魔臂，腦袋都傻了，不該讓你們找人去招惹那乩身，留下一堆線索讓他追蹤。」

「這幾天他找過雞爺麻煩了。」黃虎龍說：「雞爺供出我來，但我早一步被大鳳接來，根據我的小鬼回報，那乩身確實去過我家，但沒有太多發現——我走時有特地處理掉許多證據……只要我們低調行事，他找不到這兒。」

「不夠。」見從說：「所以我讓你去其他地方放風聲、開鬼門，讓他忙一點，才不會集中心力找我麻煩。」

「大王。」黃虎龍問：「妳想要我放什麼風聲？」

見從想了想，讓黃虎龍取出手機，隨意指了幾個距離這廢棄校舍都有段距離的鬧區地點，有市場、有辦公大樓、有百貨公司。「你讓小鬼四處放出風聲，就說地下好幾群傢伙準備在週末分頭上來幹些大事。」

「就這樣？」黃虎龍又問：「我那鬼門，就開大王妳說的那些地方？」

「不。」見從搖搖頭。「鬼門開在其他地方，我會另外從底下調批打手，經那些鬼門上來，去對付他友人身邊護衛——你之前說，他身邊友人都有神靈保護是吧——那乩身再能打，也很難同時兼顧所有地方，我要讓他在大鳳擄人那兩天四處跑，沒空盯大鳳……」

「明白。」黃虎龍這才弄懂見從的意思——大鳳計畫在週末擄人，但即便那飯店經理捱了見從的牙、成了見從奴僕，讓大鳳手下潛入飯店裡應外合，但一次擄上百人，終究不是件小事，一旦走漏風聲，很可能就會讓韓杰一路追蹤過來，所以見從要黃虎龍派小鬼四處放假消息，藉由陽世眼線的嘴巴傳回天庭，讓韓杰那兩天裡疲於奔命，增加大鳳成功擄人的機會。

貳伍

「喝！」韓杰穿著四角褲，站在書房窗邊，盯著窗旁一只雅緻矮櫃地板上散落的十餘管紙卷。

全是第四代籤鳥小文一夜叼出的籤令。

此時小文正窩在窗外鳥巢裡睡到翻肚，作夢抖爪子。

比起過去幾代小文住東風市場韓杰舊家，第四代小文這窗外居所，直逼五星豪宅——王書語這間書房有兩扇窗，大書桌正前方那窗視野較好，她在鐵窗上擺了幾盆小盆栽，在鐵窗架上根橫杆，掛著幾枚祈願墜飾和一只草編小巢——

這小巢對小文來說，只是偶爾窩居睡個午覺的「別宮」。

在這兩房公寓裡有好幾處類似這樣的「別宮」，供小文隨意遊嬉歇息。

而大書桌左側那窗緊鄰隔壁公寓，一開窗就能見到鄰戶人家起居，這令注重隱私的王書語有些不自在，先確定那鐵窗牢固程度，在鐵窗外側三面遮上木籬笆，高處則橫架著幾根細竹竿，垂釣下幾只鐵罐盆栽；鐵窗底部則鋪滿木板，擺著大大小小的植物盆栽，布置得猶如花園庭院般。

盆栽中還有只小瓷盆，盛水種著一朵小蓮——韓杰家前後陽台，放著數個盛土水盆，全是重新取回後的神蓮分株。

現在只等這鐵窗其中幾盆藤蔓植物爬滿三面籬笆，即便不拉窗簾，也能保有隱私了。自然，這鐵窗籬笆內的盆栽庭園裡，還擺了個更大的草編鳥巢，這才是小文的「正宮」，鳥巢外擺著幾只精緻小盤，盛裝著幾種高級飼料和鳥用零食。

小文最逗王書語開心的一點，是他不像過去的小文住韓杰家時，不但到處拉屎，還會故意拉在韓杰床鋪枕頭、外套衣褲上，逼他清理鳥籠、供餐換水。

現在的小文會自己飛去廁所拉屎，再主動沖水——小文爪力比一般文鳥大上許多、且更加靈活，不但會按馬桶沖水，甚至能夠扭開水龍頭自己洗澡，也能在各處正宮、行宮間，自由開關紗窗出入。

至於小文的「辦公空間」，便是他正宮窗旁的小矮櫃，小矮櫃上擺著一只鳥籠，籠中也有個小草編巢；倘若天候不佳，室外風急雨大，小文便會改住回室內鳥籠。

鳥籠外有只陶瓷馬克杯，裡頭擺著王書語用廢棄文件捲成的紙卷——雖說同樣都是回收廢紙，但王書語會特意剪裁成相同大小，擺在馬克杯裡，視覺上比過去韓杰隨意放置的那罐廣告傳單清雅整齊許多。

小櫃幾處抽屜和隔層，則是王書語替韓杰和小文整理出的分類空間，分門別類地擺著韓杰的畫符紙筆、盛裝香灰和金粉的瓶罐、裁切好的備用籤紙、未拆的尪仔標套組和已拆下經過分類的單片尪仔標。

待辦的籤紙用圖釘釘懸在牆面的軟木告示板上，已辦成的籤令則分類收藏在資料夾裡，每份籤令還附帶一張韓杰口述、王書語打字的文件備份，大致交代處理過程及所用尪仔標——這種分類方式，讓韓杰忍不住聯想到警局裡的案底資料。

雖然韓杰覺得這小櫃裡外一切，整齊嚴謹兼文青得令他神經緊張，缺少了東風市場舊家那隨意瀟灑的自在輕鬆感，但現在和以前確實不同了，太子爺在天庭仍受到一定程度的監督，令他在陽世使用每一張尪仔標始末，都必須確實呈報上天。

現在的他十分依賴王書語聽他口述籤令過程、使用尪仔標種類和大致過程，替他打字整理列印後，壓上指印燒上天庭——這瑣碎工作要是讓他自己來幹，肯定弄得亂七八糟、缺東少西，然後就會被天上某些文官逮著小辮子找太子爺麻煩。

太子爺被找麻煩，他自然也會受到牽連。

這麻煩和牽連可大可小——半年前那場驚動三界的閻羅殿大戰，就是太子爺被找麻煩後引發出來的連鎖效應。

韓杰呆愣看著滿地籤卷，又看看小櫃上的馬克杯——馬克杯是立著的，裡頭還有剩餘空白紙卷，表示不是小文半夜上廁所踢翻的。

他將籤令紙卷一一撿起揭開，每張當眞都有香燒字樣，他拿出紅色墊板，在小櫃上檢視起每張籤令——

地底春花幫洪堂計畫開鬼門上陽世社區大樓擄人

一批野鬼密謀進幼兒園附身孩童，經鬼門賣下陰間

陰間殺手受令上凡，意圖狙殺某政要
一處市場公廁被開了鬼門
一棟老舊商場公廁被開了鬼門
墳地有處老墳蔭屍被外靈附體、煉成凶屍，即將破土食人
某百貨大樓被開鬼門
知名牛肉連鎖麵店地下室被開了鬼門

韓杰目瞪口呆地將八張籤令釘上牆上軟木告示板，突然發現告示板上的圖釘竟不夠用，手裡還捏著七張籤令，上頭也是七處被開了鬼門的捷運站點。

梳洗完畢的王書語走進書房，看到韓杰茫然站在告示板前，笑著上前搭著他的肩，說：「終於給你新工作啦——啊！怎麼這麼多？」

「全是新案？」王書語驚叫起來，細看每張籤令地點日期，還搶過韓杰捏在手上的另外七張籤令，奔去大書桌翻了新的圖釘過來，替他重新整理了整塊軟木告示板上所有待辦籤令。

扣除先前魔臂失竊案及照顧董芊芊和許保強這兩件案子。

昨夜小文一口氣叼出十五張新案，其中大部分都是某時某地被開啓鬼門，光是捷運站就有七站。

「全都是這幾天……」王書語伸指劃過軟木告示板上每張籤令的日期，幾乎都是從今天

週四到週一之間——

短短五天，十五件新案。

且其中八件，都集中在週末。

「為什麼？怎麼會這樣？」王書語愕然不解：「跟農曆七月鬼門開有關嗎？」

「……」韓杰搖搖頭。「既然鬼門開，就是開放陰間住民上陽世吃喝中元普渡酒菜，見見陽世親友，何必亂開鬼門？」

「但是……」王書語說：「我曾聽爸爸說過，陰間鬼門開，也不是每隻鬼都能上來，通常要表現良好，才能領到臨時陽世許可證，通過鬼門關閘。」

「底下的情形妳也知道……」韓杰說：「很多鬼門的關口有設跟沒設一樣，多的是把關陰差收了賄就會放行——鬼月年度大拜拜，各地鬼門關口削價競爭，賄金行情比平常還低，有些城隍主守的關口還會包團合作，直接放行，讓團員多帶點普渡冥錢回來，按比例收取回扣。」

「如果是這樣……」王書語不解問：「俊毅城隍應該不會……或至少不會收這麼大，那為何曉武哥過去總喊累？說鬼月一到，大家累死。」

韓杰回答：「因為……在陰間領不到許可證的傢伙，通常是會在陰間鬧事的怪胎；這些傢伙付了點賄金、或是弄張偽造許可證闖關上陽世想趁中元普渡討點好處，失控搗蛋的機率也更大——那些收賄放行的陰差不是睜一隻眼閉一隻眼，就是互相推卸責任，都說不是自己關口放出的。那到底誰來處理那些搗蛋怪胎呢？就是俊毅這類人來處理了。」

「底下這種情形……」王書語聽韓杰這麼說，不禁有些心寒。「有改變的一天嗎？」

「可能有吧。」韓杰乾笑兩聲。「底下的人全是從地上下去的，地上的好人越來越多，底下或許會漸漸變好……」

「你過去在鬼月，也常常處理這些偷渡出來的搗蛋鬼？」王書語問。

「有是有，有時一天還打好幾個，但是──」韓杰說：「但這類案子主要是歸陰差管，我只是協助，所以以前的籤令不會寫成這樣。」他一面說，還一面滑手機，翻出去年鬼月時的籤令翻拍照片，那時籤令是這麼寫的──

再兩天就鬼月啦，平時有空多少幫點忙啦

韓杰解釋，過去鬼月時節，大街小巷偶有不長眼的鬼胡鬧搗蛋，是司空見慣的事，被他逮著揍個幾拳，用香灰綁著，施放符令通報陰差過來收尾。

太子爺根本不會特別關切這種鳥事，籤令也不會像這次這樣密集而具體。

這些籤令顯然都是經由陽世眼線慎重回報上天之後，太子爺認眞發派下來的籤令。

王書語順著韓杰提供的資訊想了想，還是不解：「就算眞有集團要幹壞事，既然行賄通關方便，爲什麼不用方便的方式，而要這麼麻煩私自開鬼門呢？」

「……」韓杰蹙眉沉思，苦笑說：「就怕又是哪冒出來的狂人，或是哪個地底魔王想幹大事。」

「你是說像之前的吳天機、陳七殺那類人？」王書語心中一凜。「或是……第六天魔王又有陰謀？」

「第六天魔王才剛吃過大虧，不會這麼魯莽吧……」韓杰歪著頭思索。

半年前第六天魔王被太子爺向關帝爺借來的青龍，斬去半邊身子；後來太子爺得意洋洋地提著那半邊魔身，回歸天庭證明自己不是隨便下凡胡鬧，而是破獲一起大陰謀；他立下大功，成功復職，而第六天魔王那半邊魔身，最後被扔進了天庭大爐焚燒銷燬。

韓杰回想過去幾次與第六天魔王交手的經驗，繼續說：「東風市場那次，他附在吳天機身上，被太子爺打回陰間，整整安靜兩年才又有動作；現在他少了半邊身子，道行倒退千年，地位已經沒有以前崇高，過去的地盤都快被搶光了，照理說沒有理由再搞這種事——太子爺半年前狠狠修理過他，得意到現在，如果知道那傢伙又不安分，絕對非常樂意下來再修理他，拿著對付第六天魔王的名義下凡，絕對師出有名，天上沒人敢攔。」

「而過去你碰上的狂人，背後都有魔王撐腰。」王書語說：「如果背後沒有魔王撐腰，有什麼理由一口氣搞這麼多事情……然後在一夜之間同時間曝光？」

「對呀，這點最怪。」韓杰說：「就算眞有狂人法師想搞事，範圍怎麼這麼大，幾乎整個北部都跑遍了，還都剛好被各地眼線截到消息——」

王書語接口說：「上次你說陽世眼線缺了不少，菜鳥跟不上，老鳥行事低調，卻突然同時回報重大消息？」

「是呀……」韓杰皺眉頭沉思半晌，找來手機連續撥打好幾通電話，問了老半晌，最後一通電話打給小歸寒暄兩句，轉進小歸保全公司那特殊部門，直接對著部門組員交辦幾件任務，這才掛了電話。

「我問了幾個陰間朋友，都說沒有聽到類似的風聲——現在地下那些黑道大老，都忙著搶第六天魔王過去地盤，刻意上陽世搗亂，只會惹來神仙針對，他們沒這麼傻。」韓杰掃視著軟木告示板上一張張籤令，最後目光停在第一張太子爺要他找回失竊魔臂的籤令上。「我請底下一些朋友替我探探消息，這兩天應該會有答案，我總覺得——」

雖然韓杰自稱不懂辦案，腦袋也不如王書語靈光，但近二十年與妖魔鬼怪、邪法術士交手的經驗，仍然讓他擁有一定程度的敏銳直覺。

貳陸

週末，四點二十五分。

鐵拳館提早打烊。

董芊芊穿著淡褐色洋裝，許保強穿著暗土色襯衫，雖不特別正式，但色系相差不大，遠遠看去，彷如一對小情侶——

老龜公是這麼安排的，他們五人併坐，老龜公居中，左側坐韓杰、然後是王書語；右側坐許保強，然後是董芊芊。

女兒女婿走近敬酒時，他可以裝醉與許保強搭話，讓韓杰和王書語起身敬酒掩護他——

他知道自己不受歡迎，不想讓女兒知道他也來了。

他只要看看出嫁女兒一眼、偷瞄瞄兒子身邊的小孫子，以及前妻幸福洋溢的神情，就心滿意足了。

過去他讓他們流下太多眼淚。

現在他只希望他們永遠開開心心。

「太誇張了師公，你這樣反而會引起注意！」許保強愕然望著戴著褐色墨鏡，頂著一頭碩大爆炸頭假髮和貼上八字捲鬍子的老龜公。

「是嗎？」老龜公呆了呆，取出手機自拍檢視。「這樣還認得出來是我？」

「不是認不認得出來的問題……」穿著素雅禮服的王書語，也在一旁扠手搖頭。

「師公，台灣沒人留這種頭跟這種鬍子！」許保強揚手解釋。「你這樣一看就是故意易容。」

「是啊。」王書語幫腔。「所有婚宴賓客裡，有誰需要掩飾身分呢？」

「有道理，可是……」老龜公摘下假髮和捲鬍子。「雖然十幾年沒見他們，但就怕還是被認出來……」

「變裝當然是可以，但是要變得合情合理。」王書語主動替老龜公拿起主意，還向老龜公討來了過去相本翻看，打算替他改變造型。

老龜公站在王書語旁，望著過去一張張老照片，回憶起過去不時洋溢的小幸福，和一次又一次的過錯。

「啊……」董芊芊見到老龜公的眼神在懷念和落寞間交錯，他周身又飄起了斑斑片片的灰燼。

董芊芊忍不住伸起手，接住了一片向她飄來、稍大的灰燼，像是接住了他心中的遺憾。灰燼在她掌心上消失無蹤。

「阿杰，我們準備出發了。」王書語向持著電話講個不停的韓杰喊。

「出發？現在才四點。」韓杰這麼說：「不是六點才開席？」

「去替老龜公挑些衣服，變裝一下。」王書語說。

「你們先去。」韓杰搖搖手。「我這邊還有幾件案子還在等消息……」

大夥兒知道韓杰那些籤令來自上天，不可不從；雖然都覺得奇怪為何突然集中在這週末前後出現，卻也莫可奈何。

□

「七個捷運站都沒事？好，我知道了……」韓杰掛上電話，翻閱手機照片，看著十五件新案——所有籤令中稱將被開鬼門的地點，目前全都沒有動靜。

此時鐵拳館裡，除了他以外，空空如也。

連小供桌那土地神老獼猴及一票山魅跟班都不在——他們全被韓杰派往籤令鬼門附近監視著周遭動靜；陰間裡所有相對應的位置，則駐派著小歸那特別部門裡某些老鄰居們。

這兩天，他透過關係，得知地底春花幫不但沒有洪堂，更沒有開鬼門上陽世擄人這計畫——即便是過去那大奸商年長青，頂多是低調向陽世術士買些活人轉賣，從未幹過派出大隊人馬上陽世擄人這種囂張舉動。

他也派出王小明跟監那據稱將被陰間殺手狙殺的知名政要，卻發現那政要本身及身邊隨扈，身上都帶著靈符和鬼胎佛牌，那些鬼胎佛牌裡都藏著強大「保鏢」，別說陰間殺手，就算韓杰想要靠近，也沒那麼容易。

他甚至騎了老半天車，找著籤令裡的那處老墳，巡視半天，也沒發現什麼被外靈附身的蔭屍凶魔。

此時韓杰坐在空無一人的鐵拳館裡發了半晌呆，仰頭看著天花板，一時摸不著頭緒，喃喃自語：「你是氣我這麼多天還找不回那三隻手，故意整我？」

他自然得不到回應，默默起身，離開鐵拳館，跨上機車，準備去與王書語等人會合。

但他剛駛至巷口，突然煞車停下，回頭往鐵拳館方向望去。

他閉起眼睛、緊抿嘴巴，深深吸了一口氣。

然後立時轉動油門掉頭，駛回鐵拳館前，停下車、摘下安全帽，東張西望，像是在尋找什麼——

他嗅到惡鬼的氣味，且不只一隻。

最後，他仰頭望向鐵拳館那公寓樓頂，那兒不但瀰漫出惡鬼氣味，且似乎還有些騷動。

韓杰立時從繫在皮帶上的腰包裡取出一枚蓮子嚼起，同時抽出金屬菸盒捏了片混天綾尪仔標，往一旁公寓鑰匙孔一按，一圈紅光自他手掌溢開，紅綾鑽入鑰匙孔開了鎖，他奔入公寓，一路向上，逐樓聞嗅鬼味從何而來，最後奔上頂樓。

頂樓加蓋建物旁一處不鏽鋼水塔旁旋風亂轉，一隻隻惡鬼蜂擁往外衝。

「鬼門開在這！」韓杰愕然甩出混天綾，纏上不鏽鋼水塔，將整個不鏽鋼水塔纏得密不透風，讓尚未出來的惡鬼封在水塔中，這才又摸出兩枚尪仔標往腳邊一擲。

風火輪附上雙腿、豹皮囊小豹在他腿邊弓身現形。

「把鬼全給我抓回來——」韓杰急促下令，與小豹分頭從公寓前後兩側下樓，小豹自一戶戶人家陽台、雨遮沿路追鬼，韓杰則踩著風火輪直接從公寓後側往防火牆裡躍，途中他與幾隻一路穿牆往下的野鬼四目相對，直到野鬼遁入了地底，且傳出與小豹扭鬥的聲響，韓杰這才明白，這些野鬼的襲擊目標，正是鐵拳館。

他連忙繞回鐵拳館助陣，只見到十來隻野鬼圍著豹皮囊小豹你一拳我一腳，有些惡鬼已經缺手斷腳，都是被小豹咬進肚子裡。

韓杰踩著風火輪，捻著香灰上前指揮小豹與十來惡鬼纏鬥，打了好半晌，這才將惡鬼一一制服，揉出香灰繩子將他們五花大綁。

他繞回樓頂，在那被混天綾纏得密不透風的水塔上下翻找老半天，這才發現鬼門符籙是寫在水塔底部，他以金粉寫上新咒，封印鬼門，剛抽回混天綾，立時又感到四面八方都漫出鬼味。

「還有？」韓杰愕然踩著風火輪在頂樓圍牆奔繞一圈，發現周遭公寓好幾處頂樓水塔，都擁出惡鬼，急得喊回那吃了個半飽的小豹，分頭追襲流竄惡鬼。

□

「是是是……」黃虎龍此時身穿年年大飯店制服，在飯店靜僻處持著手機向見從報告：「我的小鬼傳來回報，我在那乩身拳館附近設下的幾道鬼門都開了，婚宴賓客也陸續入場、大鳳的人跟車都準備好了，雞爺也調來幫手支援，現在全都在停車場待命，大王妳放心，這計畫萬無一失。」

黃虎龍說完，正等候見從下一步命令，卻只聽見一陣吞嚥咀嚼聲。

「好、好吃、不錯……比你的……人藥……香多了……呵呵……」見從的聲音聽來陶醉愉悅。

黃虎龍困惑問：「大王……妳說什麼？妳還有什麼要吩咐的？」

「藥……我要更多藥！」見從怒叱，突然又轉爲哀求：「虎龍……我全靠你了，我需要更多藥，我撐不住了……咕嚕、咕嚕，好吃！妹妹這藥，眞的好吃！」

黃虎龍又聽見一陣咕嚕咀嚼聲，更加一頭霧水，然後聽見一聲碎裂聲，他知道那是見從每吃空一瓶藥湯，就隨手砸碎的聲音。

黃虎龍和見從又雞同鴨講了半晌，終於掛上電話，抹抹汗，溜到婚宴席外探頭看看，入場賓客越來越多，連忙又撥了通電話給大鳳，問他：「人越來越多了，你那邊準備得怎樣？」

「我這邊還能怎樣？人跟車都準備好了。」大鳳哼哼地說：「等他們開始吃喜酒呀。」

「要不要提前下藥？」黃虎龍問。

「提前？你傻啦？」大鳳怒叱：「女王不是說等他們吃得酒酣耳熱，再送上下過藥的甜湯上桌，到時候我們的人進去幫忙，就說場子裡有人起鬨拚酒拚到醉了，才不會太引人注意，要是婚禮剛開場就全倒光了，那不是太奇怪了嗎！」

「可是……」黃虎龍有些擔憂。「見從大王她有點不對勁……」

「不對勁？」大鳳呆問：「怎麼個不對勁。」

「她說話顛三倒四的……」

「這兩天她時常這樣……等我們這票幹完，你把人藥全煉好，讓她吃完補身，她就正常了！」大鳳這麼說：「我打電話問問她情況。」

黃虎龍還想說什麼，聽大鳳掛上電話，一時也作不了主，只繞去倉儲間，拍了拍縮在角落抖個不停的溫文鈞，安撫著他的情緒：「幹嘛怕成這樣？」

溫文鈞也穿著飯店制服，肩上還被個小鬼摟著，和他臉貼著臉，像是十分親密。

「師父……我……」溫文鈞說：「我現在退出，行不行？」

「退出？」黃虎龍目露兇光。「你是說，你不想當大王手下了？你忘記大王講過什麼了？你不當她手下，就只能當一種東西了。」

「不當她手下，就只能當她的……人藥？」溫文鈞感到頸子上那雙小手越箍越緊，嚇得連忙改口。「師父，我問問而已，我繼續幫你做事！幫大王做事！」

「哼。」黃虎龍使了個眼色，溫文鈞肩上那小鬼這才鬆開手，但仍摟著他不放；小鬼幫他下藥，也幫黃虎龍控制他。

「工具都準備好了嗎？」黃虎龍問。

「準備好了……」溫文鈞身旁有只大行李箱。

黃虎龍揭開那行李箱，裡頭裝著大大小小瓶罐，每只瓶罐上都貼著封印符咒。

「把上頭的符全撕了。」黃虎龍吩咐：「裡頭的孩子，會慢慢醒來；記住，他們不像你脖子上那隻那麼乖，比較兇一點，不過你別怕，你脖子上那隻會告訴他們，你是自己人。」

「是……」溫文鈞望著一只只瓶罐裡漂浮的殘缺屍塊、小手小腳，心中茫然困惑——他拜黃虎龍爲師，只是想藉那情藥讓平凡的自己更受女人喜愛，能勾搭上些名媛貴婦、收禮致富，可是意外之喜。

誰知道這幾週情況發展到了遠遠超出他想像的地步——他竟然成了陰間蜘蛛魔女集團的成員，參與擄人煉藥這恐怖計畫。

他顫抖蹲下，捧起一只只大小瓶罐，小心翼翼地摳著符角，慢慢撕下封印符籙。

貳柒

老龜公雙手不停在牛仔褲上擦拭，就怕因為緊張滲出的手汗，弄溼了待會兒要取出的紅包。

此時的他，戴著頂鴨舌帽，條紋T恤外還加了件暗色背心——遠遠望去，這身打扮就像是常見的地方樁腳或是樁腳助理，地方上各種婚喪喜慶，都少不了這副模樣的人，扮相和他年紀也挺相符。

許保強和董芊芊走在老龜公前面，依序將紅包遞上禮金桌後簽上名字，老龜公壓低帽簷、掏出紅包，低頭放上桌，提起筆在禮金簿上寫了個假名，最後是王書語。

四人進入宴廳，依序入座在王老闆安排的位置，那桌靠近邊角，距離新娘進出換裝的出入口有段不小距離。

王書語看著手機上傳給韓杰的訊息，仍然未讀——此時韓杰正踩著風火輪，在鐵拳館裡大戰那群流竄惡鬼。

賓客紛紛入席，服務生替每桌端上冷菜。

老龜公突然慌張低頭，他遠遠見到了端坐主桌，笑得合不攏嘴的前妻與再婚丈夫。

雖然歲月在她臉上留下了許多痕跡，但一舉一動仍散發迷人風韻。

與她身邊那西裝筆挺的年邁男人十分相稱。

這令老龜公自卑地像是想將腦袋縮進殼裡一般。

「師公，你怎麼了？」許保強問。

「沒有……」老龜公低頭笑著說：「只是覺得以前我……眞是個王八蛋……不折不扣的王八蛋……我確實……配不上她……」

董芊芊見到老龜公後背飄起一陣又一陣的灰燼。

那是他多年以來，難以忘懷卻又無能爲力的心結——他想要彌補，卻不知該怎麼做，他知道自己錯了，但一切都太遲了。

糾纏在他心中的桃枝，日復一日地持續生長、持續打結、持續焦死，化爲灰燼。

「……」許保強望著老龜公半晌，拆了條毛巾從桌下遞給他拭淚。

「幹嘛！幹嘛啦！」老龜公隨手抹抹臉，撥開許保強的手，假裝在摳鼻屎。

燈光暗下，幾道光打向入口。

新郎牽著新娘入場。

老龜公這才挺直了身子、探長脖子，瞧得目不轉睛。

許保強吃了幾口菜，見老龜公半天沒動筷子，主動替他挾了幾塊肉，這才見到他熱淚盈眶，想說些話安慰他，卻不知如何開口。

王書語一面觀禮，不時檢視手機，韓杰仍沒回訊——

黃虎龍在鐵拳館附近開了七、八道鬼門，有些開在水塔、有些開在防火巷弄、有些開在店家廁所裡，目的就是要讓韓杰手忙腳亂，顧此失彼。

□

老龜公低頭慌張起身，說尿急要上廁所。

原來是新郎新娘準備逐桌敬酒了，本來王書語等都說新娘來時，會一齊掩護老龜公，主動向新娘搭話，讓老龜公近距離瞧瞧女兒出嫁的樣子，但老龜公還是緊張得尿遁開溜。

老龜公茫然走過飯店廊道，進了廁所，挑了間隔間，進去關上門，一屁股坐上馬桶發起呆來。

「爺爺——」

清脆的童聲自外響起。

「阿姨跟輝哥結婚，那以後我要叫輝哥什麼呀？」

老龜公眼睛一瞪，豎起耳朵——他記得女婿名字裡有個輝字，聽這對話內容，門外說話那孩子，應當是他兒子的兒子。

是他的孫子。

「以後阿輝就是你姑丈了，阿姨也要叫姑媽了。」回答的聲音年紀聽來和老龜公差不多。

是老龜公前妻的再婚丈夫。

「姑丈？姑媽？」那童聲童言童語著。「為什麼人一結婚，名字就不一樣了？」

「那不是名字，是親戚稱謂。」男人說：「不過你可以自己問他們，他們無所謂的話，叫什麼都行——對了，你生日想要什麼禮物呀？遊戲機？你不是想要一台遊戲機？」男人記不住那時下流行的掌上遊戲機叫作什麼。

「爸爸已經答應買給我了。」童聲答。

「那我送你遊戲好了。」男人說：「你想玩哪一款呀？」

「眞的嗎！」童聲驚喜說了個遊戲名稱，嘻嘻哈哈地說：「有兩個遊戲我都好想玩，爸爸說我只能選一個，爺爺你送我的話，我就兩個都有了。」

「到時候可不能只顧著玩呀。」男人叮囑。「功課寫完才玩。」

「我知道啦。」童聲答應：「爺爺！」

老龜公呆坐廁所，低垂著頭，大氣也不敢喘一聲，眼淚滴答落下。

他終於親耳，聽見自己兒子的兒子，喊出「爺爺」兩個字了。

但喊的對象卻不是他。

男人和孫子的聲音走遠，老龜公想要放聲大哭，卻突然聽到隔壁廁間響起電話鈴聲。

「啊？現在？現在婚宴只到一半，大鳳哥你不是說要等婚宴進入尾聲，才在甜湯裡下藥……」廁所一個男聲說：「我們現在去廚房，甜湯可能還沒準備好……」

電話那端的男人吼聲響亮：「果汁也可以、酒也可以，只要是湯湯水水的都加進去就對了，反正我們準備了好幾箱『乖乖水』，直接往菜上澆都行！」

「是是是。」那男聲答：「我現在出去通知小李他們準備行動，大鳳哥你別忘了要虎龍哥放鬼掩護我們，不然可能進不了廚房。」

那廁間男人掛了電話，擦淨屁股，開門出來，手裡還拿著手機。

卻見到戴著鴨舌帽的老龜公，橫眉怒目擋在他面前，氣沖沖地質問他：「你們想幹嘛？」

「你……你誰啊？別多管閒事！」男人一把推開老龜公，就要離去。

老龜公拉住那男人胳臂，男人回頭，臉上捱了老龜公一記拳頭，登時倒地。

老龜公將男人拖進廁所隔間，磅啷啷地打了他幾拳，逼問：「你們要在菜裡下藥？想幹嘛？說啊！說——」

老龜公距離當國手有幾十年了，平時雖頂著個啤酒大肚，體脂肪高了點，但經營拳館至今，平時教拳之餘，也不時陪韓杰對練，真打起人，一雙拳頭可不含糊。

那男人肋骨捱了幾拳，似乎裂了，同樣的位置又捱一拳，疼得連連求饒：「老大要我們在菜裡下藥……把賓客迷昏……」

「把賓客迷昏幹嘛？」老龜公又往他腰肋上打了一拳。「說啊！」

「把人帶走……」男人痛得咳嗽起來。「帶去給見從大王……煉人藥。」

「煉人藥？什麼是人藥？」老龜公急問。

「就是……給見從大王吃進肚子裡補身體啦……」男人剛答，臉便讓老龜公重踹一腳，後腦撞上馬桶，登時暈了。

老龜公急急衝出廁所，拿出電話要撥給韓杰，怎麼也撥不通。

□

「姊姊……」小琪琪拉了拉王書語袖子，她受韓杰委託，平時貼身保護王書語。

王書語見小琪琪有話想說，拿起電話假裝通話，矮身問她：「怎麼了？」

「這裡……有其他小朋友。」小琪琪揚起手，指向宴廳上方。

「其他小朋友？」王書語順著小琪琪所指方向望去，果然見到宴廳燈架上，坐著一個奇異嬰孩。

小嬰孩渾身發紫，兩隻腳蹬來蹬去，顯然非活人。

下一刻，小嬰孩似乎察覺到王書語和小琪琪的視線，噫的一聲蹦跳飛遠。

「姊姊，不對勁……」小琪琪似乎感受到奇異氣息漸漸逼近，東張西望起來。

同時，王書語感到椅背微微震動，側頭看去，是她那手提包在動。

她警覺地將提包抱在懷裡，另一護衛小傢伙自提包探身出來，左右張望。「是什麼東西來了？」

「在那邊。」小琪琪又指向天花板一處，那兒也吊著一隻小鬼嬰，身子是青綠色的。

一旁許保強猶自吃個不停，他身旁的董芊芊似乎注意到王書語異樣，隨她視線望去，也見到了那怪異嬰孩。

王書語朝董芊芊在嘴前豎指，示意別驚動周遭，董芊芊點點頭，戳了戳許保強胳臂，湊近他耳際告訴他這宴廳出現了奇異小鬼。

「什麼？」許保強一聽差點驚慌要叫，被董芊芊捂住嘴巴，低聲對她說：「我的伏魔棒跟鹽米水都沒帶在身上耶！」

小琪琪視線忽左忽右，出現在宴廳中的怪異鬼嬰越來越多，有些垂吊在燈架上、有些遠遠蹲在角落、有些在賓客桌下繞來跑去。

王書語默默取出手機撥給韓杰，電話同樣不通；倒是許保強手機響起，他連忙接聽，對答一陣，將手機遞給王書語，跟著急忙忙地對董芊芊說：「師公有難，我去幫他，妳留下來陪書語姊。」

「啊？」董芊芊還沒搞清楚狀況，便見許保強急急忙忙奔出宴廳。

「什麼！」王書語聽老龜公述說一陣，臉色大變，起身拉著董芊芊往外走。

「書語姊，怎麼了？」董芊芊急問，一面揭開提包，取出水筆——比起許保強的伏魔棒，她這水筆攜帶方便，一直隨身帶著。

王書語蹙眉思索一陣，帶著她來到廊道靜僻處，低聲說：「老龜公說，有人計畫在菜裡下藥，將整間飯店的人擄去給那蜘蛛魔女吃。」王書語一面說，一面左顧右盼，似乎在找尋什麼。

「什麼？」董芊芊愣然。「那我們現在該怎麼辦？」

王書語望著手機再次撥號，韓杰仍然未接，她咬牙猶豫半晌，低聲說：「如果是真的，我們得在魔女手下動手前，中斷婚禮，讓人逃走。」

「中斷……婚禮？」董芊芊本來還不明白王書語意思，見她指了指廊道遠處的消防警鈴，總算醒悟。

王書語奔到那警鈴前，撥開防止誤觸的遮罩，按下警鈴按鈕。

一陣刺耳的警鈴聲立時乍響起來，但只響了數秒便停止。

一隻小鬼嬰撲牆而出，要掐王書語頸子，被小琪琪揪下扭打，又一隻鬼嬰從地板鑽出，抓住了王書語腳踝，王書語一甩提包，像是打地鼠般將他搥回地面。

她那提包震動得更加劇烈了。

「怎麼了？」「小姐……」兩名餐廳服務生從廊道轉出，奔向王書語。

「有人想……」王書語正想解釋，立時見到兩個小鬼自空而降，騎跨在兩個服務生頸上，雙手撐著他倆雙眼，在他們耳際低喃碎語起來。

兩名服務生立時左右奔遠，堆起笑臉，向其他宴廳那些聽見了警報聲響的賓客們解釋：「沒事、沒事，有小孩亂按警報鈴。」「大家別擔心，沒有事情！」

王書語見好幾隻小鬼圍來，有些拉著小琪琪手腳啃咬，有些撲向自己，連連甩動提包揮打那些小鬼，單手撥打電話向韓杰求救。

「怎麼了？」韓杰氣喘吁吁的聲音終於從電話那端響起。「我電話整排訊息，你們那邊發生什麼事？」

「阿杰！阿杰！」王書語聽見韓杰的聲音，正要答話，手機卻被一個小鬼一把搶走。

另一邊，董芊芊也被幾隻小鬼纏上，小鬼們被她畫出的紅墨蟲蜂螫得哇哇大叫，卻死命不退，搶下她的包包，翻開取了手機就跑，像是不讓她們有任何向外求援的機會。

王書語手機被奪，但仍有小鬼要來搶她提包，揪著提包袋子，被裡頭的小傢伙伸拳出來抓了一下，氣得揪住小傢伙的手就咬。

「疼啊……」小傢伙不善搏鬥，被小鬼咬了只能求救。

提包劇烈震動幾下，自己飛動起來，鐵鎚似地將小鬼捶飛。

提包落地，還蹦蹦彈動，王書語奔來拎起提包，拉開拉鍊。

提包蹦出一只小虎娃娃。

王書語跟著從提包中取出寫有金粉符籙的絲巾捲在手上，朝那小虎娃娃喊：「全靠你了，下壇將軍！」

小虎娃娃走起路來歪歪扭扭，兩隻小鬼見了，尖叫著跑去要抓，你爭我奪地像是在搶玩具般，啪啦一聲，竟將那虎娃娃給扯成兩段。

下一刻，兩隻小鬼雙雙哀號，扔下娃娃半邊破身，摀著臉退開。

落在地上的小虎娃娃前半身，歪頭探腦，絨毛半身的後半截，卻多了截貓屁股——原來虎娃娃裡頭藏著的，是實習虎爺柳丁。

柳丁搖晃站起，左右甩頭，揮爪亂爬，終於扒下這絨毛虎娃娃的腦袋——

柳丁也想像虎爺將軍一樣，找隻乩身夥伴，老獼猴有空便帶著他東尋西找，但柳丁對老獼猴找著的對象總不滿意，有時喵喵嘎嘎地向老獼猴描述心中最理想的乩身對象——不是獅子就是老虎，或至少也弄頭獵豹給他。

這或許是因爲柳丁並非眞的老虎，而是石虎，體型先天較其他虎爺小了許多，所以想附個大傢伙，過過當大貓的癮。

但這當然是不可能的事。

柳丁時常因爲沒有乩身夥伴這件事情導致情緒低落，所以韓杰臨時買了個虎娃娃安撫柳丁，讓柳丁藏在裡頭送給王書語當護身符用。

一張金黃虎爺袍子在柳丁背後迎風展開，他朝著幾隻小鬼豎耳炸毛，烈叫一聲——在虎爺小袍加持下，柳丁吼聲比過去響亮許多，當眞將幾隻小鬼嚇得後退老遠；另一邊王書語持著金粉絲巾、連同董芊芊的紅墨蜂，協助小琪琪擊退幾隻鬼嬰，小琪琪手腳被咬出一堆齒痕，嘴角倒也沾著小鬼血肉——

幾隻小鬼手腳上同樣滿滿咬痕，又氣又急地朝著小琪琪齜牙咧嘴。比咬人，小琪琪也不輸這些小鬼。

□

「什麼？有人在搗亂？」黃虎龍雙耳塞著符籙卷，躲在廚房外一處雜物間裡閉目施法——與王書語幾人纏鬥的小鬼們，紛紛以胸前的符令向黃虎龍回報情況，小鬼講話本便不清不楚，十幾隻小鬼同時開口，黃虎龍一時也聽不清楚，急得嚷嚷下令。「別吵！一隻一隻說，不要一起說……」但他根本沒替這些小鬼取名字，一時也不知道該對誰下令，只好取出手機，通知溫文鈞。「徒弟，換你出馬了，好像有個女人在搗蛋，你情藥還帶在身上吧，去給我擺平她！」

廚房內幾名廚師，此時都被小鬼騎著肩、撐著眼，呆愣愣地一動也不動。

一隊穿著飯店制服的大鳳手下，拿著一瓶瓶俗稱「乖乖水」的迷姦藥水，胡亂往菜上灑、往酒水、果汁、羹湯裡倒，端上推車要往宴廳送。

大鳳手下們剛推著推車出來，便見到一個身穿泛黃吊嘎內衣，頭戴鴨舌帽的老男人遠遠走來——老龜公。

老龜公剛剛那暗色背心早被他脫下隨手扔了，此時左手抓著撕破的條紋T恤往右手上纏，像是拳擊手纏繃帶般。

「你……你是誰啊？」大鳳手下們愣然喝問老龜公——他們老闆是大鳳，但知道黃虎龍也有自己手下，且還向雞爺調來各路打手幫忙，此時見老龜公，一時也不知是敵是友。

老龜公沒有回答，繼續將扯碎的T恤布條纏實雙手，緊緊握了握那對歷盡滄桑的拳頭。

此時的他，一反過去經營拳館時對客人堆笑諂媚的模樣。

而露出一副大開殺戒的狠樣。

許保強拐入廊道，奔到老龜公身後，嚷嚷地喊：「師公！你說有人要在菜裡下藥？」

「徒孫啊，漏網之魚就交給你處理，千萬別讓他們把菜送去我女兒喜宴上。」老龜公這麼說，大步往廚房方向走去。

「喂！你……」一個大鳳手下朝老龜公奔來問他，臉上轟隆捱了老龜公一拳，身子翻騰半圈倒地。

過氣國手的拳頭，要擊倒同量級的拳手有點難。

但擊倒一般混混，倒挺容易。

後頭幾個推著推車的傢伙，這才驚覺老龜公不是自己人，是來鬧事的，紛紛棄了推車上前攔阻老龜公，被老龜公一拳一個擊倒在地；許保強跟在後頭，對那些倒地還在掙扎的傢伙們又踢又踹。

轟隆轟隆——老龜公將一輛輛裝盛菜餚、湯水、飲料的推車紛紛掀翻。

「怎麼回事？」黃虎龍走出廚房，見到模樣兇狠的老龜公接連掀翻幾台餐車，大步走進廚房，嚇得退到角落，一面催促其餘手下趕去攔人，一面施咒念法，對餐廳裡眾小鬼下令。

幾個騎跨在廚師肩上的小鬼們，一個個對廚師耳語起來，幾名廚師眼睛發出異光，紛紛從料理台上，取出菜刀、剁刀。

「師公——」許保強見老龜公對付這些混混遊刃有餘，但後頭那幾個肩上騎著小鬼、手舉菜刀的廚師卻很危險。

他衝至老龜公身邊，先對一個捱了老龜公拳頭的傢伙補個兩拳，然後低頭醞釀幾秒，在廚師們衝來之前，猛然抬頭，吼叫一聲。

「喝——」許保強擺出鬼怒，一聲鬼吼，嚇得廚師們肩上小鬼從廚師肩膀跳下，紛紛逃回黃虎龍身邊，抱著黃虎龍大腿直發抖。

「喂、喂！你們怎麼回事？」黃虎龍愣然望著身邊一個個嚇壞了的小鬼，又望向許保強，見他那張怪異鬼臉，猛然想起之前溫文鈞對許保強和董芊芊的形容——總算知道這許保強就是先前阻擾溫文鈞那兩人之一。

「去給我弄死那小子！」黃虎龍指著許保強，對小鬼下令。

小鬼們齜牙咧嘴地撲向許保強，卻只見許保強轉瞬變了張笑臉，朝他們喊：「小弟弟，不要生氣……我們來玩好不好！」

小鬼們紛紛停下腳步，呆愣望著許保強。

「喂喂喂，你們幹嘛？快給我弄死他呀！」黃虎龍大吼。

小鬼們紛紛又露出惡容，卻見許保強瞬間再變出一張歪七扭八的奸詐臉，指著廚房外起身要趕回支援的大鳳手下們說：「聽到沒有，師父下令，去弄死他們——」

小鬼們尖吼著竄過許保強身邊，一隻隻撲向廊道外那些大鳳手下，咬手摳眼掐脖子什麼都來。

「喝！」黃虎龍見許保強竟能哄騙他那些小鬼，一時不知所措，退到了廚房角落；而那些少了小鬼操控的持刀廚師，一時更不知發生什麼事，與穿著飯店制服的其餘大鳳手下對峙叫囂起來：「你們……你們是誰啊？」「你們想幹嘛？」

大鳳手下少了小鬼幫忙，手上還拿著一瓶瓶迷姦藥水，見廚師手上都持著菜刀，一時也不知該哄騙還是該硬上——幾台餐車都讓老龜公推翻了，酒水菜餚撒了一地，就算他們制服這些廚師，也沒人替他們做菜，一時不知所措。

「大鳳！」黃虎龍撥電話向大鳳求救。「出事啦，有個怪胎殺到廚房，把下藥的菜全打翻了，你快帶人上來幫忙——」

「什麼——」電話那端，傳出大鳳怒吼。

貳捌

王書語奔進婚宴宴廳，衝上舞台，搶下司儀麥克風，說：「大家聽我說——飯店出現瘋子隨機殺人；還有人想在菜裡下藥，大家別吃了，快離開飯店。」

「嘩——」騷動如同炸彈，在婚宴廳上炸開。

「大家聽好——」王書語持著麥克風用尖叫壓過騷動聲。「大家別吵、不要推擠、安靜離開；那瘋子還在廚房，不要刺激到他、不要太大聲！」

賓客們這才稍稍冷靜，驚慌離座起身，沒喝酒的攙著已有些醉意的朋友，快步奔出宴廳。

「是誰？是誰在搗蛋？」

飯店經理領著一群飯店員工，見賓客們驚慌奔過身邊，一時也攔不下他們，氣得直奔宴廳裡，領著員工上台將王書語和董芊芊團團圍住。

「妳們來鬧事？」經理喝問。

「不，你聽我說……」王書語說：「有人計畫在菜裡下毒，你先通知廚房先再別上菜給其他客人，然後報警……」

「胡說八道！」經理暴怒，指著王書語吼：「妳想阻擾女王大業？把她給我拿下——」

幾名員工彼此互望，一時不知該不該聽這經理命令——他們只知道經理這兩天舉止怪異，滿口「女王美如天仙」、「女王是我的神」，且飯店裡多了許多穿著制服，但從未見過的「同事」，不時與經理耳語，不知講些什麼。

此時只有董芊芊清楚看見，那經理頭上，生著一朵怪異扭曲的畸形桃花，和之前中了溫文鈞情藥的那些女人如出一轍。

經理見員工們都不聽他命令，氣得跳腳，主動衝來掄起拳頭就要毆打王書語，被王書語揪著胳臂，結結實實賞了他一記過肩摔。

同時，幾隻紅墨蝴蝶飛繞到經理頭上，轟炸機投彈般落下一群蟲卵，化成一隻隻毛蟲，飛快啃食起經理頭上那株扭曲桃花。

「快報警！」王書語壓著經理，朝著飯店員工大吼：「快報警呀——」

「喝！」幾名員工和尚未離開宴廳的賓客們，這才驚慌失措地拿起手機報警。

王書語放開飯店經理，對著幾名資深員工說：「一廳一廳慢慢疏散客人，別造成恐慌推擠。」

她說完便領著董芊芊奔出宴廳安撫賓客，指揮眾人下樓；她遠遠見到老龜公女兒神情緊張地提著婚紗，在丈夫家人攙扶下、走得踉蹌，不免讓搞砸了喜宴的她心疼，但這樣的結果，總比眞讓魔女見從當成人藥吞下肚好得多了。

「書語姊！」董芊芊對王書語說：「我去找小強。」

「好。」王書語點點頭，見董芊芊奔遠，立時對小琪琪下令。「琪琪，妳去保護芊芊。」

「咦？」小琪琪是韓杰聘上隨身保護王書語，但王書語卻要她離身去保護董芊芊，一時有些爲難，但見王書語神情肅穆，便只能乖乖聽命，加速飛竄趕去。

「下壇將軍，請你也去幫忙小琪琪，那邊可能有小鬼！」王書語蹲下，摸了摸柳丁的頭。

「嘎。」柳丁應了一聲，也往董芊芊奔去方向追了上去。

溫文鈞被小鬼摟著，混在人群之中來到一樓大廳，遠遠見到協助服務生指揮疏散賓客的王書語，他見到她肩上蹲著個古怪小傢伙，知道她就是黃虎龍要他處理的對象。

他猶豫幾秒，本已隨著人群走出飯店大門，見到賓客四散遠走，遠處警笛聲響起，一輛輛警車開近，本來想乾脆混在人群中逃走算了——但他脖子上的小鬼立時勒了勒他脖子。

他不得不回頭，走回飯店，走向攙著踉蹌老婦安撫她離去的王書語。

他揭開藥盒，讓肩上小鬼沾了滿手藥粉，噫呀一聲往王書語竄去。

「唔！」王書語突然見到有隻小鬼竄到面前，本來無法反應，但只覺得口鼻被一雙小手自後繞來掩住。

那是小傢伙的手。

小鬼一雙沾滿情藥的手，被小傢伙雙手擋下，沒讓情藥沾上王書語口唇。

小傢伙抓著小鬼雙手，揪著他翻滾落地，死命抱著小鬼，不讓他接近王書語。

「啊！」溫文鈞見小鬼失敗，本想逃跑，但見王書語身邊再無鬼靈幫手，自己手上還有半盒藥，索性大步走去，像是想來硬的。

但他才走出半步，肩頭便讓一隻手按住，他回頭，下巴轟隆捱了一記沉重勾拳。

溫文鈞甚至連呼叫的機會都沒有，他被那沉重勾拳擊中瞬間，整個人身子微微浮騰起來，隨即軟倒昏厥躺平。

韓杰跨過溫文鈞身子，往王書語奔去，他踩著風火輪遠遠奔來時，便見到溫文鈞指揮小鬼去害王書語，氣得加速衝來撂倒他。

韓杰奔到王書語身邊，火尖槍一槍插進那滾在地上與小傢伙扭打的小鬼肚子裡，小鬼立時被火尖槍那叢紅纓燒成了火球，被韓杰甩遠。

被小鬼咬出一堆齒印的小傢伙喘著氣，攀回王書語大腿慢慢往她肩上爬。

「阿杰！」王書語見韓杰趕來，心中大石落下，深吸了口氣，用最簡單的語句，讓韓杰理解這裡的情況。「蜘蛛魔女派來大隊人馬，想在菜裡下藥，綁走所有賓客做補藥；老龜公和小強上廚房阻止那些人下藥，我帶著芊芊疏散賓客，芊芊回頭去找小強他們。」

「了解。」韓杰點點頭，見此時大廳亂成一片，飯店外已經傳來警笛聲，便對王書語說：「我上去幫忙，妳繼續疏散客人。」

韓杰說完，立時踩著風火輪踏牆上樓，匆忙下樓的賓客見到有人這樣踏牆飛奔過身邊，不免驚叫，但此時大夥兒正逃難，你推我擠，也來不及拿手機拍下眼前所見。

「書語姊！」王小明氣喘吁吁地持著他那左輪大槍奔入大廳，來到王書語身邊，問：「韓大哥呢？」

「他上樓找老龜公，你也去幫忙。」王書語答。

「好。」王小明蹲低一蹦，直接蹦躍上樓——他這天本來受韓杰指示，在陰間指揮特別部門成員監視各地籤令鬼門的對應地點，卻陸續收到消息，說是有大批惡鬼往陰間對應鐵拳館位置聚集。

他立時以地獄符權限直接穿地返回陽世，開著玩具小車急忙飆回鐵拳館，協助韓杰追捕東逃西竄的惡鬼，一面幫忙通知守駐在外的老獼猴趕回來支援。

直到那時，韓杰見惡鬼大都受縛，這才有空查看手機，見到手機上滿滿來電顯示和一則則緊急訊息，正驚愕間，便接到王書語電話，只聽電話裡王書語驚喊幾聲便斷了訊，知道飯店這頭出事了，立時踩著風火輪，急急忙忙帶著王小明趕來。

□

廚房廊道裡聚滿大鳳手下。

廚房裡，大鳳踩著許保強胸口，暴怒地瞪著他和被壓倒在地的老龜公，惱火地問：「你們……爲什麼要來搗蛋？」

剛剛大鳳一接到黃虎龍消息，立時帶了批人走飯店消防通道，直闖廚房，將許保強和老龜公痛打一頓，壓倒在地。

老龜公和許保強四拳難敵對方幾十手，遭到一陣圍毆，雙雙倒地。

許保強那鬼臉只對小鬼有效，對活人沒效，黃虎龍知道許保強能哄騙小鬼，索性下令小鬼全退遠些，別聽許保強說話，讓大鳳接手處理。

此時他在廚房外廊道，指示小鬼四處查看情況，一聽小鬼回報有個持槍踩輪的傢伙四處巡樓，嚇得立刻對大鳳說：「大鳳，我們得撤了，那乩身來了！」

「沒擄到人，怎麼跟女王交代。」大鳳暴怒，高抬起腳，就要往許保強腦袋上踏。

「等等！」黃虎龍立刻喝阻大鳳。「這小子有道行，拿他煉藥，一個能抵十幾個。」

「什麼？你怎麼不早說！」大鳳愣然，令手下架起許保強。

大鳳雖瘦得有如人形骷髏，但力氣奇大，見從賜給他一定程度的奇異力量，助他爲己辦事，若非黃虎龍及時出聲阻止，他眞暴怒重踏，可要踏爛許保強腦袋了。

黃虎龍與小鬼對答半晌，轉頭對大鳳說：「還有一個女孩，也有道行，正往這裡來，我們先逮這兩個回去煉給女王。」

「走！」大鳳一聲令下，令手下們架起老龜公和許保強，持刀押著幾名廚師，靠著飯店各處小鬼們通風報信，避開韓杰巡樓路徑，以免與他正面衝突。

他們繞了個彎，與董芊芊正面相迎。

兩邊都嚇了一跳。

「小強！師公！」董芊芊見許保強和老龜公鼻青臉腫，驚恐尖叫。

「就是她，抓住她！」黃虎龍指著董芊芊喊。

董芊芊本來有機會轉身就跑，但她盯著大鳳，幾乎嚇得傻了——她在大鳳身上，見到了之前從未見過的桃花重症，大鳳全身被扭曲得如同藤蔓般的桃花莖枝纏繞捆縛，一條條桃花莖枝像是活著般，在大鳳全身爬動，甚至穿透大鳳全身，在他的頭臉鑽進鑽出，他全身開著十餘朵奇形怪狀的畸形桃花。

每朵桃花都瀰漫著奇異毒氣。

董芊芊下意識地摸了摸藏在口袋裡的水筆，但她明白以自己現在的道行，畫出的墨蟲，對大鳳身上這驚人桃花，應當起不了多大作用。

大鳳揚了揚手，示意手下與眾小鬼一擁而上，將嚇傻的董芊芊架起就走。

小琪琪撲去救人，卻被幾個小鬼抱倒扭打成一團。

晚了一步趕到的柳丁，見大鳳手下架著董芊芊，連忙追上救援，卻無能為力——披上虎爺袍子的柳丁，身具神職，一嘴牙咬在凡人腿上，僅能稍稍咬痛凡人，沒辦法造成大傷，但倘若他摘下虎爺袍子，少了虎爺袍子加持力量，便只是隻尋常小石虎山魅，或許連小鬼也打不贏。

「什麼鬼東西！」大鳳見到眼前竟無端冒出隻小貓礙事，操起粗口，像是踢足球般，一腳將柳丁踢飛老遠。

一夥人走消防通道，奔下地下停車場，將三人塞上廂型車。

董芊芊和許保強並肩對坐，許保強肋骨似乎有些裂傷，在大鳳手下粗魯推拉下，疼得齜牙咧嘴。

老龜公也被推上車，他低垂著頭，身子落下片片灰燼。

十餘輛貨車，近百名待命混混，見大鳳等人只帶來三人，和先前說要一口氣擄百名賓客的情況大不相同，一時還搞不清楚狀況，只聽大鳳下令通通上車，紛紛發動引擎。

「是是是！」黃虎龍持著手機向見從回報情形。「沒辦法，那乩身殺到，賓客全跑光了——但是大王！我逮到先前那兩個有道行的小毛頭，他們一個能抵十幾個凡人，我們現在就將他們帶去給您煉藥——」

董芊芊注意到，本來垂著頭的老龜公，聽黃虎龍說：「賓客全跑光了」時，緩緩抬起頭，眼睛亮了亮，身上飄出的灰燼也少了些。

但當老龜公見到對面的許保強和董芊芊時，突然面露難過地說：「對不起，都是我拖你們下水……」

黃虎龍對著電話應了幾聲，將電話遞給大鳳。「大王有事吩咐你……」

大鳳接過電話，獨自下車，一手扠腰持著電話連連答是，掛了電話，獨自下車，轉身對著車內下令，要手下將老龜公押上另一輛車。

老龜公被押入另一輛廂型車，不忘朝著許保強和董芊芊嚷嚷：「徒孫別怕！阿杰一定會去救出你們的……」

「師公……」許保強探身要喊老龜公，被大鳳小弟往肚子打了一拳，痛得縮回車內，乾嘔起來。

一輛輛卡車、廂型車，循著共用車道駛進水月大樓地下停車場。

所有車輛紛紛停下，大批混混們一齊下車，押出老龜公進入水月大樓。

獨獨囚著許保強和董芊芊的廂型車並未一同停車，而是走其他車道，駛出水月大樓。

「師公……」董芊芊坐在車內，遠遠見到老龜公被押離上樓的背景。

她見到老龜公身上飄起的灰燼，閃耀起點點金黃光芒。

廂型車駛出水月大樓，往見從藏身的廢棄校舍方向駛去。

「嘎嘎嘎！」柳丁怪吼怪叫、死命追著那廂型車跑。

剛剛大鳳那腳力道可不輕，踢得他頭暈腦脹，還拐傷了前爪，使他跑不贏車子，只能趁廂型車被紅燈擋下時，努力拉近距離。

偏偏那廂型車不怎麼遵守交通規則，一見車少就闖紅燈加速駛遠。

柳丁死命狂奔，不時仰頭高嘯。

他每一聲長嘯，頸間的紅色小符包都閃閃發亮起來。

董芊芊盡力扭著腦袋，望著逐漸遠去的水月大樓，她看不見裡頭大鳳和老龜公等人動靜，但淡淡地感到有種讓她難以言喻的悸動，從那大樓中透出。

如果要用顏色來形容那悸動，她第一個想到的，是耀眼的金色。

當一個人願意捨身爲所愛之人奉獻一切時——

「師公……」董芊芊忍不住從口袋取出水筆，飛快在掌上畫起蜜蜂。

「想幹嘛？」她身邊一個混混一把搶下水筆，拋出車窗。

「喂！」許保強見那混混動作粗魯，想要反抗，被身旁架著他的兩人往傷了肋骨的腹部搥了兩拳，這才乖乖安靜下來。

董芊芊不敢有大動作，只能輕輕朝手掌吹了口氣，吹活那紅墨蜂，低喃指示墨蜂飛行方向。

「去找金色的東西，有必要時，幫幫他……」

□

「啊！」王小明在飯店樓層間穿來竄去，遠遠聽見打鬥聲，飛竄過去，只見到五、六隻小鬼揪著小琪琪亂咬亂打。

「琪琪！」王小明立時舉起左輪手槍，瞄準了小琪琪方向地板，磅地開槍。

一陣黃綠光煙在小琪琪周圍炸開。

小鬼們驚慌四散，全捂著眼睛鼻子怪叫逃竄。

「唔！」王小明用持槍那手掩住了口鼻，衝進那團光煙中，將遍體鱗傷的小琪琪揪了出來。

「怎麼樣？有沒有事？其他人呢？」王小明連珠炮問，見有小鬼逼來，立時朝小鬼連開幾槍。

一團團黃綠光煙在廊道炸開。

是濃濃尿騷味。

「臭……」小琪琪虛弱地想要甩開王小明的手。「小明哥，你好臭……」

「臭的不是我！」王小明委屈辯解：「這些子彈是小歸老闆給我的標準配備，是用童子尿加工成的尿彈，我也是用了之後才知道這槍很臭……」

「嘔、嘔……」小琪琪像是根本聽不進王小明解釋，連連甩手，一面乾嘔。

王小明自己也被這尿彈熏得頭昏眼花，揪著小琪琪穿牆下樓，埋怨起小歸。「小歸老闆至少多給副防毒面具嘛，我回去一定要向他抗議！」

「喂——」韓杰遠遠見到王小明拉著小琪琪飛竄下樓，急忙喊了他一聲。「有沒有見到他們？」

「沒有，到處都找遍了！」王小明答——這飯店不過十樓，他能穿牆，上下穿過一輪，也沒見著哪兒有人，反而是底下警察開始逐樓往上搜索。

「嘎、嘎嘎——」幾隻小鬼從遠處探頭出來，朝著韓杰與王小明怪吼怪叫。

韓杰挺著火尖槍忽地竄去，小鬼立時穿牆遁遠。

廊道的盡頭是窗，窗的對面，就是水月大樓。

小鬼們紛紛遁進水月大樓裡——

由於水月大樓與這年年飯店是同一建商蓋成，兩棟樓格局相近，韓杰這扇窗，便直接對著水月大樓一扇窗。

韓杰與站在窗戶對面的大鳳打了個照面。

大鳳招了招手，將那被圍毆得鼻青臉腫的老龜公押至窗邊，跟著指示手下將老龜公繼續押上樓。

大鳳向韓杰做了個「過來」的挑釁動作，隨著眾人上樓。

韓杰二話不說破窗躍下，踩著風火輪沿牆衝下，一路竄進水月大樓。

只見水月大樓一樓裡亂成一團，一批流氓模樣的傢伙，四處驅趕客人和店家，逼迫他們拉下鐵門，提前打烊，全滾出去。

韓杰正猶豫是要隨便揪著個傢伙痛打一頓逼問他們意圖，還是直接衝殺上樓救老龜公，突然聽見王小明的嚷嚷喊聲。

「韓大哥，老獼猴說你都不接電話，他有急事要向你稟報！」

「啊？」韓杰呆了呆，接過王小明遞來的手機，問答半天，總算明白——

柳丁沿路追車，不時長嘯，是在透過頸上符包向主子老獼猴傳訊。

老獼猴向韓杰說柳丁正追著一輛車，車上載著許保強和董芊芊。

「媽的！我知道了！」韓杰將手機拋還給王小明，對他說：「開你那台小跑車去追那實習小虎爺，跟老獼猴保持聯絡，他會報位置給你。」

「什麼？」王小明有些害怕。「我一個人去，韓大哥你不跟我去？」

「……」韓杰走到遍體鱗傷的小琪琪身邊，沾抹金粉，對她施咒，像是在治療她的傷勢，摸摸她的頭說：「乖，妳做得很好，回去保護書語，別再讓其他小鬼害她。」

「嗯。」小琪琪點點頭，飛出水月大樓，返回年年大飯店外保護王書語。

韓杰瞪著王小明，摸出三張尪仔標，往地上一擲。

擲出三頭豹皮囊小豹子。

「給你三個保鏢。」韓杰從腰包捏出兩枚蓮子咬嚼起來。「你只要去追那小虎爺，確定兩個小朋友位置，我救回老龜公，立刻趕去跟你會合。」

「好、好……我知道了。」王小明見韓杰手持火尖槍、臂掛混天綾、腿附風火輪，又砸了三片尪仔標，儘管多吃下兩枚蓮子，仍壓不住過量尪仔標造成的副作用，胳臂、頭頸裂出一條條爪痕，還淌出血來，知道此時情況緊急，連忙領著小豹奔出水月大樓，招來他那玩具跑車，喊小豹上車，急急駛遠。

貳玖

「我操……」韓杰舉著火尖槍，正轉往樓上找人，只覺得頭暈眼花，連眼前哪兒是路、哪兒是牆、誰是逃跑顧客、誰是趕人流氓，都分辨不出，就連抬腳往前都艱難辛苦。

「這什麼鳥蛋新規矩……」他咬牙撤去混天綾和火尖槍，這才感到身子舒服了些，連忙又塞了兩枚蓮子入口含著，找著電扶梯往上急追——

但電扶梯通往二樓商場出口竟已降下了鐵捲門，他撤去火尖槍和混天綾，卻沒撤風火輪，腿力比平時強健許多，但他猛踢那鐵捲門幾腳，將鐵捲門踢凹一個大坑，兩側縫隙卻仍難擠進一個人；同時，他也聽見三樓以上，陸續傳出鐵捲門降下的聲響。

若層層都這樣破門，實在太慢，韓杰索性掉頭回一樓找消防通道。

本來在一樓驅趕店家、客人、拉下鐵門的打手們，紛紛往電扶梯口聚來，衝上電扶梯要逮韓杰，韓杰飛快打下樓，繞過一間間關門店家，終於找著消防通道，直奔上樓。

消防通道二樓，早聚集一批打手，見韓杰上樓，一齊朝他擲出手中刀械、凳子，卻沒砸著韓杰——

原來韓杰一見樓梯上有人擋路，早一步飛躍上天花板，頭下腳上、彷如準備起跑般蹲著——風火輪只要踩上平面，便能順著韓杰心意貼定不動。

「啊！在上面！」打手們剛剛驚呼起來，紛紛抬頭，卻又不見韓杰，同時身邊夥伴一個個倒下。

韓杰在眾人抬頭同時，已經迅速落入打手陣中，揮拳拐肘頂膝，身邊瞬間倒開一圈。

他腿掛著風火輪，踢擊力道特別大，能將人踢飛好遠——此時情況緊急，他自然也顧不得盡量避免用天賜神器毆打凡人這條規矩了。

然而他每每出腳，都會感到一陣腿軟，身上也會多出新的爪痕。

「三片剛好、六片昏倒、四片……」韓杰先前曾測試過蓮子對這新版尪仔標副作用的抑制效力，剛剛他派出三隻小豹隨行保護王小明追車，撐不住六片尪仔標加乘的副作用，只好撤去火尖槍跟混天綾，只留著一雙風火輪；但仍超出蓮子抑制範圍，即便他習慣性地隨口扔兩枚蓮子當口香糖嚼，仍不時感受到一陣陣不適。

「其實也還好。」韓杰冷笑，繼續往樓上打。

此時的副作用，與過去無數次的痛徹心扉相比——不過就與尋常的扭挫傷、刀割傷或是輕微的燒燙傷一般。

他一點也不放在心上，反倒有點好奇。「那再多用一片尪仔標，同時發動五樣法寶呢？」

想歸想，他倒是曉得現在可不是測試的好時機。

他一樓一樓往上衝打，每層樓都有打手埋伏，他不時搶下打手棍棒反擊，敲倒一個又一個打手，有些是大鳳手下，有些是雞爺調來的幫手。

□

老龜公被大鳳手下按在水月大樓樓頂邊緣，望著對面年年大飯店樓下聚滿了警察和賓客，此時距離讓他看不清賓客臉面，倒是還能認出女兒那身白紗。

「還好沒事……」老龜公咧開嘴傻笑。

他才笑兩聲，立時捱了黑牛一拳，痛得跪地。

「有什麼好笑？」黑牛像是積了一肚子氣，沒處宣洩，他之前上鐵拳館找麻煩，卻被王小明附身，帶著小弟下載了款美少女遊戲，大量課金，再把珍貴卡片全交換給王小明帳號，損失了不少錢，這晚也聽雞爺命令，前來支援見從這計畫。

「老傢伙，你還沒說，你爲什麼來破壞雞爺朋友計畫？」另一個也去鐵拳館鬧場過的阿蛇，也在一旁用腳輕踢了踢老龜公。

此時大鳳正持著電話，急忙向見從報告自己已將韓杰引入水月大樓，聲稱自己即便粉身碎骨，也會盡量拖著韓杰，不讓他去礙事。

大鳳手機那端，隱隱傳出見從的說話聲。

「人少點也好，要是這兒曝光……還能……帶他們走鬼門進陰間繼續煉……」見從邊講，邊傳出咬肉喝湯的聲響，邊吃邊讚：「嗯，這瓶更香呀……」

「女王……」大鳳倒是記得見從那批補藥有限，忍不住提醒。「黃虎龍煉成一隻人藥，要花上十天，您那些補藥……」

「補藥……怎麼了？」見從問。

「補藥有限……妳是不是該省點吃……」大鳳擔心地說。

「什麼時候……」見從語氣透出怒意，電話那端磅地發出碎響，像是砸碎瓶罐的聲音，她的飆吼傳出手機：「我吃零食……還要聽你教訓？你是不是忘記了自己身分？」

「不！女王！」大鳳噗通一聲跪下，持著手機磕頭求饒。他磕頭磕得響亮，像是刻意要讓電話那端的見從聽著一般。「我大鳳是妳的奴才，終身都做妳的奴才，我只是擔心妳——」

大鳳身邊手下像是早已見慣大鳳對見從卑躬屈膝的模樣，有些地位較高的嘍囉，本身也是見從忠僕，對大鳳此時舉動，不但不覺得奇怪，反倒一臉理所當然。

反倒是雞爺向其他角頭、幫派借調來助拳的打手，見到這領頭大鳳此時行徑，都覺得古怪莫名。

「我女兒女婿、兒子孫子，還有以前的老婆，都平安無事……我怎麼能不笑……」老龜公嘴裡的牙都被打得有點晃動。「你們來搞我女兒婚禮，我怎麼能不理？」

「啊！剛剛那是你女兒婚禮？」老龜公身旁幾個打手，這才知道老龜公鬧事原因。「結果他們全沒事，就你一個被逮？」

「你穿這模樣哪裡像主婚人呀！」大夥兒起鬨訕笑起來：「所以你女兒兒子要沒爸爸囉！」「你孫子要沒爺爺囉！」「等等，你剛剛說『你以前的老婆』啊呀，原來那丈母娘是你前妻啊，難怪你不是主婚人！」

老龜公緩緩起身，又望了望底下騷動，只見前妻兒女都分別上車，安然離去，回頭咧嘴微笑。「你們……都說錯了……我兒子女兒，早就不認我這爸爸了……我孫子現在的爺爺……很疼他，還要買遊戲給他……」

他一面說，微微彎腰，擺出拳擊姿勢。

前妻兒女孫子已平安離去，老龜公放心了。

「怎樣？你想打拳是吧？好呀！」黑牛見鼻青臉腫的老龜公，此時竟然擺出打拳姿勢，不由得覺得滑稽可笑，掄著拳頭就照老龜公鼻子揮去。

磅！

黑牛大拳頭在老龜公耳際擦過。

老龜公的拳頭，則正中黑牛鼻子，將黑牛腦袋打得後仰，差點跌倒。

黑牛踉蹌捂著鼻子後退幾步，一道鼻血從他掌間淌下。

「交叉反擊拳。」老龜公笑呵呵地說：「帥吧。」

「帥你媽咧——」黑牛手下立時圍上對著老龜公拳打腳踢，老龜公雙手護頭防守。

「呵。」一旁阿蛇冷笑望著黑牛。「黑牛，上次我一個人就把他打趴了，現在他只剩半條命，你都打不過他？原來你這大塊頭中看不中用啊……」

「通通給我滾開！」黑牛怒吼一聲，圍毆老龜公的手下立時退開一圈。

「我會打不贏這老頭？」黑牛暴怒地撕了T恤，當成毛巾般擦拭鼻血。

「呼……」老龜公被揍了一輪，連連喘著氣，累得連手都快舉不起來，但見黑牛大步走來，還是本能地擺出迎戰架勢。

黑牛又朝老龜公大揮一拳，老龜公使出了一模一樣的反擊拳，但他一來老了、二來傷了、三來累了，閃得遲了、反擊得也不夠快，側臉被黑牛拳頭削著，反擊在黑牛臉上的拳也不夠力。

兩人都後退兩步。

黑牛氣憤逼來，一拳拳往老龜公身上掄。

老龜公連連後退，被逼退到牆邊，抱頭防禦一陣，腰肋中拳，彎下腰來，但後腦立時被砸了一拳——這可不是禁打後腦的拳擊比賽，而是生死搏命。

他在頭昏眼花的瞬間，感到後腦被黑牛雙手按著，又見黑牛一腿晃起，知道這是一記膝撞，猛地掙扎閃身。

照理說，他此時體力根本不足以閃過這記膝撞，但不知怎地，黑牛像是觸電般，抬膝動作慢了一拍，這記膝撞擦過老龜公身側，撞在水泥牆上。

「幹？是什麼東西？」黑牛膝蓋劇痛，一跛一跛地往後退，還揚手四處空揮。

像是在驅趕蚊蟲般。

但即便他不斷揮手，卻驅不走頭臉不時發出的刺痛。

彷如蜂螫。

剛剛他就因爲這古怪刺痛，腿抬得慢了一拍，沒撞著老龜公，反而撞著水泥牆。

他一面跛著後退、一面揮手驅趕，沒揮著半隻蜂，但臉上的蜂螫卻不曾停歇，一針接著一針，螫完鼻子螫眼皮、螫完嘴唇螫頸子。

死裡逃生的老龜公豈會放過這千載難逢的機會，抬拳搖身、快步逼近黑牛，一拳一拳往他身上臉上亂毆。

「混蛋……你……這什麼……妖術？」黑牛暴怒，用盡全力朝老龜公猛揮一拳，但他膝蓋重傷，腿軟無力，加上又一記蜂螫扎在他左眼上。

使他這拳可不只慢了一拍，而是慢了兩三拍。

老龜公輕鬆閃開這拳，同時揮出的左交叉拳，自外繞過黑牛右臂，擊中黑牛側臉，緊接著勾起右拳，結結實實轟撞上黑牛下巴。

黑牛登時腿軟倒地，癱在地上吐沫顫抖。

這兩下連續反擊拳，在某些拳擊漫畫裡，有個響亮的絕招名字。

老龜公沒看過那部拳擊漫畫，只知道這兩拳可是高級招式，只能在職業拳賽或是奧運擂台上見著；自己過去在正式比賽從未用成過，只偶爾在練習時，用一、兩分力拿學弟實驗過。

他可從未想過，自己能在有生之年、在生死搏鬥中，能夠成功用這招擊倒比他年輕許多、量級大上許多的兇猛傢伙。

當然，他完全不知道黑牛剛剛遭遇了一場奇異蜂螫，也不知道自己多了個小幫手，協助他擊倒黑牛。

此時那紅色小蜜蜂，已飛到他頭頂上方，正式執行起董芊芊交付的任務——

採集一個願意爲摯愛捨身的人，產出的那極其珍貴的金黃色花粉和花蜜。

幾名黑牛手下本來要擁上幫忙，但見阿蛇帶著手下起鬨大聲讀秒，一時竟不知該不該插手——這是黑牛親自指定的單挑。黑牛的死對頭阿蛇領著手下讀秒，表示這場單挑還沒結束？

黑牛癱在地上，腦子一片空白，耳際聽見阿蛇讀秒聲音，死命試圖撐起身子，但偏偏心思和身體像是斷了線般連接不上，只能像是毛蟲般蠕動掙扎。

「十二、十三、十四、十五……」阿蛇捧腹譏笑，像是在報先前被黑牛取笑看扁之仇。「我們同門師兄弟，給你特權，數到三十才算你輸，好不好？十六、十七、十八——」

阿蛇蹲在黑牛身邊冷嘲熱諷個沒完沒了，突然聽見身後大鳳一聲怒吼：「你們在吵什麼？」

大鳳領人走來，指著黑牛跟阿蛇兩路人說：「那傢伙打上來了，你們還玩什麼？快去底下幫忙！」

「你爲什麼不自己去？」阿蛇起身，不滿反問——他是雞爺的人，根本不認識大鳳這號人物——事實上大鳳過去僅在水月大樓當條地頭蛇，地位遠遠不如雞爺這大藥頭，在道上連個咖都不是，加上剛剛見到大鳳又是下跪又是求饒，他心中著實瞧不起這瘦如骷髏的傢伙，見對方此時竟擺出一副大哥大的態度叱罵自己，又怎會服氣。

「……」大鳳走到阿蛇面前，臉上青筋浮凸，雙眼異光閃爍。

「幹……幹嘛？」阿蛇及手下見大鳳這古怪模樣，不禁嚷嚷起來。「你想幹嘛？虎龍哥不在？你就自以爲是老大啦？」

「虎龍不在……我自以爲老大？」大鳳像是壓抑已久的憤怒一股腦兒被激炸開般，伸手繞至阿蛇後腦，緊緊抓住他腦袋，將他整個人高高提起，按著他後腦往地板重重砸下。

一記彷如落雷的響聲，嚇壞了樓頂所有人。

大鳳鬆手站直身子，阿蛇四肢扭曲地趴伏在地上一動也不動。

即便在夜裡，大夥也清楚見著阿蛇貼在地板上的腦袋周圍，漸漸紅開一圈。

有些腿軟倒地的傢伙，看見阿蛇整張臉，是平貼在地板上的——人側臉上的額、鼻、唇、下巴，各有各的曲線，整張臉與地板貼齊，意即這人的臉整個扁了。

就連跟阿蛇大有過節的黑牛，見阿蛇這慘死模樣，都嚇得回過神來，嚷著手下將他拉遠，喃喃問著：「怎麼回事？現在……是怎麼回事？爲什麼……」

「我說……」大鳳沉聲說：「給我下樓，擋著那乩身！」

大鳳邊說，邊朝兩路人馬走去，嚇得他們連連答是，全往通向消防梯的出入口奔去。

「你們愣著做什麼？」大鳳見自己手下還愣愣站著，惱火下令。「也上啊！」

大鳳還沒說完，聚往樓梯出入口那批人，一個個騰起或是倒地。

韓杰打上頂樓了。

他踩著風火輪，赤手空拳，走消防通道一路打上頂樓，此時手上倒是多了柄有點歪曲的鐵管。

大鳳見韓杰一面打翻黑牛和阿蛇的手下們，一面瞧著自己，手一招，領著親近隨從朝韓杰走去，還順手從隨從手中搶來一柄短斧。

韓杰望著老龜公，見老龜公雙手纏著T恤爛布，雖鼻青臉腫，一副虛弱無力的模樣，但仍能站著朝自己嘿嘿笑，他隨手扔下鐵管，朝老龜公豎了個大拇指。

「啊！」老龜公見韓杰扔下武器，愕然罵著。「你傻子啊，扔武器幹啥？」

韓杰隨手一抬，接住一個打手砸下的鐵棒，抬腿踢飛他，然後又轉身一棒砸暈一個嘍囉，跟著翻身一記飛空旋踢，同時將幾個打手盡數掃飛好幾公尺。

「哇……」韓杰知道風火輪勁大，出腳之時，已稍稍留力——否則剛剛一個離牆較近的打手，可能不只滾在牆邊，而要直接被踢飛墜樓了。

老龜公見到大鳳持著斧頭走向韓杰，急忙喊：「小心，那傢伙跟其他人不一樣。」

「我知道。」韓杰這麼說，先朝他扔出搶來的鐵棒，見大鳳側身避開，立時催動風火輪竄去，正面給他一拳。

大鳳被打退幾步，又大步上前照著韓杰腦門劈去一斧，被韓杰單手接著斧頭，捻了一手金粉在大鳳臉上畫了道咒。

咒印溢出金煙，大鳳面露痛苦，伸手掐著韓杰頸間那因豹皮囊副作用而出現的裂口，但又像是被燙著般陡然抽回手。

「這傢伙怕金符、怕火血。」韓杰望著瘦成骷髏的大鳳那通紅雙眼，不禁苦笑。「這傢伙被那魔女搞得人不人鬼不鬼了……」

幾個大鳳手下圍來，都被韓杰踢飛，韓杰在大鳳緊握短斧那手上也飛快畫了道符，逼他鬆手放下斧頭，跟著仗著風火輪飛速，繞著大鳳跑了幾圈，在他全身上下都畫上金符，跟著追著那些身上瀰漫出同樣氣息的大鳳手下，也在他們身上施了金符。

那些被見從迷惑的大鳳手下們，被韓杰施下金符，全軟弱無力地癱倒在地。

「阿杰，別管嘍囉了，快去救我兩個徒孫！」老龜公大聲嚷嚷，只見韓杰轉眼竄到他面前，橫地將他舉起，像是公主抱般，抱著他踩上牆沿，從水月大樓一躍而下，踩著壁面唰地竄到地面，飛快跑到年年大飯店的人陣前，放下老龜公轉身就跑。

「怎麼回事？怎麼回事？」老龜公魂飛魄散，只覺得自己從高空墜下，下一刻已經躺在地板，四周人聲吵雜，一時還不知道發生了什麼事，只見王書語朝他奔來，喊人過來替老龜公急救，這才知道自己已被韓杰從水月大樓樓頂，帶下安放在柏油路面。

參拾

「終於回來啦……」

見從像個喝醉的貴婦般，癱窩在廢棄校舍地下二樓居室裡那張大蛛網上，懷間抱著一瓶喝到一半的藥湯，蛛網腳邊也擺著一瓶未開封的藥湯。

黃虎龍指揮幾個手下，將董芊芊和許保強押到了見從居室門外，恭恭敬敬地對見從說：「大王，人替您帶回來了……我覺得他們有些資質，確實可以抵上不少人……」

「喲？」見從眼睛一亮，俐落從蛛網躍起，竄到居室外，推開黃虎龍，繞著許保強和董芊芊嗅了一圈，撫著董芊芊的臉笑說：「還真讓你撿著了個寶，這小妞，煉成你那人藥，應該抵得上三十個凡人藥，不……或許能抵五、六十人……」

「妳說什麼人藥？」許保強急問：「妳要把我們煉成藥？用來幹嘛？給妳吃？」

「嘻嘻……不然呢？」見從仰頭一笑，又嗅了嗅許保強，嘟嘴搖頭說。「這隻就沒那麼好，頂多抵十幾人。」

「什麼……」許保強儘管不明白人藥實際作用，但也清楚從見從形容他與董芊芊的比較數字裡，聽出兩人資質差異，不禁有些不服氣。「我出道時間比較短，要是再讓我練兩年，肯定不只……」

「兩年太久了。」見從摸摸許保強的頭，繞進居室，窩回她那蛛網，捧著半瓶藥湯啜飲起來，還不時伸手進瓶罐裡撈出古怪肉塊往嘴裡送。「我哪等得了那麼久……」

「大王……」黃虎龍探頭進見從居室左右瞧了瞧，只見滿室瓶罐碎片，先前她妹妹送來那批補藥，竟只剩下見從懷裡那半瓶，以及地上那瓶尚未開封的瓶罐。

他提出了個與大鳳相同的疑慮。「大王……我將他們兩個煉成人藥，可要花十天左右呀……」

「那又怎樣？」見從仰頭高捧手中瓶子，將殘餘藥汁倒入口中，還伸出舌尖舔了舔瓶口，隨手將瓶罐往角落一扔，砸了個粉碎。「我再叫我那寶貝妹妹去買批新藥給我不就行了。」

「……」黃虎龍還記得不久前她才叮囑妹妹行事低調，大肆買藥可能會走漏風聲，引來其他陰間勢力找麻煩，但這時卻又毫不介意了。黃虎龍儘管覺得她說話矛盾反覆，卻也不敢再說什麼。

見從摸出一支手機，撥了個電話，對著電話說：「妹妹呀，我是姊姊，能不能再替我弄批藥來？妳那批藥，比我想像中還有效呀，我那些不成材的手下，擄人計畫失敗了，姊姊現在身子好難受，需要妳幫忙呀……」

「好的。」妹妹的聲音自見從電話中響起。

見從像是刻意開啓擴音讓黃虎龍聽般，舉著手機向他展示。

「我現在就去替姊姊去買一批新藥，晚點就替妳送去。」

見從聽了，喜出望外，對著手機親吻起來。「我心愛的妹妹，妳果然是我最親的親人！快替姊姊把藥送來，姊姊愛妳！」

見從掛上電話，自蛛網下拾起最後一瓶藥湯，得意地在黃虎龍面前揭開，細細品嚐，瞇著眼睛像是十分陶醉。「老傢伙雖然古板，但煉出來的藥確實有一套，這些藥不但有效，還眞好吃呀，一瓶美過一瓶……」

「那我去工作了……」黃虎龍催促手下押著許保強和董芊芊返回地下一樓，走進向那排準備好的「人藥室」——他們在這廢棄校舍地下清空了一間空教室，讓黃虎龍囤放藥材兼煉藥，還將多間教室清空改造成囚室，用來囚禁煉製中的人藥。

黃虎龍見手下將兩人都押進同一間人藥室，連忙說：「別關同一間，一人一間。」他見手下不解，便解釋：「人藥煉製過程，心智會漸漸不像人，關在一起，難免打打鬧鬧；之前我們的目標是一般凡人，彼此打鬧弄傷就算了，現在這兩個是有道行的珍貴寶貝，要更愼重點。」

「是。」手下們將兩人分別囚進一間大房，關上門，上了幾道鎖後，隨著黃虎龍轉去煉藥。

這教室改裝的「人藥室」，整排玻璃窗子外焊上鐵條，即便打破玻璃也出不去，近天花板處，接近一樓地面抽風扇前，同樣焊上鐵條，防止「人藥」拆下風扇逃亡；至於教室前後大門，自然也經過加固，裝上多處門軸，內外門板也鎖上長條鐵片，難以破壞。

許保強與董芊芊隔著焊上鐵條的窗子對望，董芊芊沒了水筆，許保強的鬼臉對凡人和見從這等級的魔女也無用，一時無計可施。

許保強不死心地沿窗拉扯那些釘死的鐵條，心想或許能拆下一兩條沒釘牢的鐵條，便有機會破窗逃出，但他肋骨有傷，施力過大便疼得滿臉猙獰。

一隻小鬼陡然在窗外探頭，朝他齜牙咧嘴地威嚇。

許保強嚇得向後退了幾步。

原來黃虎龍還派了小鬼巡守這人藥室廊道。

「小弟弟……你好呀……」許保強擠出鬼笑，安撫那小鬼。

小鬼漸漸收去怒容，呆然望著許保強；許保強維持著鬼笑，將手豎在頭頂當作耳朵，像在逗小朋友歡欣，他見小鬼臉色漸漸和悅，便露出鬼詐，對小鬼說：「弟弟……我是哥哥呀，你不記得我了嗎？我是哥哥呀……」

小鬼沒有反應。

許保強發現小鬼雙耳，各自塞著一卷符籙紙管。

原來黃虎龍知道許保強懂得哄騙小鬼，便在小鬼耳裡塞著符，讓小鬼聽不見許保強說話騙他。

「嘖……」許保強換回鬼笑，緩緩後退，退到了教室另一側，轉身蹲下面壁，默數三秒，再回身對著窗外小鬼笑。「嘿嘿！」

然後再轉身默數三秒。

再回頭鬼笑。

他見到小鬼將腦袋更貼近窗子了。

「嘩，還眞的有用！」許保強連忙再轉身面壁，默數久些，轉身鬼笑。

小鬼走進人藥室了。

「原來這小鬼也玩過一二三木頭人！」許保強興奮地不停轉身默數、不停回頭鬼笑。

直到小鬼伸手拍了拍他的肩，他鬼笑回頭，見到小鬼也朝他露出笑容，像是表示自己贏了。

「眞棒。」許保強笑著摸摸小鬼的頭、拍拍他的臉，順勢取下他耳朵上的符籙紙管。

「噫？」小鬼歪著頭望著許保強半晌，伸手抱了抱他。

「弟弟……我是哥哥呀……」

像是在向他講述起心事。

小鬼語言能力不佳，許保強聽得不清不楚，只大略知道小鬼似乎在抱怨黃虎龍對他們很兇、很壞，其他小鬼有時還會欺負他。

「弟弟……」許保強摸摸小鬼的頭，對他說：「哥哥知道一個超好玩的遊戲，但是這個遊戲，只有我們兩個，玩不起來，你幫哥哥找其他弟弟妹妹來，好不好？我們玩完遊戲，哥哥帶你們吃好吃的東西、你們不用再吃那些又臭又難吃的東西了……」

小鬼一面聽，一面點頭。

董芊芊伏在窗前，遠遠望著對面人藥室裡許保強與那小鬼的互動，她雖聽不清他們講些什麼，但也知道許保強成功安撫了巡邏小鬼，她心中讚許之外，只覺得自己也該做些什麼。

她再次四顧張望這空曠的人藥室，見對廊窗戶、另一側抽風扇和氣窗都被釘滿鐵條，連黑板都給拆下了，留下兩側白壁。

她望著陰暗室內那兩面陳舊空白壁面。

再望了望自己一雙白臂和雙手，突然醒悟，她那裝填食用色素加工製成的紅墨水的水筆雖被混混搶了。

但是她此時並非一無所有。

□

「妹妹、妹妹……」見從窩在蛛網上，品嚐著最後一瓶藥湯，懷念著過去與妹妹相處時的種種歡樂時光。

她與妹妹過去待在同一所「學校」，那學校規模也不大，老師只有一人。

老師叫什麼來著？好像叫作「藥王」還是「毒魔」？

總之那個不知叫藥王還是毒魔的老傢伙，是個老到不能再老、老得忘卻了年歲，似乎比某些神仙還老的老傢伙。

老傢伙對外極為低調，低調到許多人連他叫什麼都不知道，即便是名聲響亮的黑道大老，想見他一面、想請他幫忙，都十分困難；老傢伙千年來，只和幾個固定老客戶有往來，偶爾會差門徒進城送藥、收款。

過去有些黑道大老，並非沒打過那老傢伙的主意，想收購甚至強徵他那間小小的學校，畢竟老傢伙學校小、勢力小，加上行事低調、人脈不多，眞要聚眾強攻，也不是不行——

但大都只是想想而已。

因爲稍微有點見識的大老，都知道那老傢伙的毒有多毒。

毒到即便你差遣厲害猛將、大量打手，想要鏟平老傢伙和他那小學校。老傢伙也有本事讓你那隊兵馬無法全身而退，扣掉當場毒死的傢伙，剩下的也會帶著毒回去，將毒染進你整個集團。

這是過去某些不長眼的小集團，憑著不知哪兒找來的消息，上門挑釁後的下場——他們甚至沒能傷到那小小的學校任何學生，便給毒死大半，剩下一半逃回幫派據點才漸漸毒發，散出的怪毒不僅滅了整個幫派，甚至還害著無辜陰間住民和其他幫派。

漸漸地黑道大老們都知道，那老傢伙習性古怪。

用錢財買不動他，他不會幫你忙。

強攻也只會弄得兩敗俱傷。

所以陰間黑道裡有個不成文的規定——除非你窮極無聊，否則別找那不知叫作毒魔還是藥王的老傢伙麻煩；要是大家聽說你打算這麼做，大家會先勸你，或者聯合先動手做掉你。

免得你或你手下帶著毒回來，搞得所有人都得提心吊膽好一陣子。

見從過去，是老傢伙手下最得意的門徒之一。

但她不喜歡老傢伙，也不喜歡學校，老傢伙太低調了，小小的學校也著實枯燥——每當她帶著妹妹，爬上學校裡那株高聳大樹，眺望遠方城市，心中就幻想著一個又一個美夢——

她是老傢伙得意門徒，也是替老傢伙進城向幾個老客戶們進貨、賣藥、收款的首要人選。

見識過城市風光的她，漸漸不明白在陰間某座深山小學校裡坐困永生的意義爲何。

於是某一年，她帶著妹妹逃離了那深山學校。

兩姊妹來到了燈紅酒綠的大城市裡，先是投靠了個小頭目，成爲小頭目愛寵，替小頭目幹了幾件大事，助小頭目變成中頭目，然後暗中毒死他，取而代之，接手整個幫派。

最後，她找到了靠山，那是個在陰間無人不知的教父級人物——第六天魔王。

直到那時，她才安心許多，知道老傢伙儘管長居深山，但對城市裡的動靜仍然略知一二，知道她成了黑道頭目級人物，背後還有了第六天魔王作爲靠山，想來應該是放棄找回她了。

又過了很多年，她漸漸知道，第六天魔身邊的紅粉知己可不只她一個，那時她有些懊惱，卻也莫可奈何，那些紅粉知己都不是簡單人物，其中最醒目的三個，道行跟勢力都不下於她；她只能勤快煉功煉毒，數百年來，她找了許多陽世幫手，提供陽世毒蟲、毒草、毒藥，讓她煉毒。

幾百年來，她將妹妹藏得十分隱密，即便是自己那小幫派裡的成員，也僅知道見從身邊有幾名女侍——她妹妹只是其中之一。

她知道多年下來，自己累積了太多仇家，而她妹妹天資、道行遠不如她，加上她幾百年來的寵溺保護，小妹妹的道行並未進展多少，或許連一般牛頭馬面都打不贏，僅能偶爾上陽世替她跑跑腿，蒐集些簡單的毒蟲奇草。

然而此時此刻，被那三條魔臂弄得瀕臨崩潰、無計可施的她，心智時好時壞，不信任手下幫派中任何人，頂多讓黃虎龍開鬼門時，調動他們上陽世搗蛋，拖延韓杰。

她只能把希望放在她妹妹身上，她託妹妹前往過去幾位過去與「學校」有生意往來的老客戶那兒，替她買些藥。

她知道那些老客戶應該存著不少老傢伙煉的藥，她也知道那老傢伙煉出的藥，應該能夠幫助她控制魔臂，撐過黃虎龍煉製人藥這段時間。

當然，她妹妹可不能大搖大擺地進店買藥，最好是透過層層關係，託人居中聯繫，妹妹在暗中掌控——否則她此時身心狀況傳了開來，別說其他仇家，即便是那三個正在十八層地獄服刑的死對頭，肯定不惜一切代價買通陰差，對外聯繫殺手來找她麻煩了。

「好喝……」見從捧著藥瓶，邊吃邊哼起歌來，是過去她還在「學校」時，替老傢伙進城送貨收款時學來的流行歌曲，回學校教給妹妹，兩人坐在樹梢，望著遠方燈火通明的城市唱的歌。

那幾首曲子其實都過時好幾百年了。

但每個時代總是有人更加迷戀過時曲子，聲稱以前的歌才對味兒。

她窩在蛛網上晃盪，像是躺在吊床上般，哼著歌喝著藥，不知不覺，瓶子已經見底。

這一次她沒有再隨手砸碎瓶罐，而是搖搖晃晃走下蛛網，踩過滿地破碎瓶渣，往那上了鎖的鬼門走去。

她倚在鬼門旁壁面，坐了下來，閉起眼睛。

鬼門內側，尚無動靜——她令黃虎龍繪製在鬼門符籙陣中那幾隻眼睛，能讓她見著來到鬼門對面的傢伙，是敵是友。

妹妹或許還在四處調貨買藥、又或者已經聚妥藥材，正在運送途中。

「有點……」見從伏下地，感到有些睏意。「慢哪……」

但她知道自己不能睡。

她一睡，那三條魔臂便將不受控制，反噬她身心。

她強打起精神、坐直身子，伸手撫了撫身上三處嵌裝魔臂的位置，三條魔臂乖巧地像是睡著的孩子般，一點動靜也沒有，全是這批藥湯的功效。

但問題是，這些藥湯喝著時不覺得睏，喝完了才覺得睏。

喝食的時候如同瓊漿玉液、美味山珍；瓶罐空了卻覺得更容易渴、更容易餓。

耐性也少了些、脾氣更大了些，性情更加反覆無常……

她心中隱隱閃過一絲恐懼，倏地站起身來，取出手機，撥話給妹妹。

無人接聽。

參壹

「動作快、快點。」黃虎龍催促著手下，搬扛著大批道具，走入人藥室。幾個扛著工具的手下，左右望了望許保強和董芊芊兩間人藥室，像是在詢問黃虎龍，先從誰下手。

黃虎龍取出鑰匙，打開許保強那間門——

理由很簡單，煉製人藥有一定程序，董芊芊資質高出許保強許多，他帶著手下先拿許保強開刀，讓手下熟悉整個煉藥過程，再煉董芊芊時，便更不容易出錯。

幾個傢伙擠進許保強那間人藥室，將盤坐在地的許保強架起，讓他坐在一張帶著椅臂的鐵椅上，持著麻繩要綑綁他。

旁邊又來兩人，一人在許保強那鐵椅旁放了一柄不知哪兒弄來的衣帽架，另一人提著幾袋看來像是點滴袋往衣帽架上掛，跟著整理起點滴管線。

黃虎龍見裡頭準備妥當，推著台手術推車進人藥室，在許保強面前開瓶揭藥拭刀，還像是故意嚇唬孩子般，在許保強面前晃了晃那銳利手術刀。「小老弟，知道人藥怎麼煉嗎？」

「不知道。」許保強微笑說。「也不想知道。」

「你……」黃虎龍只覺得許保強神態從容，與過去被他煉製成人藥的受害者，臨刑前的態度大不相同，正覺得奇怪之際，陡然聞到許保強身上透出一股熟悉的氣味。

是他用來煉小鬼、餵小鬼、控制小鬼、懲罰不聽話的小鬼的藥味。

「弟弟們，遊戲開始！」許保強陡然高呼一聲，一陣旋風自他鐵椅周身旋起。

好幾隻小鬼從許保強身中竄出，瞬間附上黃虎龍手下身子裡，然後一齊撲上黃虎龍，有的搶著黃虎龍手上手術刀、有的扛起衣帽架往黃虎龍身上砸、有的抱著黃虎龍大腿張口咬、有的緊抓黃虎龍胯下亂捶亂打——

原來剛剛許保強先騙第一隻小鬼替他喊來第二隻小鬼，再哄騙兩隻小鬼引來三隻小鬼，讓五隻小鬼圍著聽他說故事、聽他說遊戲規則。

許保強開始對小鬼們說起黃虎龍的壞話，聽得小鬼們紛紛點頭稱是——其實這已不算詐騙了，黃虎龍對他們真的很壞。

許保強指示小鬼們接下來要玩的遊戲，就是偷襲黃虎龍，打頭得三分、打肚子得兩分、咬他得兩分、打雞雞得五分——

最後不管誰得分多誰得分少，都有大餐可以吃。

小鬼們對計分方式、對誰勝誰負沒有太多意見，但似乎都覺得眼前的許保強那張笑臉，親切和藹得當真像是自己的親哥哥，且他提議的遊戲，似乎真的很好玩。

最後，許保強聽見腳步聲，便要小鬼們躲進他衣服口袋裡。

等待黃虎龍接近，下令遊戲開始。

「喂！弟弟、弟弟們！」許保強擺出鬼笑，掙扎地說：「哪個過來幫哥哥解開繩子！」

幾個被小鬼附身的活人手下同時起身，都搶著替許保強解繩子。

「哇！來一個就好了，其他的去打他呀！」許保強見黃虎龍趁隙起身，退出人藥室，唸咒施法——

附在手下身子裡的小鬼們立時彈出活人手下身體，痛苦打滾起來。

小鬼們一會兒抱頭哀號、一會兒怒視黃虎龍、一會兒怒視許保強；小鬼們的心智與認知，彷彿在黃虎龍的控制咒術與許保強的鬼笑鬼詐間擺盪著。

幾個小鬼離身的活人手下們，見許保強還端坐在鐵椅上，現場卻一片凌亂，負責煉藥的黃虎龍則退在外頭唸咒施法，一時還搞不清楚究竟發生了什麼事。

「哇！」黃虎龍感到頭頸好幾處地方猛地刺痛起來，像是蟲螫，他揮手在頭臉上亂拍亂撥，什麼也摸不著，但刺痛卻持續不斷。

小鬼們頭不痛了，又紛紛倒向許保強，附回活人手下身上，替許保強解開了繩子，助他逃脫。

「弟弟們！」許保強指揮幾個被小鬼附身的手下，將黃虎龍痛毆一頓，還將黃虎龍剛剛捏在手上嚇唬自己的手術刀，一把插在他屁股上。

許保強從痛叫哀號的黃虎龍身上摸出了人藥室鑰匙，開了董芊芊房門。

這才見到董芊芊也在施咒——

她雪白胳臂上，還有幾隻紅色墨蜂，不是負責採蜜的蜜蜂，而是兇猛的大虎頭蜂。

「妳的筆不是……」許保強正困惑著，見董芊芊施咒控蜂那手，指上還淌著血，這才知道她是咬破手指，以血畫蜂。

「趁現在快逃——」兩人急忙向外逃，許保強還不忘朝著身後那群小鬼們下令。「哥哥去買大餐回來，你們繼續玩，記住，打雞雞得五分！」

許保強剛講完，便聽見黃虎龍連連痛苦尖叫哀號起來。

顯然小鬼們開始搶著拿五分了。

□

「小心！」許保強衝近廊道轉角，見到一道細長大影跨過，連忙驚駭轉身，將緊跟身後的董芊芊一把拉進轉角那陰暗教室。

這間教室幾乎被課桌椅與雜物塞滿，堆疊到接近天花板的程度——這些課桌椅與雜物，自然是大鳳手下從其他被清空用來煉藥、囚人的教室裡，集中塞進來的。

「是大蜘蛛！」兩人在狹窄的課桌椅與雜物堆中鑽爬，往教室深處躲。

剛剛那條橫跨過廊道轉角的細長大影，是廊道中的燈，映在巡守人蛛身上，投射過許保強面前的影子。

那些人蛛實際上並沒有影子看起來那麼巨大。

人蛛身體的部分與常人差不多，但八足細長，張開來足以攔住整條廊道。

許保強和董芊芊想起先前在那廢棄大樓中被人蛛追殺的情景，可還餘悸猶存。

他們靜止不動，隱約聽見人蛛似乎停在教室外，像是嗅著了他們的氣味，警戒地伸出幾隻長足，進窗摸索——人蛛長足畢竟是人手人腳變形而成，比真實蛛足還要靈活，有長長的手指、腳趾，能摸能找。

「噫！」董芊芊見到一隻蛛手在陰暗中往自己摸來，盡力縮起身子，生怕被那蛛手摸著。

鑽在前頭的許保強察覺身後董芊芊遭遇危機，連忙停步擠出空隙，讓董芊芊趕過自己，自己殿後攔阻蛛足。

但董芊芊鑽爬探路不如許保強靈活，速度慢了許多，與許保強背貼著背，只覺得前後左右都是死路，再也前進不了。

許保強感到董芊芊停下，又見一隻蛛手摸來，進退不得，隨手從身旁摸了個東西遞去，那東西似乎是座獎杯。

蛛手抓著了獎杯，立時縮手抽回。

兩人聽見外頭先是磅啷一聲，跟著靠外側傳出嘩啦啦、磅啷啷的砸響聲。

兩人知道那是人蛛將獎杯扔下之後，確定教室裡頭藏著人，開始認真搜索的聲音，一隻蛛手破窗伸進教室，抓著課桌椅就往窗外扯，像是想找出躲藏在教室裡的兩人。

「噫！」董芊芊身子陡然一震，雙眼上吊，一把掐住許保強脖子。

力道之大，令許保強幾乎窒息。

他驚駭中望著董芊芊那雙兇眼，立時明白——那人蛛騷動引來了其他巡守小鬼，小鬼上了董芊芊的身，想掐死他。

他擠著鬼笑要哄小鬼。

但他被掐死頸子，連氣都透不過，一張笑臉笑得又乾又僵，鬼笑產生不了作用。

下一刻，董芊芊卻鬆了手。

小鬼哎呀呀地鬼叫逃離了董芊芊身子——是幾隻紅墨大虎頭蜂圍著小鬼亂螫咬。

董芊芊雖無直接對付鬼魅的法術，但感應比許保強更加敏銳，一察覺小鬼逼近，立時喚回幾隻大虎頭蜂，讓虎頭蜂螫出她身中小鬼。

「弟弟！」許保強撫著脖子喘著氣，一面要董芊芊撤去虎頭蜂，一面笑著向小鬼招手。

「痛不痛呀……來，讓哥哥看看，哥哥疼你……」

小鬼抱著頭，害怕地望著許保強，見他笑得眞誠、說話感人，忍不住爬了過去，哭哭啼啼地比手畫腳起來。

「他說什麼？」董芊芊低聲問。

「我也聽不太懂……」許保強無奈說，鬼笑鬼詐並用，對著小鬼低語半晌。

小鬼點點頭，竄出教室，爬上那人蛛肩上，對著人蛛大叫大嚷，指著廊道另一端。

人蛛歪著腦袋，聽了一會兒，將幾隻蛛足從教室裡抽回，隨著小鬼指路，往廊道深處奔衝——許保強哄騙小鬼替人蛛帶路，說是見從大王的人藥往其他方向逃了。

「呼！」許保強和董芊芊鬆了口氣，奔出教室，繞過轉角，逃上一樓。

門口除了被見從俘擄的守衛之外，也有幾個大鳳手下——董芊芊瞧得見他們頭頂上一株株身中見從奇毒而長出的怪異桃花，正猶豫該不該派出墨蟲硬吃他們怪異桃花後和他們講道理，請他們放過自己。

許保強拉著董芊芊往二樓退，因爲他在董芊芊猶豫時，已經瞥見一樓也有幾隻人蛛四處巡邏，且漸漸接近。

「這裡到處都是大蜘蛛……」兩人蹲低身子，在廢棄校舍躲藏移動。

董芊芊撤去了幾隻護衛虎頭蜂，改派出三隻視力更佳的蜻蜓，在兩人四周飛巡，協助他們避開那些人蛛。

人蛛雖嗅得出活人氣味，但大鳳眾多手下這些天在這廢棄校舍上上下下活動，殘餘在四周的人味混淆了人蛛的嗅覺，令他們察覺四周人味似乎摻了點更鮮嫩、更可口的氣息，但實際情況如何，卻不大清楚，只能本能地、緩慢地，在不違背見從派予自己巡邏任務的情形下，稍稍探尋那股淡淡的鮮嫩氣息。

許保強與董芊芊在三隻蜻蜓探路下，一路來到廢棄校舍四樓，再上去就是頂樓。

根據紅墨蜻蜓回報，四樓僅有兩隻人蛛來回巡守，頂樓則有兩名活人手下喝啤酒蹓躂。

兩人貼得極近，用低不可聞的氣音交換意見，做出結論——活人戰力低，但是較聰明，頂樓空曠，上樓很有可能被發現；相反地，人蛛笨，且躲在四樓能利用多間教室作爲屏障，靠著蜻蜓通報來回躲藏。

兩人做了決定，安靜潛入一間教室，躲伏在教室中央課桌椅陣中。

董芊芊突然睜大眼睛，像是感應到了什麼，抬頭只見一隻紅墨小蜜蜂穿過窗，飛到她面前——這是先前董芊芊見到老龜公被押入水月大樓身子隱隱透出金光時，派去相助的紅墨蜜蜂。

現在小蜂完成任務，一對後足帶著滿滿的花粉和腹中鼓脹的蜜囊回來了。

小蜂沾滿花粉的後足和腹部閃閃發光——

金黃色的光。

「師公……」董芊芊顫抖地伸掌接下紅墨小蜂，見小蜂像是宣示自己完成任務般振了振翅，抖開一圈金光。

董芊芊紅了眼眶，咬破手指，在掌心小蜂周圍畫上一個血圈，輕聲唸咒，對小蜂低語一陣，然後將手朝上方一托。

那小紅圈及咒術是替紅墨小蜂注入新力，讓小蜂翅膀更加強壯，強壯得足以飛破雲端、直達天庭，將得來不易的黃金花蜜和花粉親自交給月老。

順便向月老求救，告知此時己方處境。

「芊芊，怎麼了？」許保強不解董芊芊這些動作，忍不住低聲問她。

董芊芊一時也不知該怎麼跟許保強解釋這複雜始末，只能說：「我派小蜂向月老求救，只希望師公他……平安無事……」

□

「大王、大王……」黃虎龍在幾個活人手下攙扶下，拖著負傷身軀，步履蹣跚地往地下二樓走。

不久前許保強和董芊芊逃遠後，黃虎龍奮力施咒，又將小鬼從活人手下身中驅出；他知道許保強能夠控制他這些小鬼，不敢再驅小鬼追人，只喝令那些活人手下，盡快帶他下樓向見從求助。

此時他跨出的每一步都艱難至極、痛徹心扉。

全因爲許保強離去前，對小鬼們再次提醒了遊戲規則——「打雞雞得五分」。

黃虎龍在成功驅離小鬼前，五分五分地丟了太多分，多到他走個樓梯，都痛到幾乎暈倒。

「大王……」黃虎龍在手下攙扶下，終於來到見從那起居室，卻見裡頭除了滿地碎罐破片外，便只一張空蕩蕩的巨大蛛網。

「鬼門……」黃虎龍揚手指了指，下令手下攙著他往鬼門走；見從不在居室，想來是去鬼門迎接妹妹了。

黃虎龍繞過長廊，遠遠看到見從倚坐在鬼門旁的牆邊，歪頭歪腦地自言自語。

他忍著痛，加快腳步走去，遠遠便喊：「大……大王……他們、他們……」

見從面無表情、一語不發，望著自遠走近的黃虎龍。

黃虎龍正要開口，卻見一旁鬼門敞開，鎖頭和鐵鍊都落在地上，裡頭六面牆上的血字呈現焦色，中央青燭已滅，黯淡無光，忍不住問：「怎……怎麼了？」

「我正想問你……」見從呆愣愣地問：「鬼門……怎麼了？」

「鬼門怎麼了？」黃虎龍蹣跚走進鬼門，拍拍摸摸，先前這鬼門成功開啓時，透出的濃厚陰間氣息消失無蹤，此時這寫滿符籙的倉儲，就只是一間平凡無奇的倉儲空間而已。

但這鬼門之道，是見從教他的，他自然不知道發生了什麼事。

「妹妹……妳……」見從推開幾個活人手下，搖搖晃晃地在廊道間漫走，像是夢遊一般，手上還緊捏著手機。「怎麼不接電話？」

「大王、大王……」黃虎龍一拐一拐地走出鬼門倉儲，領著幾個手下追向見從，急忙說：「那兩個孩子不曉得用了什麼方法，騙了我的小鬼，逃出人藥室……但是大王妳別擔心！他們還沒跑遠！現在應該還在這棟校舍裡……大王，快對妳的人蛛下令，全力找出他們！他們逃不遠……」

「安靜！」見從陡然回頭，一巴掌揮爛了黃虎龍身旁一名活人手下的腦袋。

「我妹妹打電話給我了！通通閉嘴別吵！」見從急忙接聽手機。「喂！妹妹、妹妹！妳終於打電話給姊姊了，妳那批新藥準備好了嗎？爲什麼……我這兒鬼門壞了？」

黃虎龍等人嚇得呆了，緩緩退遠，貼壁站著，大氣也不敢吭一聲。

「姊姊。」妹妹的聲音從手機中傳出。「我給妳的藥，妳全吃完了？」

「是呀！全吃完了！」

「一點也不剩？」

「是呀！一點不剩，所以姊姊現在好餓、好渴、好苦啊……」

「嗯。」

「妳什麼時候才替姊姊送新藥過來？我的蠢蛋手下煉那人藥還要好久，姊姊撐不了那麼久……妹妹……」

「不會有新藥了。」妹妹說。

「啊？」見從呆了呆。「爲什麼？」

「……」妹妹沉默了一會兒，問：「妳還記得，我們那時逃出學校，到現在爲止，經過了多久時間？」

「經過……好幾百年了吧。」

「是呀……」妹妹冷漠的聲音，自見從手機中緩緩傳出：「妳離開學校之後，找了第六天魔王撐腰，當了幾百年的幫派老大；呼風喚雨，想去哪兒就去哪兒、想幹嘛就幹嘛；但我只能躲在妳替我安排的漂亮房間裡，玩洋娃娃……」妹妹說到這裡，嘆了口氣。「姊姊，有時候我望著窗，會想像自己是一隻鳥兒，自由自在，想飛哪兒就飛哪兒，像妳一樣……」

「妹妹，那是……那是因爲……」見從似乎明白了什麼，呆愣愣地說：「因爲妳的天分和道行，不足以在陰間稱王……姊姊藏著妳，是想保護妳……」

「我知道。」妹妹這麼說：「所以，我一直很聽姊姊的話，很感激姊姊……」

「那妳……爲什麼……」見從喘息起來，感到口乾舌燥。

「姊姊，老師死了。」妹妹說。

子傳給了萸兒。」

「啊！」見從呆了呆，好半晌才反應過來。「老師，妳是說那個——」

「沒錯，就是以前那個，好兇好兇、好老好老的老師。」妹妹說：「老師死之前，把位子傳給了萸兒。」

「萸兒？」見從幾乎忘了這個名字。「妳是說……以前那個很笨、反應很慢、老師教什麼她都學不會的……萸兒？」

這麼一個幾百年前的傻同學，照理說連被見從記憶著的資格都沒有。

但她當年實在太笨、太傻，出過太多的糗，被老師責罰、被同學霸凌的次數不計其數，以致於見從帶著妹妹逃離了學校，不時想起這同學，也會將她當成取笑調侃的對象，幾百年來，未曾間斷，因此她沒有忘記這個名字。

另一方面，見從當年，也是霸凌萸兒霸凌得最兇的一個。

「姊姊……」妹妹說：「這是我唯一沒有讓姊姊知道的一件事，我其實跟萸兒很要好。」

「什麼？」見從困惑不解。

「那時候妳得老師寵愛，時常進城買貨、送貨、收款。」妹妹說：「學校裡願意跟我玩的，就只有萸兒——」

當年的見從恃寵而驕，受她欺負的同學可不只萸兒一個，其他同學畏懼見從威勢，平時不敢對她妹妹如何，但每每見從下山進城，短則數日、多則數月，同學們對妹妹的態度便冷淡許多。

莧兒卻不計較見從欺負，仍陪她玩，甚至在她犯錯將被老師責罰時，替她頂罪受過。

「幾百年來，我和她一直保持著聯絡。」妹妹這麼說：「姊姊妳吃的那批藥，是莧兒親手調配的。」

「什麼……」見從摀著喉嚨，感到越來越渴、也越來越餓——她那三條魔臂移植處，發出了劇痛。「她……她給我調了什麼藥？妳們……妳們到底打算對我怎樣？」

「主要是補藥。」妹妹說：「提供姊姊能量，幫姊姊壓制魔臂，但是——還摻了兩種藥。」

「摻了什麼藥？」

「一種，會讓姊姊上癮，少了它，會痛苦不堪，像凡人毒品一樣。」妹妹這麼答：「另一種，會讓姊姊妳的心智退化，然後……」

「然後——」見從終於明白妹妹的意思，她不等妹妹答話，一把捏碎了手機，勃然暴怒，身子變形竄長，四足四手竄出之外，三條魔臂也自身中暴長伸出。

「我就會變成一頭聽話的野獸，替莧兒跟妳做事，然後、然後……妳就會取代我的位置，拿下我的幫派，妳想當姊姊，而我連妹妹都不是了……我要變成妳腳下一隻寵物了，對不對？」

見從這麼說時，身子竄到黃虎龍身前。「人藥、人藥煉好了沒？」

「人……人藥……」黃虎龍嚇得腿都軟了，剛剛見從與妹妹通話，他雖只聽到見從單方面答話，但光從見從反應與回話，也知道見從遭到妹妹背叛，那批藥表面上強化了見從魔力，助她壓制魔臂，但同時也腐蝕了見從心智，令她從行事謹慎的陰間女王，變成一頭兇猛愚笨的野獸。

「逃了……」黃虎龍幾乎用哭音向見從報告。「大王，妳別擔心，他們逃不遠，妳現在派出所有人蛛，能將他們……」

黃虎龍還沒說完，與身旁五個手下紛紛倒下——

倒下的只有身體。

六顆腦袋，全捏在見從六隻手上。

此時的見從，四足七手，全身炸散出濃濃魔氣。

「廢物——」見從暴怒地一口氣捏碎六顆腦袋，飛快向外爬竄，隨意將手中腦袋碎渣往嘴裡送，同時高聲咆哮起來，發出一聲又一聲的厲吼。

地下二樓幾間教室裡，剩餘的蛛網大繭裡那些人蛛，聽了見從吼叫聲，紛紛睜開眼睛，爬了出來，跟在見從身後。

同時，在整棟校舍巡守的人蛛，聽到見從那陣陣尖銳厲吼，也躁動起來，動作不像是在巡邏，更像是在狩獵。

參貳

「怎麼回事？」

許保強再怎麼遲鈍，也感受到此時四周魔氣爆發的情形。「是什麼東西？那魔女抓狂了？她知道我們逃跑，要親自來逮我們？」

董芊芊專注施術，令蜻蜓擴大巡邏範圍，她從蜻蜓傳來的簡易回報中，得知整棟樓的人蛛開始狂暴化。

但見從並未往樓上衝，她剛上一樓，遠遠見到駐守在校舍正門處的大鳳手下和忠僕保全，立時竄了上去。

這批大鳳手下和保全，本都早成了見從俘虜，看見從兇猛朝他們衝來，雖然驚訝，但也未逃——

於是全被摘下腦袋、吸食腦漿。

「廢物、廢物！」見從暴怒大吼：「沒有一個好東西，妳背叛我，人藥、我要人藥，把人藥給我找出來——」

整棟樓裡大鳳手下，紛紛發出哀號。

狂暴化的人蛛，哪裡分得出人藥跟人的差別，見了活人手下，便擒下樓獻予見從；四樓兩個守衛聽見樓下騷動，不明所以，下樓查看，剛好被四樓兩隻人蛛活逮叼下樓。

「趁現在。」董芊芊收到蜻蜓回報，二、三、四樓的人蛛全擒了大鳳手下往一樓聚集，連忙拉了拉許保強胳臂，拉著他繞過人蛛行徑路線，往樓下撤。

見從在一樓大開殺戒，不分青紅皂白，凡是人蛛遞來的人，接過就摘頭，摘了頭就往嘴裡送。

董芊芊帶著許保強來到二樓，據蜻蜓回報，一樓聚著近二十隻大小人蛛，他們抓光了校舍裡大鳳手下，像是正要往外擴散抓更多人。

兩人在二樓繞了大半圈，不時小心翼翼揭窗，見到有些人蛛甚至已經奔出巷弄，在巷道亂竄，隨意逮著夜歸路人回來獻給見從。

兩人繞到連接對面高中的小天橋外窗邊，開窗翻上雨遮，貼牆沿著雨遮往天橋方向走，來到小天橋前。

那小天橋欄杆距離校舍窗沿雨遮約莫一公尺餘，許保強身先士卒，躍了過去，攀住天橋欄杆，翻上天橋，轉身伸手準備接應董芊芊。

董芊芊雖穿著洋裝，但慶幸自己沒有高跟鞋，洋裝底下是普通的休閒鞋，讓她能跑能跳，她鼓足全力往天橋一躍，也緊緊抱住欄杆，許保強連忙拉著她胳臂，幫她翻過欄杆，逃上天橋。

「人藥——」見從儘管心神喪失，接近猛獸，但終究是魔頭等級，遠遠察覺到兩人氣息，厲聲下令。「人藥在那個方向，把人藥給我逮來——」

「根本還沒煉呀，點滴都沒打……」許保強遠遠聽到見從怒吼，嚇得與董芊芊連忙奔過天橋，往對面高中逃。

一隻隻人蛛瘋了似地衝至天橋這一側，長手長腳直接破窗，擠出一扇扇窗，全往天橋攀聚。

兩人奔到天橋另一端，見還擋著一道圍籬，許保強本已彎弓著腿要往上跳，見董芊芊提著洋裝裙子，便連忙蹲下想讓她踩背爬過圍籬。「踩上來！」

董芊芊卻直接往上一躍，牢牢抓住圍籬間隙往上爬，直至翻過圍籬，見許保強還在另一側，後頭人蛛已經殺上天橋，急得連忙催促。

「咦？」許保強本來還想催促董芊芊快踩他背翻牆，卻見董芊芊已直接翻過圍籬，這才七手八腳也翻了過去，和她一齊往校園深處跑。

「韓大哥說的沒錯……」董芊芊提著被圍籬鐵絲刮出好幾條口子的洋裝裙子，喘吁吁地邊跑邊說：「這時候要是讓你揹著跑，我們兩個都活不了……」她想起這幾個月下來的自主訓練，跟後來在鐵拳館踩健身車和重量訓練，以及平時騎著租賃腳踏車四處出任務，強化了她的肌力和體力，在緊急時刻，確實大有幫助。

「媽呀！」許保強和董芊芊奔過高中庭園、奔上籃球場，回頭見到一隻隻人蛛攀過圍牆，往他倆追來，嚇得加快腳步。

一邊是操場、一邊是校舍，他們覺得跑上操場，肯定跑不贏八足齊用的人蛛，便往校舍方向跑去。

同時，他們遠遠地，也聽見一聲聲長嘯。

不同於見從的嘶啞怒吼。

那長嘯更接近貓叫。

兩人奔入這陌生高中校舍，一路往上逃，同時也聽見人蛛窸窸窣窣攀樓追來的聲音——這處高中校舍，比先前那廢棄校舍更大上許多，四通八達，在董芊芊的蜻蜓指路下，人蛛動作雖快，一時要找出兩人，倒也沒那麼容易。

兩人蹲坐在一條小廊道上，背貼著牆歇息喘氣，聽見底下一聲慘號，猜想那或許是巡邏校工遭到了人蛛毒手。

「……」許保強緊握雙拳，懊惱自責，同時猙獰地擠弄起鬼臉。「鬼王大哥呀，現在還不算緊急時刻嗎？我很努力地一直在用『鬼求道』，快借法給我呀——」

「來了！」董芊芊一聲驚呼，拉著許保強就跑。

蜻蜓察覺到人蛛逼近他們。

董芊芊拉著許保強在廊道中狂奔，突然收到蜻蜓報訊，立時掉頭轉向。「前面不行！」

這高中校舍與那廢棄校舍不同之處在於——廢棄校舍平時常駐大鳳手下，整棟樓充滿人味，但此時正值暑假，高中校舍長時間無人，讓人蛛們能夠循著他倆氣味找人。

「……」董芊芊在廊道梯間停下腳步，一時無語。

根據蜻蜓回報，廊道前後都有人蛛逼來，梯間樓上樓下，也有人蛛逼來。

「怎麼了？」許保強正不解董芊芊怎麼不再指路，突然聽見身旁董芊芊一聲驚呼，他回頭，只見一隻人蛛直接從廊道圍牆攀上，揚起四隻長臂就往他抓來。

磅——

人蛛背上炸開一團黃綠煙團，令人蛛動作略頓了頓。

許保強矮身蹲下，避開這隻人蛛擒抱。

跟著只聽見一聲貓嘯飆來，一道黃影奔跑飛快，循著圍牆欄杆閃電一般竄來，然後一蹦，咬上那人蛛側臉。

是實習虎爺柳丁。

柳丁背上那大一號的虎爺小袍金光閃動，咬著那隻人蛛摔下牆去，砸在一樓地上。

梯間樓上也殺下一隻人蛛，要往董芊芊身上撲，卻突然摀臉後退。

是董芊芊緊急撤走了蜻蜓，吹活胳臂上四隻大虎頭蜂近身護衛——剛剛她在人藥室裡，咬指以血畫蜂時，足足畫滿兩條手臂、甚至連一雙大腿也畫了備用虎頭蜂和獨角仙，爲的就是在緊急時刻，不用咬指再畫，直接吹活即可派上用場。

許保強正要擺出鬼怒嚇阻那人蛛，只見王小明從他身旁地板竄出，舉著大左輪槍朝人蛛連開數槍，然後掏出一枚手榴彈，咬下保險栓，朝人蛛拋去——

轟——

炸出一團更大團的黃綠光煙。

許保強和董芊芊同時聞到一股淡淡的尿騷味，但見王小明反應極大，用那大風衣摀著口鼻向旁滾倒老遠，乾嘔起來。

人蛛反應也大，翻過樓梯欄杆，還順勢砸在從底下往上爬來的另一隻人蛛身上。

「快往上！」王小明被熏得一把鼻涕一把眼淚，對著兩人指著樓上。

兩人不曉得王小明手中左輪手槍的彈藥和手榴彈，都是用童子尿煉製成的驅鬼武器，他們奔過那淡淡尿味區域，來到校舍三樓。

前後又分別逼來兩隻人蛛，一隻被重新上樓的柳丁咬倒，一隻被三頭黃金小豹咬倒——那黃金小豹，是韓杰派給王小明的隨身保鏢。

「別上樓，上面也有好幾隻大蜘蛛！」王小明能夠穿牆，見兩人想繼續上樓，連忙阻止，他對著被三頭小豹圍攻的人蛛連開兩槍，助小豹們咬倒人蛛，指示許保強和董芊芊往廊道另一端跑。

廊道的盡頭一邊是樓梯、一邊是廁所。

許保強奔至樓梯，見樓上樓下也有人蛛殺來，連忙拉著董芊芊躲進女廁，將門關上——那廁所門是塑膠門，經兩隻人蛛長臂重擊幾拳，立時凹爛，還被人蛛嘩啦一把拆下門板。

一隻人蛛要往廁所擠，後背磅磅地捱了王小明兩槍，臭得眼淚直流，臉上也捱了許保強一拳。

許保強擺出鬼怒，氣呼呼地握拳擋住女廁門口，不讓人蛛殺入。

董芊芊在後頭又畫了兩隻大虎頭蜂，指揮六隻紅墨虎頭蜂協助許保強守門。

「躲在裡面，別出來！」王小明又擲來一枚童子尿手榴彈，在女廁門外炸出一圈黃綠光煙。

只見柳丁領著三隻小豹，在黃綠童子尿煙中左衝右突——柳丁是山魅封神，披著虎爺袍子，不怕童子尿；小豹是法寶，更無懼專剋鬼怪的童子尿。

轉眼就將兩隻人蛛擊退。

但下一刻，所有人蛛全擠上這條廊道，王小明扔光了手榴彈，也打光左輪尿彈，弄得整條廊道濃濃尿騷，感到一股兇猛魔力漸漸逼近，嚇得竄上頂樓，撥緊急電話向小歸求救。

「小歸老闆！情況緊急，彈藥沒了！」王小明緊急通報。

「給我你的方位，我燒上去給你。」小歸這麼說——這是陰間最新科技，仿造陽世燒紙紮物下陰間般，透過特殊火爐，將陰間物品「燒上」陽世。

王小明開啓手機ＡＰＰ回報當前位置，一面說：「可以不要再給我尿彈了嗎，很臭耶！」

「肥宅！」小歸回罵：「我開的是保全公司，你當我軍閥啊！我要是發配給手下眞槍實彈，俊毅豈不是要跟我翻臉啦？」

「至少給我防毒面具啊！」王小明抱怨。「而且我現在是支援太子爺乩身那特殊部門裡的隊長，你至少叫我隊長或是探員，怎麼會叫我肥宅？」

「好啦肥宅探員。」小歸不耐地說：「你需要的東西，我替你張羅一下，馬上燒上去給你。」

□

柳丁與三隻小豹盡力死守，但人蛛太多，擋下這隻便漏了那隻。

人蛛們開始往女廁裡擠。

而在人蛛擠進廁所前一刻，許保強已經將董芊芊推進最後一間隔間，吩咐她鎖好門。

董芊芊聽見外頭發出的搏鬥聲，開條門縫想瞧瞧動靜，卻只見到許保強後背抵著門。

「小強，你別擋著門，一起躲進來！」董芊芊急喊。

「不要！」許保強挺著鬼怒臉，握緊拳頭，和一隻衝到面前的人蛛搏鬥起來，一面大吼：「妳只顧著自己的作業，妳忘了我也有作業嗎？」

「你的作業？」董芊芊透過門縫，緊急指揮虎頭蜂支援許保強。

「保護妳——」許保強大吼：「就是我的作業呀！」

那人蛛一雙長手揪住許保強雙手，另兩隻手緊緊掐住他脖子。

「噫！」許保強被掐得整張臉由紅轉紫，一雙腳卻還蹬個不停，一腳一腳往人蛛臉上踹。

六隻大虎頭蜂同時螫上那人蛛眼耳口鼻，痛得人蛛鬆手放下許保強。

許保強落下時，順勢搭著那人蛛肩頭，狠狠賞了他一記頭錘。

「鬼王大哥，這樣還不標準嗎？」許保強落地，一張臉滑稽詭怪——他從那廢棄校舍奔至這女廁，除了鬼怒之外，這副同樣的詭怪表情他已反覆嘗試了上百次。

然後他覺得右手多了個東西。

竟是他那伏魔棒。

「啊！」許保強愕然一驚，仔細一瞧，那不是他自己做的伏魔棒，而是一支造工更加精巧的柳枝長棒，握柄處還纏著華麗的符籙墜飾；同時，他覺得左手也多了個東西——是一把鹽米。

他見人蛛撲來，連忙將鹽米往那人蛛臉上撒。

那人蛛像是被滾水潑著般捂臉後退，撞進對面女廁。

「我的『鬼求道』終於成功了？」許保強望著那把造工精巧的柳枝棒，只見柳枝棒觸感突然軟化、形貌也隱隱變淡，連忙齜牙咧嘴，再次維持住他那張好不容易擠成功的「鬼求道」。

這是在緊急時刻能向鬼王借法來用的鬼臉。

許保強狂揮這把借來的柳枝伏魔棒，狠狠鞭打那些擠進廁所的人蛛，這伏魔棒打在人蛛胳臂上，不僅會炸出光煙，且大力點，還能將人蛛那細長胳臂打至骨折。

更多人蛛衝破柳丁和小豹的防線，擁入女廁。

前頭的人蛛被許保強揮伏魔棒打得哀號連連，但後頭沒被打著的人蛛卻死命往裡推，將許保強再次逼至牆角。

「鬼王大哥！」許保強維持著鬼求道，大聲哀求。「還是很緊急呀，只一把伏魔棒沒有用啊，能不能借點別的東西給我？」

「沒用的小子，只借你一次喲，你好好記住這感覺，下次你得自己用啦！」

鬼王的聲音自許保強頭頂傳來。

「啊？什麼？誰說話？」許保強愕然抬頭望著天花板。「是鬼王大哥你跟我說話？」

他這麼一抬頭，再一次被人蛛掐著脖子高高舉起。

「呃！」許保強一手扯著那人蛛的手，一手想揮伏魔棒反擊，不知怎地，他本來牢牢抓在手上的伏魔棒，卻已無端端地消失無蹤。

但下一刻，他掙脫落地了。

因爲那人蛛掐他脖子的那隻手，被他無意中捏碎了。

他呆望自己雙手，只見本來那雙削瘦胳臂，竟變得粗長壯碩，還生滿粗毛，拳頭幾乎是之前的三倍大，雙手倘若放直，幾乎能夠觸地——就像隻大猩猩般。

幾隻人蛛再次擁上，被他揮拳一一打退。

許保強感到全身體力充沛，張口叫罵時，似乎同時也具有鬼怒的效用，嚇得人蛛開始發抖。

他往外打，走過女廁鏡子，瞧了瞧鏡子裡的自己。

鏡子裡的他，除了一雙粗臂之外，還有一張駭人青臉，雙眼瞪得又圓又大，耳朵尖長、嘴裡還伸出獠牙和深紫色長舌。

「這……這是哪招呀？」許保強錯愕驚問。

「記住這張臉、記住現在的感覺，這就是你一直要我教你、但你怎麼練也練不好的——『鬼見愁』呀！」

鬼王的聲音再次自他頭頂響起。

「這就是能直接專打鬼的鬼臉……」許保強見到鏡子裡的自己，當眞比鬼還像鬼，額頭上正緩緩冒出兩支鈍角。「鬼見愁！」

他從鏡子裡見到一隻人蛛撲向他，轉身一拳將那人蛛腦袋擊歪。

「我學會『鬼見愁』啦！」許保強大叫大嚷，掄拳亂砸亂打，一路打到女廁門前，聽見背後開門聲，知道董芊芊出了隔間，一時不敢轉頭，就怕自己這副醜樣嚇壞了她，便加快腳步打出廁所。

那些人蛛長臂雖然細長，其實力量頗大，但被此時許保強這雙金剛巨拳又搥又打，紛紛斷折。

有著鬼見愁加持的許保強，不但胳臂力大，腿勁和全身體力都增強許多，像隻猩猩般左右蹦跳，揮拳亂擊，一路打過整條廊道，將一隻隻人蛛打得手折腳斷，抬起便往樓下扔。

他清空了整條廊道，感到底下一股凶氣逼來，往下望去，只見中庭癱躺著一隻隻半死不活的人蛛，只有一個站著。

那唯一站著的人蛛，與癱倒在地的人蛛有些不同。

其他人蛛四足四手，但這站著的人蛛，四足七手，且散發出駭人魔力。

不耐煩的見從，親自來逮人了。

「這人藥……」

見從仰頭望著化身鬼見愁的許保強，像是餓虎見到肥羊般，開心地咧開那蜘蛛口器呵呵笑起，甩出一條奇異人舌。「好像還不錯……」

「臭蜘蛛，想嚇唬我呀！」許保強可沒被見從那恐怖模樣嚇著，還躍上牆沿欄杆朝見從叫陣，因為他知道自己現在模樣也兇狠得足以嚇壞鬼。

見從高高躍起。

許保強吼叫一聲跳下，揚動巨拳，重重砸在見從臉上，將她砸落墜地。

許保強跨坐在見從腰上，一拳拳重擊她臉——韓杰教過他這招，這是綜合格鬥技競賽裡，一旦成功使出，獲勝機率極大的姿勢「坐山式」。

「這隻人藥……」見從躺在地上，一連捱了十餘拳，突然伸手扣住許保強左拳，又扣住他右拳，提著許保強，站起身來，歪扭著頭聞嗅他身子。「真的不錯……」

「呃！」許保強這才驚覺自己這驚天動地十幾拳，竟沒對見從造成太大傷害——他並不知道眼前的見從，可是過去第六天魔王得力打手之一，是在陰間呼風喚雨的幫派大老。

而他，只是出道沒幾個月，甚至還未成年的鬼王乩身。

「小強！」董芊芊在欄杆前見了底下情勢，指揮著大虎頭蜂幫忙，但她非負責戰鬥的使者，她那些墨蟲只對道行低下的嘍囉鬼怪有效，一飛近見從，甚至直接被見從身上發出的蠻橫魔氣衝散。

「嘎！」柳丁高聲一嘯，飛撲下地，往見從直衝而去，卻被見從一把揪住——此時見從心神喪失，早忘了不少事，卻還隱隱記得，過去她與另外三姝，平時最喜愛的珍饈佳餚之一——虎爺。

畢竟虎爺身具神職、有神力加持，比尋常凡人稀有太多。

因此此時柳丁在她眼中，可不是那些解渴解饞的髒臭凡人，而是應該細心料理的極上等食材。

她飛快將柳丁用蛛絲纏成包子般，掛在臂上。

「嘎嘎嘎！」柳丁在蛛網中揮爪扒抓，卻扒不破那厚實蛛網——別說柳丁，即便是他師父虎爺將軍，當時讓魔女逮著，也只能像隻小貓般束手無策。

「放開那孩子——」

王小明的吼聲自樓頂響起，他戴著一副防毒面具，踩牆橫著走，寬大風衣迎風展開，舉著兩柄衝鋒槍朝見從射擊，自然，射出的子彈仍是尿彈。

他橫著在校舍牆上走，射光兩支衝鋒槍子彈，隨手一拋，從背後拉出一把霰彈槍，對著見從不停開槍。

然而見從自王小明現身，就只是望著他，看他在牆上跑竄一會兒，射光子彈又取出新槍，突然揚手倏地甩出一條蛛絲，將王小明捲至面前。

王小明這些尿彈同樣只對低階鬼怪有效，打在見從身上一點效也沒有，以致於心神不清的見從，甚至不曉得王小明在做什麼，便直接揪他來問：「你在……幹嘛？」

「我……」王小明一時不知如何回答，只嚇得大叫：「三隻小豹呢？快救我呀！」

樓上三隻小豹聽見王小明號令，飆吼殺下，三路撲向見從。

「呀？不只一隻？」見從古怪臉龐上幾隻複眼閃了閃，彷彿能同時看見不同方位動靜，她三手揚起，像是將小豹當成了虎爺，想抓起來和人藥一併下鍋。

但三隻小豹在被抓到那一瞬間。

倏地消失。

「小豹子怎麼消失啦！」王小明大驚失色。

見從同樣有些驚愕地左顧右盼，像是不解小豹們爲什麼突然不見了，下一刻，她突然轉頭，目光盯住球場方向那踩著一雙火輪竄來的男人——韓杰。

「因爲我來了。」韓杰撤去了小豹，取出三片新尪仔標合掌一拍。

然後雙掌一揚，金色流光伴著飛雲紅火，彷如拉龍鬚糖般，自他掌中飛扯開來——金光繞上他左手化爲乾坤圈，紅火捲上他肩臂成了混天綾，金紅交融一股流光繞上他右手豎直成火尖槍。

他腳下的風火輪飛旋急轉，下一刻，韓杰便已竄到見從面前，挺起火尖槍朝見從那半人半蛛的腦袋倏地刺去。

見從閃開這槍，揮臂還擊，她四足踏地、雙手提著許保強的粗臂、一手揪著柳丁，還有四手可以還擊——其中三臂本來都不是她的。

「人藥！更好的人藥！」見從嗅著了韓杰散出那身經百戰的神力道行，興奮揮臂朝他扒抓；妹妹給她的藥雖然漸漸剝奪她的心智，但仍提供著強大的力量，讓她得以控制、駕馭三條魔臂。

韓杰近距離見到許保強，這才從他身著衣物認出他來。「你是小強？你怎麼這副樣子？」

「這是鬼見愁！專門用來打鬼的鬼臉，可是……」許保強無奈答話，他即便用成鬼求道，求來這他學了好久都學不會的鬼見愁，卻絲毫奈何不了這地獄魔頭，一雙金剛胳臂被見從牢牢抓著，動彈不得。

韓杰催動風火輪遊鬥見從，找著機會甩出混天綾扯斷見從綑綁王小明的蛛絲，先救了王小明，又鞭下見從胳臂上的蛛網小包，救回柳丁。

但許保強被見從以兩手直接抓著，韓杰飛繞半天，也找不著機會救他。

韓杰感到此時見從全身魔力，比當初欲妃或者悅彼更爲強盛——磅！韓杰舉起乾坤圈，硬接見從揮來的一爪，只覺得左手如遭雷擊，乾坤圈飛脫離手。

見從揮來那臂，是快觀胳臂，能夠放電。

下一刻，見從操使欲妃那手握在嘴前，朝著韓杰鼓氣一吹，竟吹出一團瀰漫毒氣的地獄火。

「哇——」韓杰千鈞一刻之際抖開混天綾，擋下這陣毒火。

一支冰柱穿透混天綾，扎進韓杰大腿。

「嘻嘻……」見從歪頭歪腦提著許保強追打韓杰。「好好用！三隻賤人的手都好好用！」

「嘖——」韓杰拔出腿上冰柱，催動風火輪閃避見從追擊，只感到裝上三條魔臂的見從，力量比當初欲妃和悅彼還強上不少。

韓杰一時無計可施，只想先從見從手下救出許保強再說。

許保強被見從提著追殺韓杰，心中著急，不停用腳猛踢見從，此時他還是鬼見愁狀態，力量比常人大上許多；見從那半人半蛛的臉被重踏幾腳，複眼被踩著，怒火上衝，見許保強又伸腳來踩，一手接住不放，鬆開他金剛雙手，提著他右腳，將他當成搥子揮打韓杰。

「呃！」韓杰避開橫掃，見許保強被高高舉起，直直劈下，他若躲開，那許保強可要腦門砸地了——雖然他不知道許保強此時這鬼模鬼樣，經不經得起見從這猛力一砸，但他只能硬著頭皮，棄了火尖槍，雙手纏著混天綾，硬接見從這一砸。

許保強只感到身子飛騰，然後像是被救生網攔下般，暖呼呼的不怎麼疼，是韓杰舉混天綾硬接下這記猛砸，他正要向韓杰道謝，便見到韓杰張口嘔血。

見從用許保強逼韓杰硬接，逮著機會使悅彼那冰臂化出冰椎，從韓杰左腰穿入，自右肋穿出。

「韓大哥！」許保強驚慌仰身，用兩隻粗壯大手，奮力扳著見從抓他右腳那蛛手，可怎麼也扳不開見從手指。

菜鳥乩身的大絕招，在千年魔女面前，儼然只是小菜一碟。

見從揮動悅彼那冰手，叉著韓杰身子，像是將他當作燒烤肉串般舉起。

韓杰往她臉上吐了口血。

「哇！」見從只覺得滿臉複眼燒灼刺痛——韓杰藕身裡流著的可是火血。

見從氣憤抹去臉上火血，見到韓杰再次鼓嘴，連忙舉起欲妃那手握在嘴前，吹出一團地獄火。

但這次，地獄火沒有燒著韓杰，反而直接反撲回見從臉面。

因爲韓杰這次吐出的不是火血，而是條火龍。

他發動了第五張尪仔標——是藏在嘴裡的九龍神火罩。

「哇——」見從雖裝上欲妃胳臂，但不等於無懼欲妃那地獄火，更從未有被地獄火和三昧眞火同時烘烤的經驗，痛得連連後退，棄下韓杰，急得用悅彼那冰手抹臉滅火，但她尚未學會精準控制這些魔臂法術力量，冰力用得重了，雖一口氣滅了火，但整張臉也凍得發僵。

同時，她左側兩隻蛛足，竟無端端緊銬在一起——

那是韓杰先前拋下的乾坤圈。

韓杰被電飛了乾坤圈，卻未撤走、也沒去撿，而是一面遊鬥一面暗中施術讓落在地上的乾坤圈慢慢擴大，想誘見從踩進圈圈裡，再一舉緊縮，倘若能一口氣銬住她三隻腳，就能大幅拖慢她速度，再藉著風火輪以快打慢，但他腹部重傷，提早使出九龍神火罩，副作用一鼓作氣湧上全身，令他不得不提早緊縮乾坤圈，只箍住見從兩腳。

他甫落地，指揮腹中火龍融去了腹中冰柱、護住重傷內臟，抄起地上的火尖槍，繞著見從飛跑；見從四足其中兩足被乾坤圈箍著，行動不順，跟不上韓杰風火輪速度，好幾次被韓杰繞到背後，但韓杰受五張尪仔標副作用加乘影響，身體痛苦，也遲遲不敢發動突襲，只能思索此時該棄下哪樣法寶——

火龍能攻能守還能護他重傷器官、風火輪讓他能躲避見從攻擊，這兩樣無論如何是不能撤的；火尖槍攻擊力強、混天綾功用較廣，乾坤圈本來可有可無，但此時箍住了見從雙足，也不能撤。

「我操！」韓杰再繞幾圈，只覺得渾身痛苦不堪，但痛久了，也漸漸習慣了。

以前沒蓮子可吃時，用了九龍神火罩，也差不多就這麼痛。

被欲妃綁在椅子上用地獄火烤時，也差不多就這麼痛。

在東風市場被第六天魔王提著挖內臟時，好像更慘些。

想一想，此時的痛苦，他過去其實嘗過無數次了。

六片尪仔標會令他痛暈下陰間，五片倒還能硬熬。

他再一次繞到見從身側，挺著火尖槍一舉刺去——

被見從以欲妃火臂一把接著。

韓杰硬挺火尖槍，令槍纓紅火繞上魔臂，但立時被欲妃火臂燃起的地獄火擋下；韓杰又朝見從吐出兩條火龍，被見從揮甩快觀電手鞭退；韓杰甩出混天綾去救許保強，再次被見從以悅彼冰手揪著，一口氣催出強悍冰風，將整條混天綾凍結成冰啪地整條碎裂。

「呀哈哈哈，你還有什麼招呀？」見從以餘下幾手掐著韓杰頸子，捏開他嘴巴，捻指往他嘴裡塞入一堆堆毒粉——但韓杰腹中還藏著火龍，他盡力催動火龍火山噴煙般地將毒粉噴出體外。

「還有這招……」韓杰哼哼一笑，低喃唸咒，見從腳下、四周，陡然耀起一圈金光符籙大陣——這是韓杰踩風火輪四面遊鬥時，不時順手沾金粉畫下的符陣。

太子爺七寶之中，只那金磚可以平時使出，化爲金粉囤積備用，不會受副作用加乘影響。

「哇！好熱、好亮、好刺眼吶！」見從嚷嚷大叫，突然又厲聲尖笑起來。「哈哈哈哈！就這樣？然後呢？」

「……」韓杰苦笑，這大金粉符陣的效力對一般惡鬼而言，如同毀天滅地的強力法術，但對此時見從而言，就僅能讓她抱怨四周酷熱兼亮得刺眼，僅此而已。

「韓大哥……」王小明遠遠捧著被蛛網包覆著的柳丁，見韓杰所有招式都用上了，仍不敵見從，不禁仰頭高呼起來：「太子爺，求求您幫幫忙！這魔女太厲害啦！」

「去死、去死！」許保強一雙金剛大手怎麼也掐不開見從握著他右腳的那幾根細指，索性彎腰弓身，張口咬她手腕，竟稍稍咬入幾分——這鬼見愁一嘴牙，似乎比那粗壯拳頭還厲害。

「煩吶……」見從轉頭怒視許保強，將他高高舉起，往地上砸。磅──許保強被重重砸在地板，即便此時他是鬼見愁狀態，但被這麼重砸，仍覺得全身都要散了，然後他感到自己再一次被見從舉起。

但這次他卻沒被舉高，只被舉得微微離地。

「嗯？」見從在四周符陣刺眼金光中，突然覺得手中的許保強一下子沉重了千百倍不只。

彷彿從一把玩具小鎚，變成一把純金巨鎚。

再變成一座山。

整座山的重量，使見從不但沒能舉起許保強，且還讓許保強緩緩下墜，直至雙腳觸及地面。

此時的許保強，雙手不再是剛剛那副粗壯猩猩模樣，而恢復成原本瘦皮猴胳臂，他那張臉也不再是鬼見愁怪樣，變回了原本高中男孩樣貌。

取而代之的，是他全身縈繞起漆黑煙風。

那身漆黑煙風飄逸流動，但卻大致維持著固定型態，頭頂上彷如戴著一頂古代官帽，飄逸著一對飛耳；胳臂和身軀那流溢煙風，則好似一身寬鬆道袍。

他單膝蹲地，一手反握住見從掐他右腳那隻蛛手，掐得見從放開了他右腳。

「老弟，那中壇元帥究竟是怎麼找上你這傢伙的？」許保強望著韓杰，鬼王的聲音自他喉間響起。「簡直撿了個寶呀。」

「哇塞！是鬼王大哥嗎！」許保強興奮尖叫插嘴。「是不是？你降駕啦！你在我身體裡？」

「閉嘴！」鬼王怒喝：「晚點我才要找月老抱怨，他硬塞你這傻蛋給我，把鬼見愁使成這樣，我看了都愁了！」

「那不然鬼見愁應該怎麼用？」許保強反問。

「我不知道，我根本不用鬼見愁。」鬼王答：「我本身就鬼見愁。」

他這麼說的時候，見從其餘胳臂揮來打他，便抬手格擋——許保強雙臂外那煙風道袍袖口溢出陣陣黑煙，在空中凝聚成形，彷如兩隻大手。

兩隻黑煙大手飛快格擋見從四面八方劈來的扒擊。

韓杰豈會放過見從分神機會，他先吐出條火龍，繞上見從掐他頸子那蛛手，逼見從放手；跟著往自己右腿又吐出條火龍，令火龍盤旋至腳踝處，與風火輪並行，同時揪著被見從緊握不放的火尖槍身，像是拉單槓、轉鋼管般地整個人擺盪起來，利用風火輪轉力加上火龍飛衝之力，飛轉兩圈，高高對著見從腦袋使出一記類似跆拳道下劈的踢擊。

韓杰右腳跟重重劈裂見從怪臉上一顆複眼，盤在韓杰腳踝處的火龍，順勢咬著見從那複眼不放。

三昧眞火在她臉上蔓延燒開。

韓杰趁著見從吃痛乏力的瞬間，搶回火尖槍，在空中一個翻身，落在見從背後，一槍穿透見從一條蛛足，將她那條蛛足牢牢釘在地上。

「哇——」見從連忙要用悅彼冰臂滅火，但卻被鬼王操使著許保強抖動袍袖大手，抓著了悅彼冰臂，不讓她滅火。

「哇哇哇，這手冰得厲害！」鬼王像是也對見從魔力感到吃驚。「這魔女道行確實挺行，怪不得能得底下摩羅寵愛！」

鬼王這麼說的同時，突然抬起許保強一腳，重重往前一踏，在落腳處兩公尺外，踏出一枚巨大的黑色腳印——

那黑色腳印，重重踩住見從一條蛛足。

如此一來，見從兩隻蛛足被乾坤圈箍著，第三條蛛足被火尖槍釘在地上、第四條蛛足被鬼王大腳踩著。

等於動彈不得。

「我告訴妳，我還有招，妳信不信吶……」韓杰喘著氣、撫著重傷腹部，像是憋了一肚子氣終於找到發洩機會，踩著風火輪繞到見從背後，踩過她後背，飛躍騎坐上見從肩頭，令風火輪從雙腿移到他拳頭上，增強他手勁，左手一把揪著她頭髮將她腦袋往後扯，右拳舉著風火輪一拳拳暴打她那張半蛛半人的怪臉上一枚枚複眼。

「哇！老弟，你這打法太大膽了吧！」鬼王見韓杰竟騎在見從脖子上近身毆她，連忙揮動煙臂替他擋下見從四面八方抓去的胳臂。「喂喂喂，我只有兩隻手，擋不了她每隻手，你……」

鬼王還沒說完，見從騰出一手，扣住韓杰後腦，往下一壓，讓韓杰與她嘴對嘴地親了一下，然後咧開巨大蜘蛛口器，兇猛鉗住韓杰雙頰，怪異長舌飛梭探入韓杰咽喉，鼓動全力放毒。

「嘻嘻，你以爲我不知道你肚子裡還有火龍，我看是你的龍多，還是我的毒猛……」見從毒牙和探進韓杰喉中的長舌狂噴毒液，像是想以強橫魔力，硬壓韓杰腹中殘存火龍。

但見從在短暫瞬間中，覺得情勢有些古怪。

韓杰不但沒有激烈反抗她這兇猛一吻，甚至反過來以雙手勒住她脖子不放，像是反過頭強吻她。

且他胳臂上那雙風火輪不見了。

釘著她第三條蛛足的火尖槍不見了。

箍著她另兩條蛛足的乾坤圈也不見了。

韓杰竟一口氣撤去了所有的法寶。

下一刻，見從感到舌頭像是被熔岩燙著般急急縮回。

因爲韓杰肚子裡的火龍比她預期中多出太多——

原來韓杰被見從凍壞了混天綾，本想再砸尪仔標補回，但想想即便重得一條混天綾，也起不了多大作用，索性將尪仔標往肚子傷口裡塞。

且不只塞一片，共塞了五片。

全是九龍神火罩。

爲的就是逮著現在這一刻。

「吼——」韓杰頭臉血管浮凸，彷彿血管裡流動的不是血，而是滾燙熔岩，好幾條火龍從他腹部裂口中鑽出，牢牢捲住見從全身，不讓她有機會掙脫；其餘數十條火龍，則一鼓作氣從韓杰肚子衝過他咽喉，鑽入見從口中，直衝她胃腹。

兩年多前，韓杰爲了對付第六天魔王，曾經想過類似的招式，但一來第六天魔王的力量遠遠勝過見從，二來也沒有隨意親人的習慣，因此那招當時並沒有多大效用。

但用在見從身上，似乎足夠了。

「唔、唔唔唔——」見從頭臉、咽喉，燃開三昧眞火，她好幾隻手都讓鬼王煙手牢牢揪著，還有一隻腳也讓鬼王踩著、無法逃脫；她的肚子裡鑽入幾十條火龍，啃噬燒灼她五臟六腑，將她全身都燒出了裂口，一條條火龍在她身中鑽進鑽出，轉眼將她燒成了個大火球。

韓杰在火中仰倒落地。

鬼王則附著許保強向後飛躍，避開大火，遠遠望著在三昧眞火中掙扎的見從，和躺在火海裡的韓杰。

「鬼王大哥！」許保強驚恐叫嚷。「你不去救韓大哥？」

「火那麼大，我怎麼救？」鬼王哼哼地說：「我不具正式神職，我也怕那三昧眞火，且他的火龍不會傷他，只會傷鬼。」

「原來如此……」許保強這才稍稍放心，望著眼前火海裡的見從一條條長臂被三昧眞火燒斷，蛛身碎裂癱垮，直至化成一地焦灰。

他望著癱躺在火海裡一動也不動的韓杰，愣愣地問：「鬼王大哥……當神明乩身，以後都要像韓杰大哥這樣子打架嗎？」

他沒有得到回應。

鬼王已經退駕。

風中只隱隱迴盪著鬼王離去時的說話聲。

「你自己問他吧……」

參肆

遠方，山腰處一株大樹橫枝上，站著一個樣貌清秀、約莫十三、四歲的少女，持著一支雙筒望遠鏡，靜靜望著一所高中校舍外的火光。

「遲了一步……」少女放下望遠鏡，嘆了口氣。

整株樹上坐著一整隊人，其中一個大漢，背上揹著一具厚重棺木，扠手抱胸不言不語；大漢身旁一個怪異小鬼，尖聲嚷嚷地說：「妳姊姊被神明乩身搶先一步滅啦？唉呦，眞是可惜……虧我們還帶了『黑孩兒』上來……」

「算了。」少女縱身躍下樹，往這山中私開的鬼門方向走。

整隊人馬紛紛躍下跟上她，有的討論起見從過往事蹟、有的討論起那少女接班之後，整個幫派的情勢變化——這批人中有些是見從妹妹親信、有些是見從幫派舊部、有些是萸兒派來的幫手、有些是見從妹妹與其他幫派合作借來的打手。

這支浩蕩隊伍本來帶了副厲害的大枷鎖「黑孩兒」開鬼門上陽世，目的是想將那吃盡藥湯、心智退化的見從獵回陰間，煉成兇猛打手，但卻讓鬼王和韓杰搶先一步，將見從燒成灰燼，只好敗興而歸。

「對。」韓杰捏著罐啤酒，喝了一口，望著許保強，回答數天前，許保強在鬼王退駕前的那個問題，他頓了頓，補充說：「其實我是故意打給你看的。」

「故意打給我看？」許保強困惑不解。「什麼意思？」

「保守點的打法也不是沒有……」韓杰說：「鬼王鍾馗大名鼎鼎，光是鬼王降駕，應該就能打贏那魔女了，我搶著死纏爛打，是讓你知道——當神明乩身，遲早會碰上這麼凶險的情況。」他說到這裡，又喝了口啤酒，拍拍許保強肩頭。「你是月老硬推給鬼王的人選，你還沒成年，只是個高中生，你還有機會回頭。」

「回頭……」許保強呆了呆。「是指……不當乩身了，當個平凡人？」

「誰說不當乩身就只能當平凡人了？有本事，走哪行都能出頭，沒本事，當乩身只是找死。」韓杰說：「我跟月老談過了，鬼王也同意，在你成年之前，隨時都能退出，月老會另外物色新人選保護芊芊；但成年之後，如果覺得自己仍然不是這塊料，還是可以退出，但至少要負責幫忙找個人交接，不能拍拍屁股一走了之，這是小孩跟大人的分別。你還有時間，仔細想清楚。」韓杰說完，捏著啤酒罐往提早打烊的鐵拳館角落電視機方向走去。

那兒擺了幾張小桌，堆滿酒菜，老龜公、董芊芊、王書語及老獼猴等一干隨行山魅，圍著幾張小桌，一同盯著電視。

電視機播放的不是球賽也不是新聞，而是一場小小筵席。

那是老龜公女兒和女婿平安獲救之後，補辦的一場小規模婚宴，參與的親友少了許多，但氣氛依舊熱烈。

王小明負責帶著陰間攝影機，即時轉播這場筵席。

眾人見到鏡頭不時轉向筵席上男方家屬裡一位年輕少女，而非新郎新娘時，都起鬨對著與王小明即時通訊的手機嚷嚷：「你在拍哪裡？」「不要只顧著拍美少女，快拍新人！」

「哼……」守在餐廳的王小明，這才不甘不願地將鏡頭轉回主桌。

老龜公見到餐廳筵席中眾人舉杯慶賀時，也跟著舉起手中啤酒罐，像是一同慶祝。

鐵拳館所有人也跟著一同舉杯祝福。

董芊芊也舉杯，還偷偷瞥了老龜公一眼。

老龜公盯著螢幕上的女兒女婿，也不時盯著前妻。

他見到曾經的舊愛現在美滿幸福，他眞心替她感到開心；他曾經虧欠她的種種，在多年後，總算也拚死償還了。

糾纏他心中多年的桃枝死結，在幾天前短暫地閃耀起金光飛梭生長，像是找著了出口般地解開了。

他身上不再飄出灰燼了。

《乩身：鬼見愁》完

後記

一、請一部分的讀者原諒我並未如你們盼望地讓韓杰「變得更強」「戰鬥力持續提高」，反而修改了尪仔標的規則，限縮了他的武力。

理由很簡單，身為作者，我必須從技術面來考慮整部故事裡角色間的平衡，畢竟「乩身」和「陰間」系列的重點，本來就不是較量誰的戰鬥力比較強，我更希望大家將更多目光放在故事裡各種角色的情感交流與成長。

二、就之前提及過的，「乩身」和「陰間」系列的一個潛在設定，是我會盡量讓故事裡的時間流動，接近寫作當下的時間流動，讓故事角色與作者和讀者一同長大、一同變老。（當然如果我心血來潮，回頭寫些韓杰或是王智漢年輕時的故事，就另當別論了。）也就是說，從《乩身》一到《乩身》五，韓杰跟你我差不多都老了兩歲多。

韓杰會和你我一樣，逐漸步入中年，然後邁向老年。

漸漸地，他的身手不會像年輕時一樣俐落，他面對魔頭時會更加艱辛。

當他開始察覺到這一點的時候，他會試圖替自己找個接班人。

這也是這篇故事裡，加入許保強和董芊芊的意義；且在之後的故事裡，也會持續地注入新血。

三、跟我過去十幾年來寫過的單本故事相比，「乩身」系列每一篇故事的規模都大上許多，動輒十幾二十萬字的規模，已經不只是一部單篇故事，而像是一段迷你長篇故事了。

連續寫作「乩身」，是一件非常辛苦的事情，接下來我會將一部分的心力，放在另一個籌備許久也曾多次提及的「詭語怪談」系列上，「詭語怪談」第一本《符紙婆婆》反應甚佳，第二本、第三本的題材也早已確定，就要開工了。

星子

2018.9.10 新北中和自宅

星子故事書房 Tales of Mystery 詭語怪談系列

符紙婆婆

天底下最可怕的事情是——有求必應！

帶著小魚乾請貓帶路，
在那條時空凍結的小巷，
有個能實現所有願望的符紙婆婆，
只要付出等價的報酬，願望就會實現。
只是你的願望，價值多少？你付得起嗎？

守護靈

「你願意做我的守護靈嗎？我會好好供奉你。」

十多年前，五名國中生玩著古老的遊戲，玩笑般許下願望；十多年後，幾件詭異命案發生，當年的「玩伴們」似乎重新找上門來……

守護靈無所不能，只要每日供血飼養，
唯一的問題是，越強大的靈，戾氣越重……

※ 51,000 字精彩重刊＋57,000 字全新故事！

coming soon

符紙婆婆與左鄰右舍們

符紙婆婆歸來！
但這次不只有能夠替人實現願望的符紙婆婆；
也有愛喝酒、總能講鬼成眞的講鬼公公；
還有經營遊戲屋、販賣各種玩具和古怪遊戲的遊戲爺爺……

2019 台北國際書展．熱情首賣！

國家圖書館出版品預行編目資料

乩身：鬼見愁／星子 著.——初版.——
台北市：蓋亞文化，2019.01
冊；公分.
ISBN 978-986-319-369-2（第5冊：平裝）

857.81 107005751

星子故事書房 TS011

乩身〔鬼見愁〕

作　　者　星子（teensy）
插　　畫　程威誌
封面裝幀　莊謹銘
責任編輯　盧琬萱
總 編 輯　沈育如
發 行 人　陳常智
出 版 社　蓋亞文化有限公司
地址：台北市103承德路二段75巷35號1樓
電話：02-2558-5438　傳真：02-2558-5439
電子信箱：gaea@gaeabooks.com.tw
投稿信箱：editor@gaeabooks.com.tw
郵撥帳號 19769541 戶名：蓋亞文化有限公司
法律顧問　宇達經貿法律事務所
總 經 銷　聯合發行股份有限公司
地址：新北市新店區寶橋路二三五巷六弄六號二樓
電話：02-2917-8022　傳真：02-2915-6275
港澳地區　一代匯集
地址：九龍旺角塘尾道64號龍駒企業大廈10樓B&D室
電話：+852-2783-8102　傳真：+852-2396-0050
初版五刷　2023年11月
定　　價　新台幣 280 元
Published and printed in Taiwan

ISBN／978-986-319-369-2
著作權所有・翻印必究
■ 本書如有裝訂錯誤或破損缺頁請寄回更換 ■

GAEA

GAEA